suhrkamp nova

MARCELO FERRONI

ANLEITUNG ZUM GUERILLAKRIEG

Ein Che-Guevara-Roman

Aus dem
brasilianischen Portugiesisch von
Nicolai von Schweder-Schreiner

— ★ —

Suhrkamp

Die Originalausgabe erschien 2010 unter dem Titel
Método prático da guerrilha
bei Companhia das Letras, São Paulo.

MINISTÉRIO DA CULTURA
Fundação BIBLIOTECA NACIONAL

Die Übersetzung wurde im Rahmen der Fundação Biblioteca Nacional des brasilianischen Kulturministeriums unterstützt und mit einem Stipendium des Deutschen Übersetzerfonds gefördert. (Obra publicada com o apoio do Ministério da Cultura do Brasil/Fundação Biblioteca Nacional.)

Umschlagabbildung:
Kiko Farkas und Thiago Lacaz/Máquina Estúdio.

suhrkamp taschenbuch 4373
Erste Auflage 2012
Deutsche Erstausgabe

Druck: CPI – Ebner & Spiegel, Ulm
Printed in Germany
Umschlag: Herburg Weiland
ISBN 978-3-518-46373-4

ANLEITUNG ZUM GUERILLAKRIEG

— ★ —

für Martha

Dieses Buch basiert auf Tagebüchern, Berichten und Aussagen derer, die in den bewaffneten Kampf gezogen sind. Die Arbeit des Autors bestand darin, sie aus ihrem Kontext zu lösen.

Aber die Geschichte, die wahre Geschichte, die kenne ich allein. Sie ist schlicht, grausam, zum Lachen, zum Totlachen.

Roberto Bolaño, Chilenisches Nachtstück

Überraschenderweise waren sie alle zu Schriftstellern geworden.

Edgardo Russo, Guerra Conyugal

VORWORT

Nur widerwillig habe ich mich bereit erklärt, dieses Vorwort zu schreiben. Es war gegen Ende des Jahres, ich verbrachte Weihnachten mit der Familie in Barretos und lag mit leichtem Fieber in der Hängematte am Pool, nachdem ich ein paar Kilometer in der prallen Sonne gejoggt war, bis irgendwann meine Beine schlappgemacht hatten. Ich hörte, wie die Hausmädchen den Mittagstisch deckten, da klingelte das Telefon. Es war jemand vom Verlag, vielleicht ein Praktikant, wer sonst sollte in diesen Tagen arbeiten. Stockend teilte er mir mit, worum es ging. Das Manuskript habe den Verlegern gefallen, sagte er, »es sind wirklich spannende Stellen drin«, sie schlügen aber einige Änderungen vor (hier las er womöglich von einem Zettel ab), vor allem am Anfang, »man muss den Leser einführen, schließlich wissen die Leute kaum etwas über Che Guevaras Leben.« Natürlich müssten auch gewisse Details überarbeitet werden, die »den Verlauf der Geschichte und auch die Kampf- und Liebesszenen« beträfen. Ich fragte, ob das alles sei, er antwortete »Ja«, dann schwiegen wir. Ich weiß nicht mehr, was ich zum Abschied sagte, jedenfalls legte ich auf, lief um den gedeckten Tisch herum und blieb mit verschränkten Armen vor dem Pool stehen. Später beschwerte ich mich bei meiner Familie, wie abschätzig man mich behandelt habe. Beim Verlag habe man offenbar nicht begriffen, wie bedeutend mein Buch sei, und jetzt lasse man mich mit irgendwelchen Assistenten reden. Meiner Tante erklärte ich, ich würde nicht eine Zeile ändern, der Roman sei unantastbar, sollten sie doch zusehen, was sie damit machten.

Jeder sollte wissen, wer Che Guevara war und was er in Bolivien wollte. Aber ich drücke noch mal ein Auge zu, liebe

Anführer studentischer Vereinigungen, Models und Umweltaktivisten, die vor seinem Poster posieren oder T-Shirts mit seinem Konterfei tragen, ihn allerdings auch oft mit Bob Marley verwechseln. Ernesto Guevara kam im Mai oder Juni 1928 zur Welt. In diesem Punkt sind sich die Biografen leider uneinig. Geboren wurde er in Rosario in Argentinien, wuchs aber in verschiedenen Städten auf, weil sein Vater, ein gutmütiger Kerl mit dicker Brille und ordentlich gekämmtem Haar, Unternehmer war und quer durchs Land fuhr, um seine meist erfolglosen Geschäftsideen umzusetzen. Er pflanzte Mate an, produzierte Seife und baute Aluminiumboote. Dabei brauchte er das gesamte Vermögen seiner Frau auf, und am Ende ihrer gescheiterten Ehe saß die Familie mit fünf Kindern zusammengepfercht in einer Zweizimmerwohnung in Buenos Aires. Seine Mutter Celia war eine der ersten Feministinnen Argentiniens, von ihr hat Ernesto, das älteste Kind, neben seinem Anti-Peronismus und der Liebe zu Neruda und Lorca sein, wie ein Biograf es nannte, »wissbegieriges Temperament«. Auf einem Foto sehen wir ihn als kleinen Jungen, lächelnd, mit gestreiftem Pullover und zwei Federn in einem Stirnband aus Pappe, inmitten einer Gruppe von Cowboys. Schon früh fand er Gefallen am Krieg. So wie Onkel Toby in *Tristam Shandy* baute er mit neun Jahren zu Hause im Garten »eine Art Schlachtfeld mit Schützengräben und Hügeln« auf und spielte dort den Spanischen Bürgerkrieg nach. Ebenfalls seit frühester Kindheit lernte er mit Asthma zu leben, das er sich einfing, als er eines windigen Morgens mit seiner Mutter schwimmen ging (damals war er zwei Jahre alt). Die Krankheit begleitete ihn sein Leben lang. Mit vierzehn hatte er bereits Freud, Robert Frost, Alexandre Dumas und Jules Verne gelesen. Er spielte Rugby, erhielt von seinen Freunden den Spitznamen *chancho,* Schwein, und hatte eine adlige Freundin, deren Eltern ihn hassten. Er fuhr auf einem Motorrad quer durch Lateinamerika. Er war ein schlechter Schüler, machte einen Abschluss in Medizin, um

Leben zu retten und Allergien zu bekämpfen, praktizierte aber nie als Arzt. Mit fast dreißig Jahren, immer noch auf Reisen, heiratete er in Mexiko die äußerst temperamentvolle (eine »eingefleischte Marxistin«, so ein Biograf) und nicht sehr attraktive Hilda Gadea. Mit einiger Verspätung informierte er seine Familie über die Heirat und die Existenz der kleinen Hildita, seiner Tochter, die ein paar Monate darauf zur Welt kam. Noch in Mexiko lernte er Fidel Castro kennen, und nachdem sie in einem lecken Motorboot die Karibik durchkreuzt hatten, landeten sie auf Kuba, um dort die Revolution anzuzetteln. Was sie auch taten. Che tötete zum ersten Mal. Offenbar keine allzu schlimme Erfahrung, denn kurz darauf besetzte er die Festungsanlage La Cabaña, wo er Staatsfeinde kurzerhand hinrichten ließ. Zum *Comandante* ernannt, verließ er Hilda Gadea, heirate eine andere, zeugte weitere Kinder und nahm zu. Er beteiligte sich an freiwilligen Arbeitseinsätzen auf dem Zuckerrohrfeld, unterschrieb als Leiter der Nationalbank auf dem kubanischen Peso, wirtschaftete die Zuckerindustrie herunter, sprach vor den Vereinten Nationen, lernte Sartre und Simone de Beauvoir kennen. Damals war häufig die Rede von seiner Ähnlichkeit mit dem mexikanischen Entertainer Cantinflas. Er bereiste Afrika und rief die linken Regierungen dazu auf, sich »gegen jede Form von Ausbeutung« aufzulehnen. Er war der Meinung, eine afrikanische Guerillabewegung aufbauen zu können, obwohl der ägyptische Präsident Nassar ihn davor warnte, »bei den Schwarzen Tarzan spielen« zu wollen. 1965 reiste er heimlich in den Kongo, ohne dass Laurent Kabila davon erfuhr. Die folgenden neun Monate verbrachte er vollkommen untätig. Er war weder in der Lage, die einheimischen Truppen auszubilden, noch die 120 Kubaner bei Laune zu halten, die er mitgebracht hatte. Er spielte Schach, las, lernte ein wenig Suaheli, stieg auf Berge, und als er endlich gegen die belgischen Söldner antrat, scheiterte er kläglich. Niedergeschlagen suchte er zuerst in Tansania Zuflucht und dann in der

Tschechoslowakei, von wo aus er sich in das nächste Guerilla-Abenteuer stürzte, diesmal in Bolivien. Es war das Jahr 1966. Das Buch handelt von dieser Zeit.

Es war ein langwieriges Unterfangen, das Ergebnis umfangreicher Recherche, und sollte ich dem Text hier und da eine persönliche Note verliehen, mir eine gewisse Freiheit bei den Dialogen erlaubt oder einzelne Details hinzugefügt haben, die mir hilfreich erschienen, dann nur des Erzählflusses wegen. Ich begleite den *Comandante* während dieser letzten Monate seines Lebens und schildere die Ereignisse, die schließlich in La Higuera zu seinem Ende führten. Ich erzähle seine Geschichte mit Hilfe entscheidender Figuren wie der deutschen Agentin Tania, die nach La Paz eingeschleust wurde, und João Batista, dem einzigen Brasilianer unter den Guerilleros. Neben Hunderten von anderen Dokumenten nehme ich einen Bericht unter die Lupe, der erst vor kurzer Zeit vom US-amerikanischen Sicherheitsministerium veröffentlicht wurde: die Verhörprotokolle des Brasilianers. Vor der Bekanntgabe dieses Materials wusste man nur wenig über ihn, möglicherweise hatte er unter dem Namen Paulo Freitas an Aktionen gegen die brasilianische Militärregierung teilgenommen, bevor er sich der Gruppe um Che anschloss und Ende September 1967 in einen Hinterhalt geriet und starb. Aus dem Bericht geht allerdings etwas ganz anderes hervor. Unser »Zumbi dos Palmares des 20. Jahrhunderts«, wie ihn eine linke Abgeordnete kürzlich nannte, spielte eine andere Rolle als bisher angenommen. Er hieß Paulo Neumann, studierte in São Paulo, seine Eltern waren Bauern aus dem Süden des Landes, und zum Zeitpunkt des Verhörs war er gerade mal zweiundzwanzig Jahre alt. Er hatte keinerlei Erfahrung im Umgang mit Waffen, und nur durch ein wenig plausibles, letztlich aber doch effektives Manöver gelang es ihm, sich den Kubanern in São Paulo und später Guevara anzuschließen. Nach wie vor ist unklar, was die beiden für ein Verhältnis hatten. Anfangs nennt Che ihn verächtlich den *Bourgeois*. Aber das ändert sich mit der Zeit, womöglich machte ihm sein Verschwinden sogar zu schaffen. Es gibt nur einziges Foto von ihm, auf einem Film, den das bolivianische Militär beschlagnahmte und erst dreißig Jahre später veröffentlichte. Das wahrscheinlich von Guevara selbst fotografierte Bild ist unscharf und von Schimmel befallen, man erkennt jedoch einen jungen Mann mit spärlichem Bart und zusammengekniffenen Lippen, die Mütze tief in die Stirn gezogen. Er sitzt auf einem Baumstamm, umringt von Indios mit schwarzen Hüten und unscharfen Gesichtern. In der rechten Hand hält er ein Gewehr, den Kolben auf den Schenkel gestützt, und im linken Arm ein in Lumpen gekleidetes Kind mit schmutzigem Gesicht und den Händen im Mund. Noch steht nicht fest, dass es sich wirklich um Paulo Neumann handelt, das müssen weitere Untersuchungen klären. In diesem Buch habe ich versucht, seine Zeugenaussagen in die Ereignisse der Jahre 1966 und 1967 einzuflechten, als zusätzliche Sicht auf das Debakel in Bolivien. Das Ergebnis ist erstaunlich, der Leser wird sicher verstehen, was ich meine, er möge allerdings etwas Geduld haben und das Ganze bis zum Ende lesen. Zunächst möchte ich jedoch erzählen, was davor geschah. Eine Liebesgeschichte.

1

1

Der Agent mit dem Codenamen Mercy ist ein misstrauischer Mann. An diesem bewölkten, regnerischen 5. Januar, nach einem bescheidenen Frühstück, zumal es im Hotel El Incaico im Zentrum von La Paz nichts anderes gibt als Coca-Tee, Maisbrot und einen kräftigen regionalen Käse, geht er mit der Aktentasche in der Hand durch die Lobby, winkt ein Taxi heran, als müsse er zu einem dringenden Termin (immerhin ist er geschäftlich in Bolivien), steigt dann aber ein paar Straßen weiter aus und fährt mit dem Bus weiter in ein Wohngebiet. Er bleibt im Nieselregen vor der Hausnummer 232 der Rua Juan José Pérez stehen, einem heruntergekommenen zweistöckigen Haus, das von einer moosgrünen Mauer umgeben ist, mit einem Eisentor, durch das man im Innenhof mehrere Töpfe sieht. Er kennt das Haus, er war schon mehrmals hier: Es ist eine Pension für junge Frauen, und er weiß, dass eine von ihnen Laura Gutiérrez Bauer heißt. Sie ist es, die er sucht, eine Argentinierin deutscher Abstammung, die seit etwa zwei Jahren in Bolivien lebt. Er zieht ein Schwarzweiß-Passfoto aus der Tasche, auf dem das Gesicht einer Frau zu sehen ist. Er stellt sich auf der anderen Straßenseite vor dem Regen unter und wartet auf sie. Immer wieder sieht er auf seine Armbanduhr und dann auf das Foto, sein Verhalten könnte einem aufmerksamen Passanten verdächtig erscheinen. Um 9:30 Uhr öffnet sie endlich das Tor. Sie trägt eine rote Ledertasche und einen dunkelgrauen Regenmantel, der ihre kräftige Statur verbirgt. Darunter gucken ihre kräftigen weißen Fesseln hervor. Sie hat ein gemustertes Tuch auf dem Kopf und geht mit schnellen Schritten die Straße entlang, so dass Mercy ihr hinterhereilen muss, ohne ihr jedoch zu nahe zu kommen.

Mercy ist seit dem 2. Januar 1966 in La Paz und leidet immer noch unter Kopfschmerzen und Schwindelgefühlen, beides Auswirkungen der Höhenluft. Seine Aktentasche ist schwer, aber notwendig, um als Vertreter einer mexikanischen Firma für Schönheitsprodukte durchzugehen. Zwei Tage zuvor hat er ausführlich die Gegend um die Pension erkundet und die Deutsche an den von ihr frequentierten Orten gesucht. Er war im Volkskundemuseum des Kultusministeriums, wo sie angeblich arbeitete. Da er sie dort nicht finden konnte, kaufte er, um keinen Verdacht zu erregen, »für dreißig Pesos« eine Ausgabe der Folklore-Broschüre *Diablada*, »obwohl ich kurz darauf feststellte, dass die Bolivianer die Heftchen umsonst bekamen«, wie er später in seinem ersten Bericht nach Havanna schreibt. Seine nächste Station war ein Schönheitssalon namens Martiza, wo er sich als Kosmetikvertreter ausgab und seine Karte hinterließ, aber auch dort war sie nicht. Bei einem Töpferkurs, zu dem sie zweimal in der Woche ging, warf er einen kurzen Blick hinein, verschwand dann aber gleich wieder, weil nur Frauen und Schwule da waren und er keinen überzeugenden Vorwand hatte. Nachdem er sie nirgends antraf, fragte er sich irgendwann, ob er überhaupt das richtige Foto hatte oder ob dem Geheimdienst mal wieder ein Irrtum unterlaufen war.

Als er ihr jetzt durch die Straßen von La Paz folgt, ist er sicher, dass sie es ist. Aber er ist unaufmerksam, bleibt zu weit zurück und begeht kurz darauf den ersten Patzer. Die Deutsche hüpft über ein paar Pfützen und springt in einen Bus, der gerade losfahren will. Aus Angst, sie zu verlieren, rennt Mercy hinterher, weicht den Straßenverkäufern aus, trommelt mit der flachen Hand gegen den Bus, rennt noch schneller und hält sich an der Tür fest, bis der Fahrer sich geschlagen gibt und rechts ranfährt. Die Passagiere starren ihn an, als er völlig außer Atem die Stufen hinaufsteigt, unter anderem auch Laura, die in der vierten Reihe am Gang sitzt. Sie ist es, ganz bestimmt.

Sie hat einen sehr hellen Teint, fast aschfarben, und geschwungene Augenbrauen über einer ausgeprägten Nase.

Sie steigen in einer Wohngegend aus. Mercy folgt ihr bis zu einem Haus mit hohen Mauern, wo sie drei Stunden bleibt. Später erfährt er, dass dort ein Mädchen wohnt, dem sie privaten Deutschunterricht gibt. Von dort läuft sie zu Fuß ins Stadtzentrum, isst rasch in einem Imbiss zu Mittag und sieht sich die Auslagen der Boutiquen an. Dann fährt sie wieder mit dem Bus (diesmal folgt er ihr im Taxi), steigt in der Nähe der Technischen Universität aus und spaziert in aller Ruhe durch die Allee der toten Bäume. Um drei Uhr nachmittags steht sie vor dem Gebäude der Ingenieurswissenschaften und begrüßt einen klein gewachsenen jungen Mann mit indianischen Zügen, der unablässig lächelt und zu allem, was sie sagt, nickt. Er ist in Begleitung eines anderen, offensichtlich noch jüngeren Mannes, von dem Mercy später erfährt, dass es sein Bruder ist. Dem Dossier zufolge, das er vor seiner Reise nach Bolivien gelesen hat, ist der Mann mit dem Dauerlächeln Mario Martínez Álvarez, 22, Student der Bergbautechnik. Im September letzten Jahres hat er sich mit Laura verlobt. Gegensätzlicher können zwei Menschen kaum sein. Die Deutsche ist mindestens drei Jahre älter und hat ganz Europa bereist, bevor sie nach Bolivien kam, um Volkskunde zu studieren. Mario ist ein bescheidener Kerl, Sohn eines semianalphabetischen Bergarbeiters aus Oruro. Und doch entflammt er für diese erfahrene, athletische Frau, die als Jugendliche Meisterin im Geräteturnen war, die Akkordeon spielt und, wenn sie das Instrument nicht gerade in den Händen hält, beim Tanzen mit den Fingern schnippt »wie eine Flamencotänzerin«. Auf einer Reihe von Fotos, die ein Biograf Jahre später findet, ist sie genau so zu sehen, mit schnippenden Fingern, Schal um die Schultern, lächelnd und die Augen geschlossen. Mario hat seinem Vater nichts von der Verlobung erzählt, er hat schon mehrmals erklärt, er wolle sich nach dem Studium den Rebellen anschließen, und dass er sich weigere, wieder zurück »ans Ende der Welt« zu ziehen, wie er sich ausdrückt.

Mercy folgt ihnen zurück zur Pension. »Es war schon nach acht, als sie sich von einem der jungen Männer (dem Bruder) verabschiedete und mit dem anderen in Richtung Monte Campero-Kino verschwand. Ich aß in einem chinesischen Restaurant und wartete, bis sie aus dem Kino kamen. Danach gingen sie nach Hause, wobei sie die Führung übernahm«, schreibt Mercy in seinem Bericht. In seinen Augen war es ein erfolgreicher Tag, alles scheint ruhig zu sein, er kann weitermachen wie geplant. Er kehrt zurück ins Hotel.

Am nächsten Tag ruft er von der Telefonzelle eines Gemischtwarenladens an, ein ganzes Stück von seinem Hotel entfernt. »Ich suche eine Deutschlehrerin«, sagt er. »Wie bitte?«, antwortet die Frau am anderen Ende. Mercy wiederholt: »Eine Deutschlehrerin.« Knistern, im Hintergrund hört er die Frau weggehen und nach jemandem namens Laura rufen, dann noch mal, sie solle schnell runterkommen, da sei ein »Ausländer« am Apparat, sie wisse nicht, wer es sei, er habe weder seinen Namen noch guten Tag gesagt. Mercy erwähnt es nicht in seinem Bericht, aber wahrscheinlich ist er nervös, und während er wartet, bereut er, nicht entschiedener an seinem Akzent gearbeitet zu haben. Er hatte nicht damit gerechnet, gleich als Ausländer erkannt zu werden, er hofft nur, keine Probleme deswegen zu bekommen. Eine jüngere Stimme fragt, wer am Apparat sei.

»Sie sind Deutschlehrerin?« Er versucht sich noch mal am Akzent, diesmal erscheint er ihm doch sehr musikalisch.

»Ja.«

»Unterrichten Sie auch Wirtschaftsdeutsch, *Señorita*?«

Sie zögert. Nein, sagt sie, Wirtschaftsdeutsch sei nicht ihr Gebiet. Der Mann entschuldigt sich für die Störung und legt auf. Er bezahlt für das Telefonat und verlässt den Laden in der Gewissheit, seinen morgendlichen Auftrag erfüllt zu haben: Sie hat die Passwörter verstanden, entsprechend geantwortet und wird sich bald mit ihm treffen. Denn Laura Gutiérrez Bauer, die indianische Folklore studiert und mit Mario verlobt ist, sich mit Privatstunden über Wasser hält und ein einfaches Pensionszimmer bewohnt, ist genau wie Mercy Agentin der kubanischen Regierung. Ihr Codename: Tania.

Es ist das erste Mal, dass Tania Besuch von einem Agenten aus Havanna bekommt. Bisher hat sie lediglich mit Hilfe eines Funksenders, der sich im doppelten Boden ihres Koffers befindet, verschlüsselte Berichte nach Kuba geschickt. Darin beschreibt sie, wie sie nach und nach Kontakt zur bolivianischen Gesellschaft aufnimmt. Sie war am 18. November 1964 nach La Paz gekommen und hatte seitdem per Post, als käme das Geld von ihren Eltern, eine monatliche Summe erhalten, die kaum für die Miete reichte. Das Land befand sich in einer Krise, es war ein paar Tage nach dem Putsch, bei dem der damalige Präsident Víctor Paz Estenssoro gestürzt wurde und General René Barrientos, ein energischer kleiner Mann, an die Macht kam. Sie hatte Befehl, systematisch in die einflussreicheren Kreise vorzudringen, was ihr auch gelang. Ihr erster Schritt war der Besuch einer Ausstellung indianischen Handwerks, wo sie sich von Moisés Chile Barrientos hofieren ließ, einem Künstler, der sich als Cousin des Diktators vorstellte. Im Laufe des einen Monats, den sie zusammen verbrachten, lernte sie Julia Elena Fortín kennen, die Leiterin des Komitees für ethnologische Forschung des Kultusministeriums, eine Frau mit markanten männlichen Zügen, mit der Tania, zum Leidwesen des eifersüchtigen Moisés Barrientos, heimlich mehrere Wochen verkehrte. Julia Elena verschaffte ihr eine unbezahlte Stellung als Archäologin. »Die Forschung in diesem Bereich diente ihr als Vorwand für Reisen in verschiedene Gegenden Boliviens, bei denen sie oft von Fortín begleitet wurde«, schreibt ein Biograf. »Außerdem machte sie Dutzende von Aufnahmen indianischer

Lieder, die ihr später den Kontakt zu prominenten Intellektuellen ermöglichten.« Sie war Gründungsmitglied der bolivianischen Töpfergesellschaft und wurde während dieser Zeit die Geliebte des angesehenen Malers Juan Ortega Leyton, der sie in den kultivierten Kreisen von La Paz als junge »Folkloreexpertin« einführte.

Über Julia Elena lernte sie außerdem Ricardo Arce kennen, den Sekretär der argentinischen Botschaft, der sie, »begeistert von einer Landsmännin, die sich derart für die Kultur des Landes interessiert« mit in sein Landhaus nach Santa Cruz nahm, wo sie eine Woche lang »interessante indianische Gemeinschaften kennenlernten«. Er lud Tania zu Empfängen in La Paz ein, wo sie bei einem Mittagessen am Pool schließlich René Barrientos persönlich begegnete. Ein Foto aus dieser Zeit zeigt die beiden lebhaft diskutierend. Zur selben Zeit zog die Agentin in die Pension in der Rua Juan José Pérez und freundete sich mit der Besitzerin Alcira Dupley de Zamora an. Tanias Bericht zufolge kümmerte Alcira sich »wie eine Mutter« um sie, und so entwickelte sie auch ein vertrautes Verhältnis zu Alciras Tochter, die als Sekretärin des Planungsbüros der bolivianischen Regierung arbeitete. Weiterhin machte sie die Bekanntschaft von Universitätsprofessoren, Journalisten, Geschäftsleuten und Diplomaten, darunter eine ehemalige Abgeordnete der Koalition, die das Militärregime unterstützte. Sie verschaffte sich Kontakte zur Kriminalpolizei und erhielt auf diesem Wege Informationen über die Entwicklung neuer Unterdrückungsmethoden.

Gleichzeitig begann sie, Deutschunterricht zu geben, und lernte darüber den Redakteur einer rechtsgerichteten Zeitung kennen, der ihr eine gefälschte Arbeitserlaubnis beschaffte. So geriet sie an den korrupten Anwalt Alfonso Bascope Méndez, den Chef der Christlich-Demokratischen Partei, der aus eigener Tasche ein Schmiergeld in Höhe von fünftausend Pesos an die Bundespolizei zahlte und ihr innerhalb von einer halben

Stunde ein astreines polizeiliches Führungszeugnis besorgte. Es war das letzte Dokument, das sie für eine unbefristete Aufenthaltsgenehmigung benötigte. Sie erhielt sie am 20. Januar 1965. Um bolivianische Staatsbürgerin zu werden, musste sie nur noch Mario heiraten.

– ★ –

Es ist der 7. Januar, 13:40 Uhr. Mercy sitzt am Tresen einer Bar und lässt sich eine Cola ohne Eis bringen. Zehn Minuten später steht er auf, überquert einen belebten Boulevard und biegt in eine Seitenstraße. Er hat keine Eile, er hat zuvor die Zeit für den Weg bis zu dem moosgrünen Haus gestoppt. Vor der Pension sieht er noch mal auf die Uhr. Es ist 13:55 Uhr, als Tania das Tor öffnet. Sie trägt denselben Regenmantel wie zwei Tage zuvor und eine riesige Sonnenbrille, aber ihr Kopftuch ist diesmal gelb, das verabredete Zeichen, dass niemand sie beobachtet und sie sich treffen können. Die Deutsche geht die Straße hinunter, Mercy folgt in einigem Abstand. Die Route ist vorgegeben, in Absprache mit Havanna, es gibt vier oder fünf Stationen, an denen er sie ansprechen kann. Zuerst bleibt sie vor einem Stand auf dem Lanza-Markt stehen und bestellt einen Milchshake. Eine Gruppe von Kindern hindert ihn daran, näher zu kommen. Mercy folgt ihr zwei Häuserblocks weiter, aber auf den Straßen ist zu wenig los, um unbemerkt auf sie zuzugehen. Also lässt er auch die nächsten drei Gelegenheiten verstreichen.

Er steigt in ein Taxi und trifft sie um 15:15 Uhr vor dem Murillo-Kino wieder. Mercy folgt ihr durch die Rua Linares, nimmt dann eine Parallelstraße bis zur Kreuzung Avenida Landaeta und Avenida Ecuador. Dort biegt sie in eine Pflastersteinstraße, bis es zwei Blocks weiter endlich zu einem Treffen kommt. Den folgenden Dialog hat Mercy gewissenhaft in seinem Bericht festgehalten.

»Können Sie mir sagen, wo das Bolivar-Kino ist, *Señorita*?

»In der Rua Simón.«

»Ist das in der Nähe der Rua Sucre?«

»Kommt drauf an, von wo man kommt.«

Mercy schlägt vor, in ein Café zu gehen. Sie weiß eines in der Nähe, Seite an Seite machen sie sich auf. In seinem Bericht erwähnt er, die Deutsche sei »bereit für Aktivitäten, die sowohl körperliche als auch mentale Kraft erfordern.« Was er damit eigentlich sagen will, ist, dass sie größer und vielleicht auch stärker ist als er.

Sie ist nicht mehr dieselbe Frau, die mit dreiundzwanzig Jahren zum ersten Mal nach Kuba kam. Damals war sie eine begeisterte Anhängerin der Revolution und bereit, sie auf jede nur erdenkliche Weise zu verteidigen. In den Gedichten, die sie hinterlassen hat – in kindlich runder Schrift in Schulhefte geschrieben –, sprach sie vom Tod in der Fremde und von Blumen, die verwelken. Es sind vor allem die Briefe, die sie regelmäßig an ihre Eltern schrieb, aus denen wir etwas über ihre Jahre in Kuba erfahren. Sie arbeitete als Übersetzerin im Kulturministerium und diente Delegationen aus der DDR als engagierte Dolmetscherin. (»Ich habe seit zwei Tagen nicht geschlafen. Meine Kolleginnen [...] verstehen nicht, woher ich die Energie für diese Konferenzen nehme.«) Nebenbei war sie Mitglied der Folkloreband Camagüey und spielte auf Musikfestivals Akkordeon.

Geboren in Buenos Aires als Tochter deutscher Kommunisten, die während des Zweiten Weltkriegs geflohen waren, verkehrte sie von früh an mit politischen Exilanten und lernte die Bedeutung von Untergrundbewegungen kennen. Sie war schon immer unabhängig gewesen. Mit achtzehn verließ sie ihre Heimat, um in der DDR zu studieren. Fünf Jahre später ging sie nach Kuba. »Hier passieren die wirklich wichtigen Dinge«, schrieb sie ihren Eltern.

Anfang des Jahres 1963, da war sie fünfundzwanzig, bewarb

sie sich, nachdem sie in Havanna in verschiedenen Jobs gearbeitet hatte, auf Empfehlung von Freunden für eine Stelle im Innenministerium, dem MININT. Eine Woche lang durchlief sie diverse Eignungstests und unterzog sich, nachdem sie bestanden hatte, einer Reihe von Befragungen. Ihre Vergangenheit wurde komplett durchleuchtet. Sie schnitt gut ab und wurde im Juni von der Abteilung G-2 eingestellt, dem Geheimdienst. Zwei Monate später, im August, begann sie mit der Ausbildung. Theorieunterricht erhielt sie von Ulises Estrada, dem Leiter der Abteilung für Sondereinsätze, der außerdem Guevaras rechte Hand war. Dieser schüchterne Schwarze, ein ehemaliger Guerillero, inzwischen aber an den Schreibtisch gefesselt, sah sich bald von einer Frau belagert, die ihn um Privatunterricht bat und »immer mehr lernen wollte«. »Nie war es genug«, schreibt er in seinen Memoiren.

»Wir waren gute Freunde«, so Ulises weiter. »Ich nahm meine beiden Töchter mit zu Tania. Sie freute sich sehr darüber, sie liebte Kinder und sagte, sie wolle eines Tages eine eigene Familie haben.« Der Kubaner wurde ihr gegenüber immer offener und erzählte ihr Dinge aus seinem Privatleben. »Unter anderem auch von meinen Eheproblemen mit der Mutter meiner Töchter. Ich stand kurz davor, die Scheidung einzureichen.« Eine Zeit lang trafen sie sich in einem regierungseigenen Häuschen an der einsamen Playa Baracoa, westlich von Havanna.

Mehr als einmal erzählte Tania ihren Eltern von ihrer heimlichen Beziehung. »Mein *Negrito* ist ein typischer Kubaner, sehr leidenschaftlich«, schrieb sie in einem ihrer Briefe. »Er ist ein echter Revolutionär und würde gern eine echte Revolutionärin heiraten. Wärt ihr einverstanden?«

Die Beziehung zu Ulises hielt nicht lange. Als er endlich all seinen Mut zusammennahm und seiner Frau erzählte, dass es noch eine andere gab, machte Tania sich aus dem Staub. Im Mai 1964 wurde sie auf ihre erste Mission geschickt und verließ Kuba. Mit schwarz gefärbten Haaren und einem argentinischen Pass, ausgestellt auf den Namen Laura Gutiérrez Bauer, reiste sie durch Europa, ließ sich mit flüchtigen Männerbekanntschaften fotografieren (küssend auf einem Motorroller in Rom, lächelnd auf einem Platz in Nizza, sich vor dem Wind in den Schweizer Alpen schützend) und erschuf sich so eine Vergangenheit, die sie in Bolivien vorzeigen konnte. Als sie über die peruanische Grenze nach La Paz kam, war die Verwandlung komplett. Jetzt musste sie nur noch herausfinden, worin ihre Mission bestand.

– ★ –

Mercy und sie betreten das Café Reunión und setzen sich an einen der hinteren Tische in Küchennähe. Ihr erstes Gesprächsthema ist relativ banal: Kuba erkennt die von ihr erbrachten Dienste an und nimmt sie zur Belohnung in die Kommunistische Partei auf. Tania bedankt sich. Nachdem sie etwas zu trinken bestellt haben, kommt Mercy zum nächsten Punkt: Er hat Briefe von ihrer Familie und von Freunden, die er ihr aber nur an einem sicheren Ort geben könne. Er fragt, ob sie eine Idee habe, »wo sie ganz allein seien«, und wahrscheinlich steigt ihm, kaum dass er den Satz ausgesprochen hat, eine leichte Röte ins Gesicht. Er versucht, sich zu korrigieren, erklärt, sie bräuchten ein Zimmer, also natürlich rein geschäftlich, dann verstummt er. Tania rührt mit dem Löffel in der Kaffeetasse und sieht ihn mit ihren grünen Augen an. Während er nicht weiß, wo er hingucken soll, lächelt sie zum ersten Mal und entblößt dabei ihre winzigen spitzen Zähne.

2 In seinem Buch erzählt Ulises Estrada von einer besonders schwierigen Zeit gegen Ende des Jahres 1965. Er saß in der kubanischen Botschaft von Daressalam in Tansania fest und versuchte auf einem Korbstuhl im oberen Zwischengeschoss, mit Blick auf die sonnige Straße, einen Brief zu schreiben. Ganz oben hatte er Stadt und Datum hingekritzelt. »Meine Liebe«, schrieb er und sah mit zusammengekniffenen Augen nach draußen. Eine Rückkehr nach Kuba war nicht absehbar, er hatte keine Ahnung, was seine deutsche Agentin trieb, und er verließ kaum das Haus. Hätte er sich umgedreht, wäre sein Blick auf eine Tür gefallen, die stets verschlossen war. Um das Zimmer zu betreten, musste er klopfen und warten, und nicht immer kam eine Antwort. Guevara lag manchmal stundenlang regungslos auf seiner Pritsche, trug tagelang dieselben Sachen, starrte wahrscheinlich an die Decke und rauchte seine Pfeife. Er sprach kaum ein Wort. Wenn Ulises reinkam, sah er am Fußende des Bettes Stendhal und Romain Rolland liegen, die einzigen Bücher, die er in der Stadt bekommen hatte. Er wusste, dass er sie immer wieder las, damit lenkte er sich ab, wenn er nicht gerade Tagebuch schrieb. Er durfte weder die Fenster öffnen noch den Ventilator anstellen, Guevara erlaubte es nicht.

Er versuchte es noch mal. »Liebe Tania«, schrieb er. Ohne auf die melancholische Stimmung des *Comandante* einzugehen, klagte er lediglich über die Hitze und darüber, dass die Kongolesen einfach nicht zu »anständigen Guerilleros« taugten. »Afrika war in meinen Augen vor allem ein rückständiger Kontinent. Kolonialregierungen. Viele Affen. Urwald. Zebra- und Elefantenherden. Schlangen. Löwen habe ich nicht so viele gesehen wie ich erwartet hatte«, berichtete er in einer kurzen pittoresken Passage. Außerstande, seine Gefühle offen darzulegen, schrieb er außerdem, er würde sie, wenn möglich, gern noch einmal sehen. Den Satz unterstrich er zweimal.

Währenddessen saß der *Comandante* schweigend in seinem Zimmer. Er empfing keinen Besuch, trainierte nicht und duschte nicht mal. Noch schlimmer wurde es, als er mit monatelanger Verspätung vom Krebstod seiner Mutter erfuhr. Wenn er sich an die Arbeit setzte, versuchte er in seinem Tagebuch zu erklären, welche Fehler zu seinem Scheitern im Kongo geführt hatten. »Die Geschichte eines Misserfolgs«, wie er es nannte. Die Kongolesen weigerten sich, schwere Lasten zu tragen, sie schossen mit geschlossenen Augen und glaubten an einen Trank namens *Dawa*, der sie angeblich unverwundbar machte. Einige trugen Kleider, in denen sie für die Kugeln unsichtbar waren, wie sie behaupteten. Che, der ohne Zustimmung der kongolesischen Machthaber nicht gegen die belgischen Söldner vorgehen konnte, zwang seine Männer, Schach zu spielen (unter anderem mit verbundenen Augen, mit weniger Figuren oder simultan), oder starrte rauchend in den Regen. Währenddessen amüsierten sich die kongolesischen Führer in Brazzaville mit Kokain und Prostituierten. Ulises hatte das alles selbst miterlebt. Unter anderem auch die Flucht nach Tansania in den frühen Morgenstunden des 22. November in einem mit Guerilleros vollgestopften Boot. Während der ersten Tage in der Botschaft hatte er den *Comandante* überreden wollen, nach Kuba zurückzukehren, aber der weigerte sich. Er habe einen Brief geschrieben, sagte er, einen Abschiedsbrief, in dem er dem kubanischen Volk für alles dankte und auf seine Staatsbürgerschaft verzichtete. Fidel Castro hatte den Brief im Fernsehen vorgelesen, womit Che nicht gerechnet hatte. Jetzt konnte er nicht mehr zurück. Nicht nach einem solchen Abschied.

– ★ –

An einem Sonntag treffen sich Mercy und Tania am bergigen Stadtrand von La Paz. Während sie in der Ferne die Passanten beobachten, stützt Mercy sich an einem Felsen ab, zieht das rechte Bein an, schraubt mühsam seinen Stiefelabsatz ab und enthüllt so das Versteck, aus dem er mehrere zusammengefaltete Papiere zieht, Briefe an Tania von der Familie und von Freunden. Einer ist von Ulises, der Name eines fernen afrikanischen Landes steht darauf. »Viele Affen«, liest sie unbeeindruckt.

Der Kubaner überreicht ihr außerdem eine Liste mit neuen Codes für die Kommunikation mit Havanna und bittet sie, die alte zu vernichten. Sie bleiben bis vier Uhr nachmittags im Park, sprechen über Belanglosigkeiten. Mercy möchte gern öfter Momente wie diesen verbringen. »Ich erklärte der Agentin, es sei von größter Wichtigkeit, dass wir uns regelmäßig träfen, damit ich ihr weitere Instruktionen geben könne, und dass sie sich mindestens drei Stunden pro Tag für die oben genannte Aufgabe Zeit nehmen solle«, schreibt er in einem Bericht. Er besteht außerdem noch einmal darauf, sich an einem geheimen Ort mit ihr zu treffen. Tania sagt, eine Freundin habe ihr ein Haus zur Verfügung gestellt, ein ganzes Stück weit außerhalb der Stadt.

Am Dienstag treffen sie sich wieder. Sie fahren mit dem Überlandbus, sitzen in verschiedenen Reihen, als würden sie sich nicht kennen. In Calacoto steigen sie aus, nur sie beide, an einer einsamen Bushaltestelle. Es ist ein kleines Dorf, ein paar Feldwege und Hütten, trotzdem laufen sie, um nicht zusammen gesehen zu werden, im Abstand von zwei Straßenblocks hintereinander. Das Haus der Freundin liegt in einer Seitenstraße, links und rechts hohes Gras und brachliegende Grundstücke. Es ist noch im Bau, der Boden Rohbeton, die Fenster bisher nur Löcher. Glühbirnen hängen an Stromkabeln. Für ihre erste Sitzung müssen sie Farbeimer, Pinsel und Rollen beiseite räumen. Mercy will ihr die Mission erklären und beginnt etwas unbeholfen mit der geopolitischen Ebene. Che Guevara, sagt er, habe eigentlich Argentinien im Sinn gehabt. Es gäbe jedoch gewichtige politische Hindernisse: Die von Víctor Codovilla geführte Kommunistische Partei sei ein Gegner des kubanischen Regimes. Außerdem sei eine frühere Guerilla bereits von den regierenden Militärs zerschmettert worden. Tania versteht nicht ganz, sie fragt, ob denn ihre Mission etwas mit Guevara zu tun habe. »Ja«, antwortet Mercy, »wir bereiten den Boden für die von ihm geplante Revolution. Du bist mit dabei.« Peru, so der Agent weiter, sei eine Alternative gewesen, die dortige revolutionäre Bewegung habe allerdings vor kurzem schwere Verluste erlitten. Man habe auch an Venezuela gedacht, der Rebellenführer Teodoro Petkoff weigere sich jedoch, mit Che die Macht zu teilen, und behaupte deshalb, die Lage sei zu unsicher, um ihn dort zu empfangen. Bolivien hingegen grenze an mehrere Länder und könne so zu einem Guerilla-Stützpunkt für ganz Lateinamerika werden. Die hiesige Kommunistische Partei sei Havanna gegenüber sehr aufgeschlossen, ihr Anführer Mario Monje habe sogar Mitglieder der Kommunistischen Jugend nach Kuba geschickt, um sie dort militärisch ausbilden zu lassen. Es sei das Land, das sich am besten für die so genannte Operation Phantom eigne.

»Wir nutzten die verbleibende Zeit, indem ich ihr etwas über Spionage und Spionageabwehr beibrachte. Außerdem übertrug ich ihr die Aufgabe, drei weitere Treffpunkte zu organisieren«, schreibt Mercy ohne weitere Erläuterungen. »Wir verabredeten uns für zwei Tage später am selben Ort.«

Diesmal kommt er früher, geht einmal ums Haus herum, entfernt sich wieder, nimmt in einer Bar Platz und wartet. Er beobachtet, wie sie draußen vorbeiläuft, ohne ihn zu bemerken. Mercy bleibt noch eineinhalb Stunden sitzen und bricht dann erst auf. Die Tür ist abgeschlossen, er klettert durch ein

Fenster. Tania liegt bäuchlings auf einem kleinen Bett im hinteren Zimmer und schläft, das dunkle Haar im Gesicht, er kann ihre nackten Beine sehen. In seinem anschließenden Bericht heißt es nur, sie hätten »bis fast acht Uhr abends gearbeitet, bei Kerzenlicht, weil es im Haus keinen Strom gab.« Er geht jedoch nicht näher darauf ein, was sie den ganzen Tag gemacht haben, ob sie das Haus verließen, ob sie irgendwo zu Mittag aßen. Worüber sie redeten, und inwiefern sie ihre Agenda abarbeiteten. Er erwähnt auch die Zärtlichkeiten auf der dünnen Matratze nicht, wie er ihr beherzt den Rock ausziehen will und erst die Knöpfe nicht findet, Tanias milchweiße Schenkel, die ihn auf dem unverputzten Betonboden umfangen, zwischen Farbeimern und Fensterrahmen, wie sie sich am Waschbecken festhält und nach ihm umsieht, als er sich von hinten an sie klammert.

Die nächsten fünf Tage treffen sie sich nicht. Tania muss Unterricht geben, und das Haus in Calacoto steht nicht mehr zur Verfügung, weil dort weitergebaut wird. Mercy spricht nur von »mangelnden Sicherheitsbedingungen.«

In dieser Zeit tritt das erste Problem auf. Tania muss ihren Pass bei der Einbürgerungsbehörde abgeben, doch die Fingerabdrücke auf dem Dokument sind nicht ihre, und sie weiß, dass sie damit sofort auffliegen würde. Mercy informiert Havanna, die Agentin sei »vor kurzem vom Leiter der Einwanderungsbehörde behelligt worden, der darauf besteht, dass sie ihre Papiere in Ordnung bringt und sich anschließend mit ihm allein trifft, was mir ein eindeutiger Hinweis darauf zu sein scheint, dass die beiden in der Vergangenheit intime Beziehungen miteinander hatten.« Die Deutsche, heißt es weiter, »sieht keine Möglichkeit, das Problem zu beheben, zumal die Fingerabdrücke im gefälschten Pass nicht mit denen in der Aufenthaltsgenehmigung übereinstimmen.« Da sie vorerst keine weiteren Instruktionen erhalten, beschließen sie, La Paz für ein paar Tage zu verlassen. »Ich schlug vor, ins Landesinnere zu reisen, weil ich mich so um ihre Ausbildung kümmern konnte, für die ich ja zuständig war, und die Agentin gleichzeitig nicht weiter behelligt würde.«

Zwei Tage später fahren sie mit dem Bus los, anfangs versuchen sie noch, so zu tun, als würden sie sich nicht kennen, aber schon nach dem ersten Halt setzt sich Tania auf den leeren Platz neben Mercy. Sie steigen in Copacabana aus, wo sie sich unter dem Namen Señor und Señora González einquartieren. Sie laufen zum Titicacasee, Mercy ist fasziniert von den künstlichen Inseln, auf denen die Indios wohnen. Dann geht es weiter in Richtung Süden. Sie verbringen ein paar Tage in Cochabamba und danach in Trinidad und besichtigen dort die jeweiligen Kirchen. In Santa Cruz geben sie sich als frisch vermähltes Brautpaar aus, sie besuchen die Festung von Samaipata, die Mission von Chiquitos und den Nationalpark Noel Kempff Mercado. Am letzten Abend wird ihnen im Hotel eine Flasche eisgekühlter Sekt serviert, eine Aufmerksamkeit des Hauses. Mercy kauft sich eine Kamera, kann sie aber nicht bedienen. Das einzige überlieferte Foto ist verwackelt und zeigt Tania mit Kopftuch, in Pullover und schwarzen Leggings zwischen Palmen und vor einem Glockenturm.

Für kurze Zeit vergessen sie, dass sie kubanische Agenten sind. Auf der Terrasse eines Cafés in Santa Cruz wird Tania »von einem jungen Kerl« angesprochen, der behauptet, sie aus La Paz zu kennen. Sein Name ist Julio, er arbeitet als Journalist für die rechtsextreme Zeitschrift, über die sie ihre gefälschte Arbeitserlaubnis bekommen hat. Er setzt sich zu ihnen, »ein unangenehmer Mensch, mit Schmiere im Haar und loser Krawatte, nimmt kein einziges Mal die Sonnenbrille ab und richtet kaum das Wort an mich«, so Mercy. Tania stellt Mercy als ihren Cousin vor, der auf Urlaub sei und dem sie Bolivien zeige.

»Ah ...«, sagt Julio und beugt sich »auf unangemessene Weise« zu ihr hinüber, schreibt Mercy.

Als sie abends allein auf dem Zimmer sind, kommt es zu

einer ersten Auseinandersetzung. »Ich bat sie, solange sie im Dienst sei, sich nicht mit flüchtigen Bekannten einzulassen.« Tania antwortet, sie habe nur versucht, ihre Tarnung aufrechtzuerhalten, sie habe nicht so tun können, als kenne sie ihn nicht. »Ich musste sie mehrfach daran erinnern, dass, selbst wenn gewisse Dinge nötig wären, um den Schein zu wahren, die gemeinsame Arbeit mit mir immer an erster Stelle käme – vor allem anderen.«

Am 2. Februar kehren sie nach La Paz zurück. Tania muss wieder ihren Verpflichtungen nachgehen, weswegen sie sich nur noch heimlich nachts in Mercys Hotel treffen können. Der Leiter der Einwanderungsbehörde behelligt sie erneut. Sie braucht einen neuen Pass, mit ihren Fingerabdrücken. Mercy nimmt Kontakt zum kubanischen Geheimdienst auf, wartet auf Anweisungen, die zwei Tage später kommen. Wieder müssen sie verreisen, diesmal ins Ausland. Dort soll sie ihre Fingerabdrücke abnehmen lassen, sie nach Havanna schicken und vor Ort unauffällig auf das neue Dokument warten. Ihr Reiseziel überrascht sie, vor allem aufgrund der Entfernung, es ist Brasilien, beide waren noch nie dort, die Risiken sind ihnen bewusst, aber sie haben keine andere Wahl, Kuba unterhält dort eine kleine kommunistische Zelle, die sich um alles kümmern wird.

Während Mercy Vorbereitungen für die Reise trifft, geht Tania mit Mario zu einem Notar in der Innenstadt, er im geliehenen Anzug, sie in einem Kleid ihrer Vermieterin. Sie heiraten ohne große Zeremonie, an einem Nachmittag im überfüllten Standesamt. Abends gehen sie in einem chinesischen Studentenrestaurant essen, sie stehen ganz am Anfang ihres Lebens, für Ausschweifungen ist kein Geld da. Mario sagt, er wolle versuchen, als Kellner zu arbeiten, vielleicht schmiedet er Pläne für die Hochzeitsreise. In dieser glorreichen Nacht schlafen sie in seinem kleinen Zimmer. Zwei Tage später informiert Tania ihn, sie werde in einer Woche abreisen, sie habe ein »Angebot erhalten, dass sie nicht ablehnen könne«, und zwar von einem mexikanischen Unternehmer, den sie als Dolmetscherin auf einer Geschäftsreise nach São Paulo und Rio de Janeiro begleite. In drei Monaten sei sie zurück.

»In drei Monaten?«

Mario weiß, dass an Brasiliens Stränden immer die Sonne scheint, wahrscheinlich wäre er gern an ihrer Seite, wenn ihre braun gebrannten Beine im feinen Sand liegen, vor ihnen das tiefblaue Meer. An einem frühen Morgen bricht Tania auf, holt ihre Sachen aus der Pension und fährt alleine zum Flughafen.

3

Tania blickt auf das bleigraue Meer hinaus, eine Hand in die breite Hüfte gestemmt, mit der anderen hält sie den Strohhut fest, den der Wind wegzuwehen droht. Der dunkelblaue Bikini kontrastiert mit ihrer fahlen Haut. Sie hält die Füße ins eiskalte Wasser, läuft ein paar Schritte durch den Sand, bleibt dann stehen, sieht sich um und sagt etwas. Das Rauschen des Meeres ist zu laut, als dass Mercy, der direkt am Wasser sitzt, sie verstehen könnte. Er will nicht mit spazieren gehen, er will nur, dass sie zum Haus zurückkehren, bevor es anfängt zu regnen.

Mitten in der Nacht zuvor waren sie angekommen. Sie haben ein Haus am Strand von Itararé gemietet, zwischen Santos und São Vicente. Mercy stellte die Taschen in der Küche ab und wartete, bis das Motorengeräusch verklungen war. Eine Weile horchte er in die Nacht hinaus, nur ein Hund bellte. Er schloss das Fenster. Tania warf sich auf das klamme Sofa und blätterte ein paar Zeitschriften durch, die auf dem Couchtisch verstreut lagen. Dann stand sie auf und sagte, sie wolle das Meer sehen, sie könne die Wellen hören. Es gab Streit. Mercy fand, es sei nicht die Uhrzeit, eine »Szene zu machen«, sie solle sich beruhigen. »Ich sagte ihr, dass ich ihr unangebrachtes Verhalten nicht länger ertrüge, die ganze Autofahrt über habe sie so komisch gelächelt und sich mit dem Fahrer unterhalten, der ja die Augen nicht von ihr lassen konnte, und dass sie mit ihrer leichtfertigen Art die Mission in Gefahr bringe.« Tania erwiderte, sie spiele nur eine Rolle. »Da habe ich ihr gesagt, sie hätte den Mund halten sollen, und dass sie immer viel zu viel erzähle und viel zu nett sei, sie habe ja gar nicht mehr aufgehört, den Fahrer anzulächeln«, schrieb er.

Jetzt sitzt er am Strand und sieht, dass Tania von ihrem Spaziergang zurück ist und auf ihn zukommt. Sie lächelt nicht, sie hält ihren Hut fest, sagt etwas wie »Ich habe Hunger« und geht wieder weg. Schweigend laufen sie die Straße entlang, kaufen in einem Laden Lebensmittel und ziehen sich bis zum nächsten Tag zu Hause zurück. Mercys Bericht nach sind sie die ganze Zeit mit wichtigen Dingen beschäftigt, aber das nimmt man ihm nicht recht ab. »Nachdem wir uns mit Essen eingedeckt hatten, wollten wir keine Zeit mehr verlieren. Wir arbeiteten den ganzen Nachmittag durch und stellten danach das Programm für die kommenden Tage auf: von 8 bis 10 Uhr morgens Irreführung und Verfolgung des Gegners, von 10 bis 12 Uhr Schreiben mit unsichtbarer Tinte und mit Kohle. Von 12 bis 13.30 Uhr Sport, mit Schwerpunkt Marschieren und Laufen. Eine halbe Stunde Mittagessen und dann bis 17 Uhr Grundlagen der Informationsbeschaffung und Datenüberprüfung, von 17 bis 20 Uhr Spionageabwehr und Methoden der Anwendung. Zum Schluss Abendessen und danach Rekapitulieren des Erlernten. Nachtruhe um Mitternacht.« Sex haben sie wahrscheinlich an sämtlichen erdenklichen Orten: im Ehebett, auf dem Sofa zwischen den angeschimmelten Zeitschriften, auf dem Schreibtisch, auf dem Waschbecken, und, da Mercy nicht schwimmen kann, in der seichten Brandung, in Ufernähe.

Der Fahrer wird danach nicht mehr erwähnt. Er wird auch nicht namentlich genannt, wir wissen aber, dass es sich hierbei um João Batista oder auch Paulo Neumann handelt, den Brasilianer, der sich während ihres Aufenthaltes an sie heftet und in die Operationen der Kubaner einschleust.

– ★ –

Mercy war am 16. Februar 1966 allein nach São Paulo gekommen, diesmal als Repräsentant einer mexikanischen Firma für Autoteile. Seine erste Mission, mit der schwarzen Aktentasche in der rechten Hand, war ein Besuch im Reisebüro República im Stadtzentrum. Dort traf er eine Frau mit dem Codenamen Maria, die sich um Flugticket und Hotel für Tania kümmerte. Mercy und Maria sehen sich zwei oder drei Mal, der Kubaner beschreibt sie nur als »eine hilfsbereite Frau«. Sie war achtundzwanzig Jahre alt, Single, und hieß, wie man inzwischen weiß, in Wirklichkeit Verônica Neumann. Sie war aus Rio Grande do Sul nach São Paulo gezogen, um dort zu studieren, bekam von ihren Eltern monatlich Geld für Miete und Essen überwiesen und teilte sich eine Zweizimmerwohnung mit ihrem jüngeren Bruder Paulo.

Maria war eine Zeit lang in Kuba ausgebildet worden und gehörte, als Mercy in São Paulo auftauchte, zur sogenannten Zelle M3, einer Gruppe junger Brasilianer um den späteren Gouverneur von Rio de Janeiro, Leonel Brizola, die direkt dem kubanischen Geheimdienst unterstellt war. Heute weiß man, dass Brizola die Aktivitäten der Kubaner deckte, und Havanna ihn dafür mit Waffen belieferte und militante Mitglieder seiner Partei ausbildete. Diese Vereinbarung, die während eines Kongresses der Kommunistischen Partei Uruguays im August 1965 in Montevideo getroffen wurde, wo Brizola im Exil lebte, war Teil einer allgemeineren Strategie, die den Aufbau zweier Guerilla-Stützpunkte in Brasilien (in Mato Grosso und in der Serra do Caparaó, zwischen Minas Gerais und Espírito Santo) und den Austausch mit anderen revolutionären Gruppen in Lateinamerika umfasste.

Maria war es dann auch, die ihren Bruder Mercy vorstellte und vorschlug, er könne während ihrer Zeit in São Paulo als Fahrer für sie arbeiten. Der Kontakt zwischen den beiden wurde erst kürzlich bestätigt, mit der Veröffentlichung des Verhörs von João Batista. Auf die Frage, wie er die Kubaner kennengelernt habe, erklärt er, Mercy zum ersten Mal in besagtem Reisebüro begegnet zu sein. »Wir haben uns nicht vorgestellt, trafen uns dann aber später wieder, als meine Schwester mich bat, sie durch die Stadt zu begleiten«, erzählt er. »[Meine Schwester und ich] standen uns sehr nahe, und obwohl ihre Tätigkeit geheim war, hat mir Verônica immer alles erzählt. Ich wusste genau, wie die Zelle aufgebaut war. Sie hat mir vertraut, ich wusste alles.«

Am 26. Februar 1966 stand João Batista vor dem Hotel Handais im Zentrum von São Paulo und wartete auf sie. Mercy und Tania kamen durch die Glastür und diskutierten »wie ein Ehepaar«, erinnert sich der Brasilianer. Als Erstes fuhr er sie zu einem Immobilienmakler. Mercy wollte aus der Stadt raus, er hatte in einer Anzeige ein Sommerhaus entdeckt, zwei Zimmer, am Strand von Itararé, Nebensaisontarif. Da Havanna ihnen die Anweisung erteilt hatte, ein paar Tage zu verschwinden, bis der neue Pass fertig war, hielt er es für das Beste, sich irgendwo an der Küste als Ehepaar einzumieten. Der Agent sei ständig in Sorge gewesen, erinnert sich João Batista. »Er hatte Angst, von der Polizei angehalten zu werden und verdächtig zu wirken, mehrfach bat er mich nachzusehen, ob die Wagenpapiere auch wirklich in Ordnung seien.« Tania hingegen »sagte manchmal lange kein Wort und hatte einen durchdringenden Blick, mit dem sie sich jeden gefügig machte«. Nach dem Maklerbüro ging es in ein Kaufhaus. »Wir brauchten etwas Passendes zum Anziehen, Touristenkleidung«, so Mercy. Während Tania die Einkaufsliste durchging, fragte sie João Batista, was er von den brasilianischen Stränden hielt.

»Ah, sie sind wunderschön.«

»Aber sicher kein Vergleich zu Kuba.«

In der Damenabteilung gab es wieder Streit. Tania hatte ein paar Bikinis rausgesucht, und Mercy fand sie entweder zu weit ausgeschnitten oder zu bunt. Sie ignorierte ihn und marschierte unbeirrt in die Umkleidekabine, vorbei an João Batista, der ihnen in einigem Abstand folgte. Als sie wieder rauskam, wurde sie von Mercy erwartet. Zwischen den Kleiderstangen gebückt stritten sie leise weiter. Gleich darauf wiederholte sich das Spiel bei den Röcken. »So kannst du nicht herumlaufen, such dir bitte etwas Anständiges aus.« Tania wurde lauter und erklärte, sie sei nach dem Preis gegangen, schließlich müssten sie sparen, und mit seiner kleinbürgerlichen Einstellung käme er im Leben bestimmt nicht weiter. Mercy verließ die Damenabteilung, kam aber laut João Batista kurze Zeit später zurück, um weiterzudiskutieren. In seinem Bericht geht der Kubaner ausführlich auf das Thema ein. »Ich muss darauf hinweisen, dass Tania vielleicht zu sparsam ist und ich sie quasi zwingen musste, beim Kleiderkauf mehr auf die Qualität zu achten. Wenn sie etwas kauft, dann nur auf meinen Wunsch, und jedes Mal musste ich sie überreden, nicht das Billigste zu nehmen«, schreibt er. »Ich habe sie dann provoziert, indem ich zu ihr sagte: ‚Du bist nicht sparsam, du bist geizig. Kauf dir gefälligst etwas Anständiges, das hält nicht nur länger, du siehst auch hübscher darin aus'.«

Sie aßen in einem kleinen Restaurant in der Nähe, und als die Rechnung kam, verschwand Mercy auf die Toilette. Als er zurückkehrte, beschwerte Tania sich lautstark, er wolle seine Dollar sparen, um »Eindruck bei den Chefs zu schinden«, und ließe sie, die in La Paz jeden Peso umgedreht und etliche »Entbehrungen ertragen« habe, die Spesen zahlen. Der Agent bat sie, nicht so zu schreien, es könne sie jeder hören. Tania lachte höhnisch, warf das Geld auf den Tisch und ging. »Den Rest des Tages redeten sie kein Wort mehr miteinander. Tania suchte das Gespräch mit mir, manchmal streifte sie meinen Arm und lächelte mich an, als würde Mercy gar nicht existieren«, erzählt der Brasilianer.

Auf der Fahrt an die Küste, Tage später, plauderte João Batista völlig unbefangen mit Tania und kümmerte sich nicht um den Kubaner, der mit verschränkten Armen auf der Rückbank saß und streng guckte. Sie trug ein blauweiß gestreiftes Kostüm mit einem Anker auf der Brust (immerhin waren sie auf dem Weg zum Strand) und hielt den Ellbogen aus dem Fenster.

Die Haare wehten in der schwülen Abendluft, manchmal strich sie sie nach hinten, aber im nächsten Moment flatterten sie wieder im Wind. Vielleicht um ihr zu imponieren, behauptete der Brasilianer, Mitglied der Zelle und in Kuba ausgebildet worden zu sein, berichtete detailliert von Gewaltmärschen und mangelnder Verpflegung, von Freundschaften, die er geschlossen hatte, und von simulierten Angriffen. In Wirklichkeit wiederholte er nur das, was seine Schwester ihm nach ihrer Rückkehr aus Kuba erzählt hatte. Eine Prahlerei mit tiefgreifenden Folgen, die ihn schließlich als Guerillero nach Bolivien führte. Gegen Mitternacht erreichten sie Itararé. Beim Abschied hielt Tania seine Hand fest und strich ihm über den Arm. Als Mercy das sah, verschwand er mit den Koffern im Haus, ohne sich zu verabschieden. Sie lächelte noch kurz und folgte ihm dann. »Sie müssen verstehen«, erklärt João Batista später beim Verhör, »in dem Moment kam mir alles so natürlich vor, ich dachte wirklich, sie hätte Interesse an mir.«

Als Tania aufwacht, ist der Himmel voller Wolken. Sie laufen am Strand entlang, sprechen kaum miteinander, kaufen ein. Mercy besteht darauf, so schnell wie möglich zum Haus zurückzugehen. Sie fragt, wie lange sie noch bleiben, obwohl sie weiß, dass der Brasilianer sie erst in ein paar Wochen abholen soll. Mercy verfasst Berichte, plant den Tag durch, ist ungeduldig. Sie lässt sich aufs Sofa fallen, blättert in den alten Zeitschriften, wirft sie genervt in die Ecke und sagt, dass sie neue bräuchten.

4

Seit vierzehn Tagen sind sie jetzt am Meer, Tania vermisst ihr Akkordeon. Eine Nachricht aus Havanna bewahrt sie vor einer ernsthaften Krise. Mercy soll innerhalb von zwei Tagen nach Kuba zurückkehren und sie, sobald der neue Pass da ist, nach Prag weiterreisen und sich dort mit dem Agenten Ariel treffen. Mercy weiß, wer Ariel ist, ein ehrgeiziger Funktionär, der innerhalb des kubanischen Geheimdienstes rasant aufgestiegen ist. In Osteuropa wird man sich von ihren Fähigkeiten überzeugen wollen, bevor sie weiter nach Bolivien geschickt wird. Mercy ist sicher, dass Ariel ihre Schulung als Farce entlarven wird. Eigentlich haben sie die ganze Zeit so gut wie nichts gemacht, sie sind kaum aus dem Haus gegangen und waren auch nur einmal in der Stadt, weil ihnen nach drei Tagen Regen die Decke auf den Kopf fiel. Mercy sieht auf dem Sofa ein durchgeweichtes Büchlein liegen, das er neulich spontan an einem Zeitungskiosk gekauft hat: Vorne drauf ist eine aufreizende Frau abgebildet, eine Spionin in verschiedenen Verkleidungen. Die Hände in die Hüften gestemmt sagt er zu Tania, sie müssten die verlorene Zeit aufholen. Trotz ihrer theoretischen Ausbildung in Kuba hat Tania Schwierigkeiten, einen Funksender an eine Fernsehantenne anzuschließen, sie kann weder selbstständig einen Tresor knacken, noch kennt sie sich besonders gut mit verschlüsselten Texten und unsichtbarer Tinte aus. Sie hat ein paar Kilo zugenommen und schläft mehr, als sie sollte. Der Kubaner schreibt: »Wir nutzten den letzten gemeinsamen Tag, um noch einmal die Lektionen durchzugehen, und vergeudeten dabei keine einzige Minute.«

Als João Batista gegen Mittag kommt, um sie abzuholen, liegen sie schlafend im Wohnzimmer, überall um sie herum Papiere. Auf der Fahrt im Wagen schlummern sie weiter. Am nächsten Tag kommen der Brasilianer und seine Schwester ins Hotel Handais, um sie zum Flughafen zu bringen. Maria händigt Tania den Reisepass und ein Ticket nach Rom aus. Von dort aus fliegt sie weiter nach Wien und fährt dann mit dem Zug nach Prag. Mercy reist über Montevideo, Panama-Stadt und Caracas nach Havanna.

Sie stehen allein in der Eingangshalle des Flughafens, trinken einen letzten Kaffee, und Tania kauft dem Kubaner »seine Lieblingssüßigkeit« (wir wissen leider nicht welche). Seinem Bericht zufolge verläuft der Abschied emotional. Sie ist nervös, es gibt Probleme mit dem neuen Pass, wie es aussieht, sind die Stempel der Einwanderungsbehörde nicht korrekt. Mercy versucht, sie zu beruhigen. Als der Flug nach Montevideo ausgerufen wird, gehen sie gemeinsam zum Gate. Sie umarmen einander, Tania sagt, sie sähen sich bestimmt wieder, sobald der Sieg errungen sei. »Mit Tränen in den Augen flüsterte sie mir zu: ‚Ich danke dir sehr für alles, was du mir beigebracht hast, und auch dafür, dass du meine Launen ertragen hast. Ich habe viel von dir gelernt.' Und ohne meine Hand loszulassen, sagte sie noch ‚Vaterland oder Tod'.« Bevor er die Bundespolizei passiert, dreht Mercy sich noch einmal um und versucht, sie in der Menschenmenge auszumachen, vergeblich.

Wir treffen Tania Ende April 1966 wieder, auf einem kleinen Anwesen in der Nähe von Prag. An den Tagen davor hatte sie sich mit dem Agenten Ariel getroffen und bis zu elfstündige Vernehmungen über sich ergehen lassen, in denen sie in allen Einzelheiten von ihren Erlebnissen in Bolivien und Brasilien berichtete. Viele der Vernehmungsabschriften wurden kürzlich öffentlich, sie zeigen eine Agentin, die ungezwungen ins Mikrofon lacht und bereitwillig jede Frage beantwortet. Erstaunlicherweise hat man nicht einen Moment das Gefühl, der

Kubaner schüchtere sie ein. Es heißt, sie habe ihn verführt, wie so viele andere auch, und die Aufzeichnungen seien nichts anderes als einstudierte Dialoge für die Regierung in Havanna, aber dafür gibt es keinerlei Beweise. Tania erweist sich als engagierte Idealistin, die sich voll und ganz ihrer Mission widmet, und es ist anzunehmen, dass sie sich trotz der unzureichenden Ausbildung durch Mercy die entsprechenden Fertigkeiten angeeignet hat. Ulises Estrada, der diese Zeit kaum erwähnt, schreibt, Ariel habe sie als eine »im revolutionären Kampf geschulte, vollwertige Kämpferin« erlebt, sie verfüge über »eine Sanftheit, die jeder Frau eigen ist, wenn sie ganz in einer Sache aufgeht.«

Bis heute ist nicht bekannt, wo und wie die deutsche Agentin jene Wochen und Monate verbrachte, abgesehen von ihrem kurzen Aufenthalt auf besagtem Prager Landgut. Das Anwesen bestand aus drei nur zeitweilig beheizbaren Holzhäusern inmitten eines Kieferwäldchens, von der Straße aus kaum zu sehen. Nachdem es ein paar Jahre zuvor von den Russen zurückgelassen worden und jetzt unbewohnt war, schlug Havanna Guevara vor, dort die Operation in Bolivien vorzubereiten. Insgeheim nannten die Kubaner es das »Schweizer Chalet«, und man munkelte, die Wände seien von so vielen Wanzen durchlöchert, dass sie aussähen wie eine Scheibe Greyerzer. Als ein kubanischer Würdenträger von einem Besuch dorthin zurückkehrte, berichtete er, die wichtigen Gespräche fänden grundsätzlich nur draußen statt, »auf Spaziergängen durch den Schnee, bei einer Mordskälte«. Auch ob Tania und Guevara sich dort trafen, lässt sich nicht mit Gewissheit sagen, selbst wenn einige Biografen behaupten, sie hätten dort eine Liebesaffäre gehabt, die lediglich durch den Besuch seiner Frau Aleida March unterbrochen wurde. Sie war für eine Woche in die Tschechoslowakei gekommen, um ihm in einer seiner schwermütigen Phasen beizustehen.

Es gibt einen Umstand, der für den Ehebruch spricht. Che

verließ Daressalam in Begleitung von Ulises Estrada, seinem treuen Sekretär. In den ersten Tagen in Prag kümmerte Ulises sich um die Einkäufe, empfing Besucher und organisierte den Alltag im Haus. Als Guevara sich mit der Einnahme eines abgelaufenen sowjetischen Anti-Asthma-Medikaments vergiftete, wich Ulises als Einziger nicht von seiner Seite und brachte ihn schließlich dazu, erste Gehversuche durch den eiskalten Wald zu unternehmen. Es wurde ihm nicht gedankt. Kaum war Che genesen, schickte er ihn nach Kuba. In seinem Buch schreibt Ulises, dass »mein Aussehen, vor allem meine dunkle Haut und meine Haare, die Aufmerksamkeit der Tschechen erregte, zum Beispiel bei den Angestellten und Gästen der Restaurants, in denen wir manchmal aßen.« Die Anwesenheit anderer Schwarzer auf dem Anwesen, darunter Ches Leibwächter Pombo, spricht jedoch gegen diese Erklärung. Ulises und Guevara verbrachten viel Zeit miteinander, und es ist wahrscheinlich, dass Guevara von seiner Beziehung zu Tania wusste. Ohne seinen Untergebenen war der Weg frei. »Ich gefährdete Ches heimlichen Aufenthalt in Prag, sodass er sich Ende März dazu entschloss, mich zurück nach Havanna zu schicken.«

Anfang April traf sich Guevara mit Manuel Piñero, dem Chef des kubanischen Geheimdienstes, der ihn über den Stand der Operation Phantom informierte. Außerdem erhielt er Besuch von Fidel Castros Leibärzten, die ihm gesunde Ernährung und Bewegung verordneten (»Er ist in schlechter Verfassung, schläft mehr als zwölf Stunden täglich und isst nur wenig«, heißt es in ihrem ersten Bericht an Havanna). Einige seiner engsten Vertrauten, die im Kongo an seiner Seite gekämpft hatten, leisteten ihm ebenfalls Gesellschaft. »All diese Leute trugen mit ihren Ratschlägen und Versprechungen dazu bei, dass Che nach Bolivien aufbrach. Aleida, Fidel Castro, Manuel Piñero, seine langjährigen Assistenten, seine Freunde, Tania – sie alle hatten nach einer Alternative zu Argentinien gesucht und bemühten sich, ihn davon zu überzeugen«, schreibt ein Biograf.

Als Che sich dann dazu entschließt, tut er so, als sei es ganz allein seine Idee gewesen: Er habe sich für Bolivien als Ausgangsbasis für die Revolution entschieden, danach werde man andere Länder in Angriff nehmen. Von da an geht die Geschichte ihren eigenen Gang. Bei seinem zweiten Besuch versichert Manuel Piñero, die Operation persönlich zu koordinieren. Doch Piñero ist ein vielbeschäftigter Mann, er leitet Aktionen in Zentralamerika, Europa und Afrika. Er schickt lediglich Mercy zurück nach Brasilien mit dem Auftrag, dort Guevara und seine Leute in Empfang zu nehmen und ihnen bei der Weiterreise nach Bolivien zu helfen. Piñero gibt gefälschte Papiere in Auftrag, mit denen Ches Männer nach São Paulo und von dort nach Santa Cruz reisen können, aber er kümmert sich weder selbst um sie, noch stellt er weitere Agenten für die Operation ab. Inzwischen vermutet man, dass Piñero nicht ganz einverstanden damit war, wie die Mission durchgeführt wurde, und versucht hat, sich rauszuhalten, um im Falle einer Katastrophe (wovon es im Laufe dieser Geschichte einige geben sollte) nicht verantwortlich gemacht zu werden.

Mercy reist als Unternehmer in der Hotelbranche. Bei seiner Ankunft in São Paulo erfährt er, dass er Assistent von Papi, einem Vertrauten Guevaras, sein soll. Die beiden verstehen sich überhaupt nicht. In seinem ersten Bericht an Havanna beschwert sich Mercy über den Kubaner, der gerade mal dreißig Jahre alt ist, zu viel redet und gern Sonnenbrillen, Lederjacken und Seidenhemden trägt. Er sei weder für den bewaffneten Kampf geeignet, noch habe er die nötige Geduld, um für den Geheimdienst zu arbeiten. Papi wiederum schreibt Guevara nach Prag, Mercy sei »ein unsicherer, nervöser Typ [...]. Er ist nicht in der Lage, irgendetwas allein zu machen, geschweige denn mit Geld umzugehen.« Als er ihm aufträgt, in der Umgebung von São Paulo eine Unterkunft für die Guerilleros zu suchen, rekrutiert Mercy, der sich allein nicht von der Stelle bewegt, als Begleitung João Batista. Zusammen fahren sie nach São Bernardo, Santo André, Piraporinha, Franco da Rocha und Suzano. Während der Gespräche mit Pächtern und Hauseigentümern wird Mercy immer zurückhaltender, aus Angst, sich durch seinen Akzent zu verraten. Nach und nach übernimmt der Brasilianer die Suche nach dem Haus, spricht mit Maklern und verhandelt Preise.

Als er und seine Schwester sich zum ersten Mal mit Papi treffen, gewinnen die beiden sein Vertrauen. Batista zufolge war Guevaras Abgesandter »ein pummeliger Kerl mit kleinen Füßen«, der »sich mehr für meine Schwester als für die Operation zu interessieren schien.« Während des gesamten Treffens »ignorierte er Mercy und behandelte ihn wie jemand völlig Inkompetenten.« Für Papi kommt keine der angebotenen Immobilien in Frage. Mercy und Batista machen sich wieder an die Arbeit, doch Mercy fühlt sich unter Druck gesetzt, reagiert oft ungehalten und stellt in seinem Bericht an Havanna erneut Papis Führungsqualitäten in Frage. »Er verliert sich in Kleinigkeiten und verschwendet dabei Zeit und Geld.« Er beschließt, die Sache selbst in die Hand zu nehmen, und mietet gegen João Batistas Rat ein kleines Anwesen in Arujá. Papi zwingt ihn, das Geschäft rückgängig zu machen. Mercy erklärt, so könne man nicht mit ihm umgehen, er droht mit seinem Ausstieg, es kommt zum Streit. Eine Woche später erhält er eine kurze Nachricht vom Innenministerium mit der Anweisung, nach Kuba zurückzukehren. »Papi sprach mir sein Vertrauen aus«, sagt João Batista. »Ich glaube, es hat mich eine bis eineinhalb Wochen gekostet, bis ich ein Haus in Mogi gefunden hatte, das mir sicher genug schien.«

Papi reist als Vertreter für landwirtschaftliche Chemikalien getarnt nach Santa Cruz und anschließend nach La Paz. Er nimmt Kontakt zu alten Bekannten auf, Mitglieder des jungen Flügels der Kommunistischen Partei Boliviens, darunter die

Brüder Inti und Coco Peredo, Sprösslinge einer traditionellen Familie aus Alto Beni, sowie Humberto und Jorge Vázquez-Viaña, Söhne eines linksgerichteten Politologen und Oppositionellen. Papi trifft sich außerdem mit Jorge Saldaña – ein hochrangiger Funktionär der Partei, bärtig, lange Haare, Anfang dreißig, der die Entstehung eines urbanen Netzwerks zur Unterstützung der Guerilla vorantreiben soll. Die Treffen verlaufen offenbar erfolgreich. Die jungen Bolivianer waren, mit Ausnahme von Saldaña, bereits zwei Monate in Kuba gewesen und dort in Politologie und Guerillakrieg ausgebildet worden. Sie sind einsatzbereit.

Die fünf werden im April 1966 offiziell von Papi rekrutiert, ohne dass die Führungsspitze der bolivianischen Partei eingeweiht wird. Dies geschieht auf Anweisung Guevaras. Seit der Niederlage im Kongo, als die betrunkenen Anführer darauf bestanden, jede Aktion abzusegnen, und so jeden Überraschungseffekt zunichtemachten, hat er beschlossen, keine Einmischung mehr zu dulden. Obwohl er sie nie persönlich kennenlernte, bezeichnete er die bolivianischen Kommunisten als faul. »Ich will mein eigener Chef sein«, erklärte er in Prag gegenüber Mitgliedern des MININT.

Es ist jedoch wahrscheinlich, dass Parteichef Mario Monje von Anfang an über Papis Schritte unterrichtet wurde. Sein Informant war Jorge Saldaña, der befürchtete, dass die Aktionen der Kubaner zu nichts führten, und es sich mit Monje nicht verderben wollte. Monje erhält keine detaillierten Pläne (Saldaña ist selbst nur teilweise eingeweiht), vermutet aber zu Recht, dass die Kubaner etwas im Schilde führen, an dem »wir nicht teilhaben sollen.« Als er herausfindet, dass Papi junge Leute aus seiner Partei rekrutiert, tobt er und droht ihnen mit Rauswurf. Trotzdem gelingt es ihm nicht, sie zu halten.

Im Mai schickt Papi Jorge Vázquez-Viaña und die Brüder Peredo für zwei Monate nach Kuba, wo sie für den Guerillakrieg ausgebildet werden. Humberto, der ältere der Vázquez-

Viaña-Brüder, bleibt in La Paz, um weitere Mitglieder des jungen Flügels der KP anzuwerben. Saldaña übernimmt die Organisation des Netzwerks und setzt als Schatzmeisterin die vierundzwanzigjährige Loyola Guzmán ein, die an der Universidad Mayor de San Andrés Philosophie studiert. Saldaña war mit ihrem Vater befreundet, einem Nachkommen der Aymara-Indios, der Wirtschaftswissenschaften an der Universität von La Paz lehrte, bevor er von Barrientos entlassen wurde. Loyola selbst hatte allerdings noch nie mit Zahlen zu tun gehabt.

Papi und die Mitglieder des neu gegründeten Netzwerks mieten zwei Häuser in La Paz, um dort die Guerilleros unterzubringen. Auch davon setzt Saldaña Monje in Kenntnis, woraufhin dieser, besorgt über den rasanten Verlauf der Ereignisse, in einem Brief an Havanna eine Erklärung verlangt. Nach einigen Wochen erhält er einen Anruf von keinem Geringeren als Fidel Castro. Der Inhalt ihres Gesprächs, das laut Havanna nie stattgefunden hat, ist in Monjes Memoiren nachzulesen, die er Jahrzehnte später schreiben sollte. Demnach bestätigt der kubanische Staatschef, dass eine Aktion in Bolivien geplant, das Land aber lediglich Durchgangsstation sei, für »einen Freund, der in seine Heimat zurückkehren will.«

Indessen treffen weitere Kubaner ein. Pacho, auch er ein Vertrauter Guevaras, verlässt Prag und kommt nach einer langen Reise Ende des Monats in La Paz an. Im Juni entsendet Manuel Piñero, als letztes Zeichen guten Willens, den Agenten Renán, der ein Kommunikationssystem zwischen dem Netzwerk, dem künftigen Guerillasitz und Havanna errichten soll. Im Juli dann tauchen mehrere von Che auserwählte Kubaner auf, von denen die meisten ihre Feuertaufe in der Sierra Maestra oder im Kongo bestanden haben. Es sind schlaksige junge Männer, die eher aussehen wie Studenten als wie erfahrene Kämpfer.

Zu jener Riege gehören auch Pombo und Tuma, zwei von Guevaras Leibwächtern. Mit ecuadorianischen Pässen verlassen sie Prag am Morgen des 14. Juli und fahren mit dem Zug in Richtung Frankfurt. Dank ihrer Hautfarbe (Tuma ist Mulatte und Pombo ist schwarz) und weil sie nur Spanisch mit starkem kubanischem Akzent sprechen, erregen sie einige Aufmerksamkeit. Auf der Fahrt durch die Tschechoslowakei bekommen sie Probleme mit ihren Visa, die nur für Flüge gültig sind, nicht aber für Zugreisen. In Deutschland geraten sie kurz in Bedrängnis, als sie in einem einfachen italienischen Restaurant am Bahnhof von einem Dominikaner am Nebentisch angesprochen werden, der zu viel Wein getrunken hat und, als sie nicht reagieren, darauf besteht, dass sie Kubaner seien, das erkenne er an ihrem Akzent.

»Scheiße! Ihr gebt es nur nicht zu! Wollt ihr deswegen nicht mit mir reden?«, brüllt er. »Fehlt nur noch, dass eure Pässe gefälscht sind.«

Und zum Kellner:

»Bedienen Sie die nicht, diese Halunken! Das sind Kommunisten, die sich als Peruaner ausgeben.«

»Ecuadorianer«, wendet Pombo ein und starrt auf seinen Teller. Ihm ist bewusst, dass die anderen Gäste sie beobachten.

Ein paar Tage später sollen sie mit der Lufthansa nach Zürich fliegen. Wieder werden sie nervös, als sie in den falschen Bus steigen und statt am Flughafen in einer ländlichen Gegend landen, wo sie von Bauern bestaunt werden, die noch nie Farbige gesehen haben. »Wir sprachen nur ein paar Brocken Deutsch und hatten gerade mal so viel Geld, um uns von dort aus ein Taxi zu nehmen«, schreibt Pombo in seinem Tagebuch. Von Zürich geht es weiter nach Dakar, dann nach Rio de Janeiro und São Paulo. Dort erwartet sie João Batista und bringt sie nach Mogi. Der Brasilianer erinnert sich nur vage an ihren Aufenthalt. »Die meiste Zeit lagen sie in voller Montur im Bett und schauten an die Decke. Ganze Nachmittage schliefen sie durch. Außerdem sahen sie gern Seifenopern«, erzählt er später. »Sie waren allem gegenüber misstrauisch und wollten am liebsten Schweinefleisch mit Reis und schwarzen Bohnen essen, weil es sie an Kuba erinnerte. Aber damals konnte ich gerade mal Rührei mit Schinken und Käse, das sie trotzdem in großen Mengen verschlangen.«

Die beiden verlieren ein paar Tage, weil sie auf das Visum für Bolivien warten müssen. Am 21. Juli, einem Freitag, steigen sie in eine Maschine der Cruzeiro do Sul nach Santa Cruz und bekommen den nächsten Schrecken, als die Bundespolizei Pombos Rucksack kontrolliert.

»Da sind Bücher drin, Señor.«

»Der Beamte sah mich misstrauisch an und rief seinen Kollegen dazu. Er ließ meine Tasche durchsuchen und sagte, ich, ein Schwarzer, wolle mich wohl wichtigmachen«, schreibt Pombo. Der Rucksack ist tatsächlich vollgepackt mit Büchern über Agrartechnik, weil sich so am besten das Gewicht von einer Browning, einem Extra-Magazin und zwanzigtausend Dollar im doppelten Boden kaschieren lässt.

Statt in Santa Cruz landen sie überraschenderweise in Corumbá, im Bundesstaat Mato Grosso do Sul. Dort informiert man sie, dass der nächste Flug nach Santa Cruz erst am Montag gehe. »Das kam uns sehr merkwürdig vor, immerhin wussten wir, dass die anderen ohne Zwischenstopp nach Bolivien geflogen waren«, schreibt Pombo, anstatt auf die Idee zu kommen, dass sie das falsche Ticket gekauft haben. »Wir bestanden darauf, dass die Fluggesellschaft für Unterkunft und Verpflegung aufzukommen habe, aber die weigerte sich.« Man kann verstehen, dass Pombo unter diesen Umständen nicht allzu glücklich ist. Er war gerade mal sechsundzwanzig Jahre alt, in einem Dorf im Landesinneren von Kuba aufgewachsen, hatte früh geheiratet und drei Kinder. Auf internationalen Reisen fühlt er sich unwohl, er spricht keine Fremdsprachen, schwitzt, und seine Hände zittern, wenn er an die Waffe in seinem Rucksack denkt. Zu allem Überfluss ist sein Partner Tuma nicht gerade der Hellste, die Guerilla hätte ihn schon lange fallen gelassen, wäre da nicht sein blinder Gehorsam gegenüber Guevara (der *Comandante* nennt ihn auch »meinen Wachhund«). In seinem Tagebuch erinnert sich Pombo an die Reise in den Kongo. Die Strapazen des Schlachtfelds sind offenbar aus seinem Gedächtnis gelöscht, wie auch die Stimmen der aufsässigen Kongolesen, die mit geschlossenen Augen abdrückten. In Erinnerung geblieben ist nur das Abenteuer, nach Afrika aufzubrechen, und wie angenehm es doch war, zusammen mit sechzehn Kameraden zu reisen, als Studenten des Ingenieurswesen getarnt, alle im selben Anzug und mit derselben Krawatte, wie sie lachend auf ihren Zimmern saßen und Angst hatten, die Einwanderungsbehörde könnte dahinterkommen, dass sie einen Schraubenzieher nicht von einem Schraubenschlüssel unterscheiden konnten. In Corumbá ist das anders, Pombo läuft verunsichert durch den Flughafen, während Tuma ihm wie ein Schatten folgt. Sie kommen mit anderen Passagieren ins Gespräch, die sich in der gleichen Situation befinden und mit den Koffern zwischen den Beinen diskutieren, wie es weitergeht. Sollte Pombo ein wenig Ablenkung gesucht haben, so findet er sie vielleicht in der achtzehnjährigen dunkelhäutigen Bolivianerin, die mit ihrem zum Zopf gebundenen schwarzen Haar auf ihrem Koffer sitzt und weint. Sie müsse zurück nach Hause, sagt sie und wird von zwei brasilianischen Nonnen mittleren Alters getröstet. Der schüchterne Pombo sucht ihre Nähe, spricht sie aber nicht an. An diesem Abend schreibt er in sein Tagebuch: »Wir haben eine junge Bolivianerin namens Sara Polo kennengelernt (sie ist sehr schön).«

Die anderen Passagiere sind ein Deutscher, Vertreter einer Firma für Hochöfen und schweigsamer Anzugträger, und ein brasilianisches Ehepaar mit ihrer fünfjährigen Tochter. Pombos Aufzeichnungen zufolge heißt der Mann Mario Euclides Cardona, ist Geschäftsmann und »versucht herauszufinden, ob wir Schmuggler sind«. Sie beschließen, gemeinsam im Grand Hotel abzusteigen. Der Brasilianer tauft die Gruppe auf den Namen »lateinamerikanische Brüderschaft« und übernimmt bei ihrem ersten und letzten gemeinsamen Abendessen, einem Rodizio, nicht nur die Rechnung, sondern sorgt sich auch um das Wohlergehen der kleinen Sara Polo, indem er sich zu ihr setzt und sie auf ein Guaraná einlädt, »schließlich warteten die Eltern schon seit vier Tagen auf das arme Mädchen«. Sie lächelt und zeigt ihre dunklen Zähnchen, während sie auf einem Strohhalm herumkaut, die Frau betrinkt sich am anderen Ende des Tisches, und Pombo wird wahrscheinlich klar, dass er keine Chance bei der jungen Bolivianerin hat. Zwischen Cardona und ihr scheint es jedoch auch nicht besonders gut gelaufen zu sein, denn am nächsten Tag schreibt der Kubaner nur: »Sie laden uns ein, mit zur Messe zu kommen, aber wir gehen lieber ins Kino.«

Am 25. Juli erreichen sie endlich Santa Cruz. Papi erwartet sie, um sie mit dem Auto nach La Paz zu bringen. Sie umarmen einander, klopfen sich gegenseitig auf die Schultern, Papi macht einen Witz, den Tuma nicht versteht, aber alle lachen; die Männer sind Freunde, seit sie zusammen in der Sierra Maestra waren. Als sie losfahren, teilt Pombo ihm einige Anweisungen mit, die er von Che erhalten hat. Unter anderem soll Tania zu keinem Zeitpunkt in die Organisation des Netzwerks involviert werden, »da sie über sehr wichtige Kontakte verfügt, die erst später zum Einsatz kommen sollen«. Papi, der am Steuer sitzt, erwidert möglichst unbekümmert: »Zu spät, mein Freund, die Deutsche steckt schon mit drin.«

»Wie?«

»Hör zu, es war nicht meine Schuld, sie wollte unbedingt etwas zu tun haben, und ich wusste nichts von euren Bedenken ... jedenfalls hat sie sich um ein paar *Dinge* gekümmert.«

Papi hatte sie bei der ersten Gelegenheit aufgesucht, so viel ist bekannt. Er bat sie, ihm zu helfen, einen Wartungsplan für die Häuser auszuarbeiten, ohne ein einziges Mal zu erwähnen, dass diese Order nicht von Che kam. Tania war gerade erst wieder im Land und bereit, ihn zu unterstützen, aber die Beziehung zwischen den beiden war von Anfang an schwierig. Vor Freunden nannte Papi sie gern »die wilde Stute« und demonstrierte mit einer Handbewegung die Breite ihrer Hüften. Er gab zu verstehen, dass die Deutsche »leicht zu haben« sei, und wenn er das noch nicht ausgenutzt habe, dann nur, um die Mission nicht in Gefahr zu bringen. Tania hingegen beschwert sich in ihrem Bericht an Havanna, Papi besuche sie »zu unpassender Zeit und gefährdet damit meine Tarnung«, außerdem habe er sie mehrmals »bedrängt, indem er versuchte, mich zu umarmen, obwohl ich das deutlich von mir wies.« Da ihre Berichte direkt bei der Abteilung G-2 des Innenministeriums landeten und dort auch archiviert wurden, ist es kaum wahrscheinlich, dass Guevara sie zu Gesicht bekam.

Auf ihrer ersten Mission in Bolivien sollen Pombo und Tuma Papi helfen, Verbündete für die Guerilla zu gewinnen. Che gab die Anweisung, »unsere Pläne kurz anzusprechen und herauszufinden, was die unterschiedlichen Parteien davon halten.« Zuerst verabreden die drei ein Treffen mit Mario Monje, bei dem sie von »einer breit angelegten Guerilla-Operation« sprechen, ausgehend von Bolivien. Monje hört ihnen aufmerksam zu und verspricht, zwanzig Männer zur Verfügung zu stellen, die in Kuba ausgebildet werden sollen, er »benötige aber weitere Informationen über die geplante Aktion«. Die drei wissen nicht, dass Monje sich Sorgen über die allgemeine Entwicklung macht, sie wissen auch nicht, dass Fidel ihm gesagt hat, Bolivien sei »nur eine Durchgangsstation«. Also teilen sie ihm mit, sie seien gekommen, um eine Guerillatruppe auf die Beine zu stellen, die Regierung zu stürzen und die Revolution auf ganz Amerika auszuweiten.

Am 29. Juli treffen sie sich mit Juan Pablo Chang Navarro, Chino, dem Anführer der Nationalen Peruanischen Befreiungsarmee, die eine gewisse Bekanntheit erlangte, als sie sich an einem Waffenschmuggel beteiligte, der von der peruanischen Regierung abgefangen wurde. Ein kurzsichtiger, plattgesichtiger Mao Tse-tung der Tropen, der vorübergehend in La Paz lebt. Er ist aus Peru geflohen, zusammen mit seiner rechten Hand Eustaquio, der Fahrer, Koch und Butler für ihn spielt. Sie bitten ihn, sich mit ihnen zusammenzutun, aber Chino plant seine eigene Revolution und lehnt es ab, sich einer Bewegung anzuschließen, die Mario Monje zu ihren Verbündeten zählt. »Lieber stirbt er, als mit diesem Faschisten zusammenzuarbeiten«, schreibt Pombo. Nachdem sie bis zwei Uhr morgens diskutiert haben, sind die Kubaner der Meinung, ein Stück weitergekommen zu sein. Pombo notiert, Chino habe »uns in allen Punkten genau verstanden« und sich bereit erklärt, sie mit Männern und Waffen zu unterstützen. In Wirklichkeit ist Chino unzufrieden mit der Wahl Boliviens als Ausgangspunkt und will nur Zeit gewinnen, um die Kubaner für seine eigenen Ziele einzuspannen.

Am nächsten Tag besuchen sie Moisés Guevara, einen mürrischen Indio, der die prochinesische kommunistische Bergarbeitergewerkschaft in Oruro anführt. »Wir schlugen ihm vor, sich unserem Kommando anzuschließen, um im Kampf gegen den Imperialismus in Bolivien eine gemeinsame Front bilden zu können«, erklärt Pombo. Moisés Guevara fragt, wer außerdem daran beteiligt sei, und fügt hinzu, er werde sich weder mit Mario Monje noch mit Chino, »diesem Zuhälter«, verbünden. »Er sagte, beide würden nur ihre eigenen Interessen verfolgen und nicht mit offenen Karten spielen.« Außerdem gibt er zu verstehen, eine Unterstützung käme für ihn nur gegen Bezahlung in Frage.

Sie erzählen Jorge Saldaña von ihren Treffen, der wiederum Monje davon berichtet. Monje lädt sie für den 8. August zum Abendessen zu sich nach Hause ein. Er will wissen, was sie in den letzten Tagen unternommen haben, mit wem sie gesprochen haben. Da die drei nichts Gutes über ihn gehört haben, äußern sie sich nicht dazu und wechseln das Thema. »Papi wies Monje darauf hin, dass er noch mehr als die zwanzig Männer zur Verfügung stellen müsse, die er bereits zugesichert hatte.«

»Welche zwanzig?«, fragt Monje.

»Die zwanzig, die Sie uns versprochen haben, als ...«

»Versprochen? Daran kann ich mich nicht erinnern.«

Der Bolivianer gibt außerdem zu bedenken, dass seine Partei Vorbehalte gegen den bewaffneten Kampf habe und man in den letzten Jahren eher eine Politik der Nichtaggression verfolge, »ganz im Stile Gandhis«. Zu diesem Zeitpunkt zu den Waffen zu greifen, könne ihnen bei den nächsten Wahlen schaden. Er habe darüber nachgedacht, den Mitgliedern des jungen Flügels der KP zu verbieten, mit den Kubaner zusammenzuarbeiten, »zumal wir uns fragen, wohin das noch führen soll.« Wenn sie Hilfe bräuchten, mögen sie sich doch an Chino wenden oder an Moisés Guevara. Monje gibt ihnen deutlich zu verstehen, dass ohne seine Unterstützung gar nichts läuft. Die drei antworten kaum. Das Essen endet laut Pombo »in extrem schlechter Stimmung«. Als sie gehen, sind sie immer noch geschockt, wie viel Monje weiß. Der wiederum glaubt vielleicht, problemlos verfolgen zu können, was die Kubaner planen. Dass er sich da täuscht, stellt er erst Wochen später fest.

5

An einem Sonntag im September verlässt Mario Monje um zwei Uhr mittags das Haus seiner Mutter am Stadtrand von Cochabamba. Er bittet den Fahrer, ihn zur Geschäftsstelle der KP zu bringen, er hat noch etwas zu erledigen, bevor es zurück nach La Paz geht. Er hat einen großen Teller Huhn mit Mais gegessen, die Fenster im Toyota sind geschlossen, es ist heiß, und er verfällt in einen leichten Schlummer.

Als sie zirka fünfzehn Minuten später auf eine asphaltierte Straße kommen und der Geländewagen nicht mehr hin und her schaukelt, wacht er auf. Später erzählt er, er sei in Gedanken versunken gewesen, als sie an der Plaza de Armas vorbeifuhren, und wahrscheinlich wäre ihm der Mann gar nicht aufgefallen, hätte er nicht ein gelbes Halstuch getragen, mit dem er schon von weitem aus der Menge herausstach.

Als Monje ihn erblickt, beugt er sich vor, hält die Hände ans Fenster und bittet den Fahrer, noch eine Runde um den Platz zu drehen. Vielleicht glaubt er, die Müdigkeit habe ihm einen Streich gespielt.

»Fahren Sie ganz langsam ... heilige Scheiße, ist das zu fassen ... fahren Sie ganz langsam ...«

Er kennt den Franzosen, der da an einem der Tische vor einem Straßenlokal sitzt und Zeitung liest, in khakifarbenem Hemd und Shorts, die weißen Beine übereinandergeschlagen. Er trägt Bergsteigerstiefel und Sonnenbrille, die strohblonden Haare stehen zur Seite ab, als wäre er gerade erst aufgestanden. Der Mann ist ein Soziologe und Aktivist, der sich gern Danton nennen lässt. Sie haben sich zwei Jahre zuvor beim *Primer Congreso de las Américas* kennengelernt, den die bolivianische KP in La Paz organisiert hatte. Danton war der einzige

Repräsentant der Französisch-Maoistischen Landjugend, einer radikalen Gruppe, die er zusammen mit anderen linksgerichteten Intellektuellen in Paris gegründet hatte. Ein jämmerlicher Kerl, der zu allem seinen Senf dazugeben musste und der Meinung war, man müsse sein hin und wieder von einem spanischen Wort durchsetztes Französisch verstehen. Er sollte an einem Gespräch über »die Grenzen des weltweiten Sozialismus« teilnehmen, und als man ihm dann das Mikrophon gab, stand er auf, hielt eine exaltierte Rede und erklärte unter Beifall und Zurufen, die Mitglieder der bolivianischen KP seien nichts anderes als »Marionetten im Dienst des sowjetischen Imperialismus« und Monje, ihr Anführer, ein »Ladino des Altiplano«. Als Hauptgegner der Abschlusserklärung behauptete er zu Recht, Monje und seine Berater hätten sie schon vor Beginn der Debatten angefertigt, und sie »spiegele nicht das Meinungsbild des Kongresses wider«.

Ein Jahr später verließ Danton die Maoisten und fing an, über die kubanische Revolution zu schreiben. Für sein erstes Buch *Revolution in der Revolution*, das in Havanna erschien, verfasste Fidel Castro das Vorwort. Danton wurde wie ein Staatschef empfangen und freundete sich mit Raúl Castro und Che Guevara an. Monje besitzt ein Exemplar, er hat das Vorwort gelesen. Wenn der Franzose sich in Bolivien aufhält, dann weil er im Auftrag Kubas unterwegs ist. Als der Fahrer fragt, ob er noch eine Runde drehen soll, verneint Monje, er habe genug gesehen.

– ★ –

Danton war tatsächlich von Kuba geschickt worden, aber nicht im Auftrag Guevaras. Der Argentinier hatte ihn höchstens »ein Dutzend Mal gesehen, wenn überhaupt« und war mit einigen seiner Thesen in *Revolution in der Revolution* überhaupt nicht einverstanden. Dantons Wahl ging von Manuel Piñero aus und war von Fidel Castro persönlich abgesegnet worden. Beide bezeichneten den französischen Soziologen als einen Mann mit »weitem kulturellem Horizont und mit vielen Kontakten« und hielten ihn für einen »Kenner der Probleme und Eigenarten Lateinamerikas«. Er war genau der Richtige, um in Bolivien nach geeigneten Gegenden für die Errichtung eines Guerillastützpunktes zu suchen. Piñero schlug ihn Fidel vor, nachdem er die ersten Berichte von Renán, seinem Mann in La Paz, erhalten hatte. Sie enthielten besorgniserregende Informationen. Guevaras Leute waren ganz offensichtlich nicht in der Lage, »Verbündete zu gewinnen« und noch viel weniger »einen Ausgangspunkt für die Guerilla auszuwählen«, sie brächten »die gesamte Operation in Gefahr«.

Guevara wird erst Wochen später von Dantons Mission unterrichtet, als er anonym nach Havanna zurückkehrt und sich vor seiner Abreise nach Bolivien ein letztes Mal mit Kubas Führung trifft. Hätte er früher davon erfahren, hätte er sich vielleicht quergestellt. »Er hatte Vertrauen in die Arbeit seiner Leute und warnte Piñero, Danton kenne das Land nicht gut genug, um irgendwelche Beurteilungen abzugeben«, schreibt ein Biograf. Der Franzose setzt indessen seine Mission in Bolivien fort, obwohl er Ches Männern nie begegnet. Während er in Cochabamba »Material sammelt«, wie er später aussagt (er kehrt mit einem Koffer voller unnützer Papiere nach Kuba zurück), sind die drei Kubaner in Oruro unterwegs und schießen haufenweise Fotos, sehen sich zum Verkauf stehende Grundstücke an und erregen Verdacht. Als sie nach Alto Beni weiterreisen, mitten ins Amazonasgebiet, trifft sich Danton in Oruro mit Oscar Zamora, einem alten Bekannten, der eine illegale indianische Maoistengruppe befehligt und sowohl mit Monje als auch mit dem Gewerkschafter Moisés Guevara verfeindet ist.

Erst über Monje erfahren die drei Kubaner, dass außer ihnen noch jemand in derselben Mission unterwegs ist. Pombo zufolge beschwert sich Monje bei einem Treffen am 23. September, »dass wir Kontakt zu separatistischen Gruppen aufgenommen haben. Das gefalle ihm nicht, ganz zu schweigen von der Anwesenheit eines gewissen Franzosen, den wir gar nicht kennen.« Pombo versucht vergeblich, ihm klar zu machen, dass sie von keiner anderen Mission wissen. Er bittet Havanna um Aufklärung, doch der Geheimdienst äußert sich nicht dazu.

Gegen Ende des Monats gibt es zwei Alternativen. Die erste ist sicher die vielversprechendere: Sie liegt in Alto Beni, nordöstlich von La Paz im Amazonasgebiet, und bietet eine üppige Fauna und Flora sowie Flüsse, deren Wasser man trinken kann. Die Region ist kaum bewohnt, schwer zugänglich, und die Baumkronen verdecken aus der Luft die Sicht auf den Boden. Es gibt kaum Militär in der Gegend.

Die zweite liegt in einem eher trockenen, bergigen Gelände. Es gibt einen größeren Fluss mit lehmigem Wasser und kleineren Nebenarmen, von denen viele nur saisonal Wasser führen und zwischen schwer erklimmbaren Felswänden hindurchfließen. Auf dem kalkhaltigen Boden wächst vor allem dorniges Gestrüpp. Tiere gibt es nur wenige, und wenn, dann kleine. Sie haben dort eine Fazenda entdeckt, die günstig zu haben ist, in der Nähe des Rio Ñancahuazú, zwischen der Serranía Pirirenda im Osten und der Serranía Incahuasi im Westen. Im Norden grenzt das Grundstück an die unbewohnte Fazenda Iripití und im Süden »an El Pincal, deren Besitzer Ciro Algarañaz dort Schweine züchtet«, wie Papi in seinem Bericht an Che schreibt. Von Santa Cruz dauert die Reise »bei guten Straßenverhältnissen« zirka elf Stunden.

Danton ist wahrscheinlich noch in Santa Cruz mit seinen Recherchen beschäftigt, als Monje sich in La Paz mit Jorge Saldaña und den drei Kubanern trifft. Wie sich aus Papis Bericht schließen lässt, hat Monje entscheidenden Einfluss darauf, dass ihnen die Fazenda am Ñancahuazú als bessere Variante erscheint. »Ich brauchte sie nur auf die abgelegene Lage in Alto Beni hinweisen, schon bekamen die Jungs es mit der Angst zu tun«, erzählt Monje später bei einem privaten Gespräch mit Parteifreunden. »Offenbar machten sie sich nicht einen Moment lang Gedanken darüber, dass es ihnen in Ñancahuazú an natürlichen Ressourcen mangeln könnte.« Zufällig liegt der Ort auch ein ganzes Stück weiter entfernt von La Paz, und Monje ist froh, sie weit weg zu wissen.

Papis Version gegenüber Guevara klingt etwas anders. Sie vermittelt den Eindruck, die Entscheidung sei einzig und allein von den Kubanern ausgegangen, unter wesentlicher Mitwirkung »des Verfassers dieses Schreibens«. Papi listet diverse Vorzüge auf, darunter das »reichlich vorhandene gute Holz« und die »günstigen Zugangswege, zumindest bei Trockenheit«, hebt die Nähe zu den »Landarbeitern, [...] die sich politisch engagieren« hervor, vergisst aber, dass die Bergarbeiter und die Gewerkschaften vor allem in der Provinz Oruro, am anderen Ende des Landes, tätig sind. Doch dort hatten sie kein geeignetes Grundstück gefunden. Papi weist darauf hin, man müsse »sich schnell entscheiden«, der Eigentümer Remberto Villa habe sie informiert, dass es noch einen anderen Interessenten gebe und er den Preis nicht lange halten könne.

Am 2. Oktober schreibt Pombo in seinem Tagebuch, Saldaña sei nach Ñancahuazú gefahren, um »wie angeordnet« den Vertrag abzuschließen. Die kubanische Regierung war jedoch gar nicht in die Entscheidung involviert. Manuel Piñero behauptet noch heute, Papis Bericht nicht erhalten zu haben, der auf direktem Wege an Guevara gegangen sei, er selbst habe erst sehr viel später vom Kauf des Geländes erfahren. Dantons Bericht dagegen, den er viel zu spät ablieferte, gelangte nie in die Hände des Argentiniers. »Die Bürokratie hat uns besiegt«, erklärt der Franzose irgendwann.

Einige Tage nach dem Kauf der Fazenda reist Papi nach Kuba, um mit Che über den Verlauf der Mission zu sprechen. Pombo und Tuma fahren nach São Paulo und kümmern sich um die Durchreise weiterer Guerilleros. Zu diesem Zeitpunkt ist João Batista für das Haus in Mogi zuständig, ohne dass die Kubaner ihn überprüft hätten. Nicht mal nach seinen Erfahrungen im Untergrund wurde er befragt. »Was ich damals gemacht habe?«, erwidert er im Verhör. »Weiter Geschichte studiert.« Und fährt fort:

»Ein- oder zweimal die Woche habe ich nach dem Rechten gesehen, in den Zimmern saubergemacht, den Verwalter bezahlt, aber die Guerilleros kamen und kamen nicht.«

»Und haben Sie mit den kubanischen Abgesandten gesprochen?«

»Nein. Sie wollten nie etwas über meine Vergangenheit wissen, wahrscheinlich glaubten sie, alles sei schon in Havanna geklärt worden.«

6

Über João Batista gibt es nichts Erwähnenswertes zu berichten bis zu dem Zeitpunkt, als er sich der Guerilla anschloss und in Bolivien verschwand. Als das US-amerikanische Außenministerium im Mai 2004 die Verhörprotokolle des Brasilianers veröffentlichte und damit den Grundstein für dieses Buch legte, beauftragte die Zeitung *Zero Hora* einen frisch ausgebildeten Journalisten, nach Caxias do Sul zu fahren und die Eltern von Paulo Neumann zu interviewen. Der junge Reporter bekam nicht viel heraus. Nachdem er an die Tür des kleinen Holzhäuschens geklopft hatte, stellte er fest, dass Señora Bertha Neumann, die einundachtzig Jahre alt, an grauem Star erkrankt und seit zwölf Jahren Witwe war, immer noch unter dem Verschwinden ihrer beiden Kinder vor fast vierzig Jahren litt und dass die ganze Aufregung nur dazu diente, ihren Schmerz neu zu entfachen. Sie hörte schlecht und sprach nur gebrochen Portugiesisch, vermischt mit Brocken ihrer Heimatsprache Deutsch. Manchmal schien sie den Grund seines Besuches zu vergessen und zeigte dem jungen Mann im Wohnzimmer begeistert Bilder von früher. Lächelnd, mit Kranz und Blumenstrauß, darunter das Datum: 1942. Zusammen mit ihrem Mann, als sie noch in Deutschland waren. Weiß gekleidet, mit Krankenschwesterkäppi und Nazibinde, den rechten Arm zum Gruß erhoben. »Diese Barbaren«, sagte sie und meinte wahrscheinlich die Russen, »haben seine Heimatstadt zerstört.« Eine fünfzigjährige Nichte, die bis dahin geschwiegen hatte, schlug vor, auf die Veranda zu gehen, vielleicht um zu verhindern, dass ihre Tante weiter von der Vergangenheit sprach. Sie brachte dem Reporter eine Tasse Kaffee und auf Drängen von Senõra Neumann ein paar alte Kekse, die sie »für

Besuch« aufbewahrte. Das restliche Interview über saß die Nichte schweigend und mit verschränkten Armen da und sah ihn streng an, doch kaum war die alte Frau über ihrem Spazierstock eingeschlummert, hob sie den Kopf und sagte, obwohl sie damals noch sehr jung gewesen sei, erinnere sie sich, dass die Geschwister Neumann immer »höflich waren und nur das Beste für die Menschen wollten«. Die Nachbarn, die sich draußen versammelt hatten, waren derselben Meinung. Eine Frau konnte sich daran erinnern, dass der kleine Paulo ein »ausgezeichneter Schüler war und mir jedes Mal half, wenn ich etwas nicht verstand«. Andere wussten Ähnliches zu berichten. Ein Herr fügte hinzu, der Junge sei schon als kleines Kind »etwas Besonderes gewesen, selbst sein Pausenbrot wollte er mit den ärmeren Kindern teilen«. Als die Beiträge sich allmählich erschöpften, fiel noch jemandem ein, dass er gut zu Tieren gewesen sei und Arzt werden wollte, »um die Welt von ihren Leiden zu heilen«. »So wie Che?«, fragte der Reporter. »Ja, genau.« Zufrieden kehrte er mit seinem vollgekritzelten Block nach Porto Alegre zurück, und so stand in der Sonntagsausgabe oben auf der Titelseite unter dem Wort EXCLUSIVO der dreizeilige Titel »Die Kindheit des Brasilianers, der an Ches Seite kämpfte«. Daneben das berühmte Foto von João Batista mit dem Gewehr in der Hand, eines von Guevara und weiter unten ein kleines Bild von einem lächelnden Kind mit Tolle neben einem Globus, die Ärmchen auf den Schultisch gestützt. Es stammte von Sra. Bertha, die es, obwohl der Reporter es versprochen hatte, nie zurückbekam.

Die beiden wichtigsten Zeitungen in São Paulo mussten sich nicht groß ins Zeug legen, um etwas über den Jungen herauszufinden. Ein gewisser Eusébio Cardoso, angeblich ein Studienkollege und Freund von Paulo Neumann, meldete sich bei beiden und erteilte bereitwillig Auskunft über den »Brasilianer bei der Guerilla«. Beiden beantwortete er praktisch dieselben Fragen, gestellt von zufällig ausgewählten Journalisten, die kaum etwas über die Geschichte wussten: Ja, Paulo Neumann, oder João Batista, »war ein Idealist«. Während der beiden Jahre, als er an der PUC, der Päpstlich-Katholischen Universität von São Paulo, Geschichte studierte, tat er sich nirgends besonders hervor, »er las wenig«, »verfolgte aber aufmerksam die Studentenbewegung und war der Meinung, dem Land sei nur noch mit Gewalt zu helfen«. Zudem »sah er extrem gut aus« und »kam unglaublich gut bei den Mädchen an«.

Dem Bericht des Außenministeriums, den offenbar keiner der Journalisten gelesen hatte, sind noch ein paar andere Informationen über den Brasilianer zu entnehmen: Seine Schwester und er bekamen in São Paulo ein monatliches Taschengeld von den Eltern, sodass sie wahrscheinlich nicht darauf angewiesen waren, für ihren Lebensunterhalt zu arbeiten. Trotzdem ließen sie ihr Studium schleifen, Verônica verbrachte einen Großteil ihrer Zeit im Reisebüro República, und Paulo hatte nur noch zwei Kurse belegt, ging kaum noch zur Uni und kümmerte sich stattdessen um das Haus in Mogi. Während des Verhörs gibt er sich anfangs trotzig, zumindest bis er von einem bolivianischen Oberst Prügel kassiert (nachdem er die Worte »Ich bestehe auf einem Vertreter der brasilianischen Regierung« ausgesprochen hatte). Wie sich seine Haltung wandelt, wird schon nach einer der ersten Fragen deutlich. »Was hat Sie dazu veranlasst, sich der Guerilla anzuschließen?« Batista antwortet, er wäre Che überallhin gefolgt, und dass er für den Zusammenbruch des Kapitalismus kämpfe. Nachdem er die ersten Schläge eingefangen hat und ihm bewusst wird, dass er vielleicht nicht mehr lebend dort rauskommt, muss er dieselbe Frage noch mal beantworten. Dies ist immer noch der erste Tag:

»Warum haben Sie sich der Guerilla angeschlossen?«

»Es kam einfach eins zum anderen«, erwidert er schließlich, eine auf den ersten Blick simple Antwort, die aber mehr über João Batista aussagt als alle Reportagen. Eins kam einfach zum anderen, und kaum ist dieser junge Idealist aufgewacht, sitzt er in einem Militärkrankenhaus und wird von zwei abtrünnigen Kubanern verhört, die für die CIA arbeiten.

7

Die Sonne geht langsam am Horizont unter, eine orange Scheibe hinter den waldbedeckten *Mogotes*-Felsen im kubanischen Valle de Viñales. Dort liegt San Andrés – ein modernistisches Anwesen mit großer Fensterfront und Wintergarten, der bis an den von einem darüberliegenden Bach bewässerten Naturpool heranreicht. Vor der Revolution soll es dem Chef des kubanischen CIA-Büros gehört haben. Heute sind die Scheiben kaputt, das Rohr, das den Bach umleitet, ist verstopft, und der Pool mit Laub bedeckt.

Die Männer, die im Kreis auf der Terrasse sitzen, sind gerade mit dem Nachtisch fertig. Sie haben mit einem Festmahl das Ende ihrer Ausbildungszeit gefeiert und wissen weder, auf was für eine Mission sie entsendet werden, noch wer ihr Anführer ist. Sie löffeln ihr Erdbeereis, vier große Becher, gekauft von Orlando Borrego, 28, dem Zuckerminister. Als Bauernsohn hatte er sich 1959, nur wenige Monate vor dem Sieg, der Rebellenarmee angeschlossen und war Adjutant von Camilo Cienfuegos und Che Guevara. Obwohl er nicht direkt an den Kämpfen teilnahm, zog er als einer der Ersten in Havanna ein. Später ersetzte er Che als Minister, der sich aus dem Amt zurückzog, bevor man ihn für die miserablen letzten Ernten verantwortlich machte.

Sie werfen einen Blick in die Becher, es ist immer noch einiges übrig, aber keiner wagt es, sich über das schmelzende Eis herzumachen. Sie lecken die Löffel ab, sehen sich um und warten darauf, dass jemand sich ein Herz fasst. Einer hat es schon versucht und einsehen müssen, dass es ein Fehler war: Es war Borrego selbst, der das Eis gekauft hatte, und jetzt noch einmal vor allen gedemütigt wurde. Monate zuvor war er trotz flehentlicher Bitten bei der Auswahl des Kaders für diese Mission abgelehnt worden. Unter den Männern geht das Gerücht, seine Vorgesetzten, darunter auch Che, hielten ihn für einen Feigling. Dann, wenn man abdrücken muss, zeige sich, was man wirklich draufhabe, sagt der *Comandante*, alles davor sei Gerede, und Borrego, tuscheln sie, hat den Test nicht bestanden. Kann sein, dass ein guter Bürokrat aus ihm wird, aber niemals ein Kämpfer. Doch der Junge steht mit seinem leeren Schälchen und gezücktem Löffel auf. Bevor er ihn in die weiche Masse stoßen kann, ruft ihn ein Herr mit Glatze und dickem Bauch zurück, der etwas abseits auf einem Stuhl sitzt. Er hat eine Brille mit dickem Gestell auf, einen grauen Haarkranz wie ein Mönch, und grünliche Augen. Er trägt einen hellgrauen Anzug und Stiefeletten. Den Männern wurde er als Adolfo Mena González vorgestellt, Ökonom aus Uruguay, der für die Organisation Amerikanischer Staaten arbeitet. »Eh, Borrego, du fährst nicht mit nach Bolivien. Lass das Eis mal schön den anderen.« Die anderen lachen, und der junge Kubaner lässt den Löffel sinken. »Fang bloß nicht an zu weinen«, fügt der Uruguayer hinzu, doch genau das tut Borrego, als er zurück auf seinen Platz geht. Er wischt sich die Tränen aus den Augen und sagt kein Wort mehr. Das Lachen wird weniger, die Männer fangen an zu tuscheln. Immerhin hat der Unbekannte ihnen gerade gesagt, dass sie nach Bolivien fahren werden.

Der Mann mit der Glatze ist während des Essens von einem Tisch zum anderen gelaufen, hat die Auserwählten beobachtet, als wären sie Witzfiguren, und dann etwas abseits mit den Ausbildern gesprochen. Er hat am Kopfende gesessen und mit ihnen gegessen, ohne die Jungs zu beachten, die ihn anstarren und sich nicht trauen zu fragen, was er dort macht. Er hat sich den Mund mit Reis und Bohnen vollgestopft, geschmatzt, ohne nach links und rechts zu sehen, und, kaum dass er das Ganze runtergeschluckt hat, schon grunzend den nächsten Löffel hinterhergeschoben. Jetzt, am späten Nachmittag, wissen sie, dass sie gut daran getan haben, dem Glatzkopf keine Fragen zu stellen. Er ist ein wichtiger Mann. Der Uruguayer sitzt auf einem Baumstumpf bei den beweglichen Zielen für die Schießübungen, der Himmel hinter ihm wird schnell dunkel und die orangen Flecken färben sich violett. Neben ihm, den Arm auf eine Zielscheibe mit roten und weißen Kreisen gestützt, sitzt Fidel Castro, Zigarre in der Hand, im khakifarbenen Anzug und mit Barett. Sie wechseln kaum ein Wort, von Zeit zu Zeit fuchteln sie mit den Händen herum oder nicken, man kann sie auf die Entfernung nicht hören. Die Moskitos fangen an zu stechen, der Uruguayer schlägt sich an den Hals und setzt den Filzhut auf, den er bisher in den Händen gehalten hat. Als Fidel etwas sagt, springt er auf, läuft einmal um den Baumstumpf herum und antwortet dann. Fidel stützt sich weiter auf die Zielscheibe, die beiden diskutieren, bis der Glatzkopf sich wieder setzt.

Beide sehen schweigend zu, wie der Horizont seine Konturen verliert. Es ist ein kurzer Abschied. Der Uruguayer zieht den Hut und steht auf. »Wir waren sehr verhalten, es war nur eine kurze Umarmung unter Männern«, erinnert sich Fidel Castro. Zusammen gehen sie zu den anderen, der *Máximo Líder* wünscht ihnen viel Glück, nickt dem Fahrer und den Sicherheitsleuten zu. Sie brechen auf. Der Glatzkopf bleibt, die Hände in den Taschen.

Vielleicht denkt Borrego jetzt auf der dunklen Veranda an gemeinsame Erlebnisse zurück. Er war es, der den Mann auf den Friseurstuhl im MININT begleitete, wo ein »Spezialist für Physiognomie« ihm mit einer Pinzette Haar um Haar vom Kopf rupfte und nur die Streifen an den Seiten stehen ließ. Als es an einer Stelle doch ein wenig schmerzhaft wurde, konnte der Mann sich nicht länger beherrschen, riss den Kopf herum und brüllte *Comemierda*, du Vollidiot. Borrego sprang von seinem Sessel auf und forderte den *Compañero* auf, gefälligst vorsichtiger zu sein.

»Borrego, bei mir tut es weh, nicht bei dir.«

»Jawohl, *Comandante.*«

Dann senkte er den Blick, denn er konnte dem Mann, der sich nach und nach in Adolfo Mena González verwandelte, nicht in die Augen sehen.

Borrego hört, wie derselbe Mann sich zum ersten Mal an die Rebellen wendet und sich offiziell als ihr Kommandant vorstellt. Sie sollen ihn einfach Ramón nennen. Einer der Ausbilder fragt ihn, was er von der Gruppe halte.

»Ein Haufen Schisser.«

Die Männer sitzen mit offenem Mund da und wissen nicht, was sie sagen sollen. Dem Uruguayer spielt ein Lächeln um die Lippen, das einigen bekannt vorkommt. Schließlich erhebt sich Rubio, der stellvertretende Zuckerminister, und ruft:

»Scheiße, Mann, du bist das, Che!«

Alle grinsen, als sie erfahren, wer sie in Bolivien anführt. Siegesgewiss stehen sie auf, um ein letztes Mal anzustoßen. In den folgenden Tagen klügeln sie ein kompliziertes Ablenkungsmanöver aus. Den Familien erzählen sie von Stipendien in osteuropäischen Ländern, das MININT stellt gefälschte Einladungen und Listen mit erbeteten Mitbringseln aus. Ein ausgetüfteltes System, über das Jahre später ein Beobachter urteilt, wenn sie sich bei der Organisation der eigentlichen Guerilla genauso viel Mühe gegeben hätten, wäre das Ergebnis nicht so katastrophal gewesen. Die Würfel sind jedoch gefallen, und nach Umwegen über Europa und Mexiko und dann Chile und Brasilien nähern sich die jungen Guerilleros ihrem Ziel.

8

Es existiert ein Selbstporträt von Che Guevara, das lange geheim gehalten wurde beziehungsweise nur einigen Biografen bekannt war und während seines kurzen Zwischenstopps in La Paz entstanden ist. Auf dem Bild ist ein glatzköpfiger Mann mittleren Alters zu sehen, umrahmt von einem Spiegel im Hotel Copacabana, er hat irgendetwas im Mund, das aussieht wie eine Zigarre, mit Sicherheit lässt sich das aber nicht sagen. Die Kamera liegt in seinem Schoß, das Objektiv ist leicht nach oben gerichtet, die Ledertasche hängt vor den Knien. Es sieht so aus, als hätte er den Pullover nur schnell übergestreift, der Kragen ist verdreht und bedeckt teilweise den Hemdkragen. Der Bauchansatz ist nicht zu übersehen, man weiß nicht, ob er zur Tarnung gehört oder ob Guevara in den vorangegangenen Wochen zu viel gegessen hat. Er sitzt mit entschlossener Miene da, in einem tiefen Sessel, die gemusterten Vorhänge vor dem Fenster, von wo das Licht kommt, nehmen die gesamte linke Seite des Bildes ein. Der Mann auf dem Foto ist Adolfo Mena González, Ökonom aus Uruguay im Dienst der OAS. Er fotografiert gern und hält sich für einen guten Amateurfotografen. In Mexiko hat er sich damit sogar ein bisschen Geld verdient, als er während der Panamerikanischen Spiele 1955 für eine Nachrichtenagentur gearbeitet hat. Auf all seinen Reisen hat er die Kamera dabei, Schritt für Schritt begleitet ihn der Apparat nun auch auf seiner letzten Expedition.

An diesem 4. November 1966 verlässt er, nachdem er das Foto gemacht hat, sein Zimmer im dritten Stock des Hotels und trifft sich an der Rezeption mit Pombo und Papi. Bei ihnen ist Renán, Piñeros Agent. Renáns Bericht zufolge hält ihn Guevara, kaum dass sie auf der Straße sind, am Arm fest und fordert ihn vor den Augen der anderen auf, die Koffer zu packen. »Ich will dich hier nicht sehen, *Cabrón*, deine Mission ist hiermit beendet.« Er glaubt, dass der kubanische Geheimdienst ihm nur Scherereien macht, und will sich von »diesen Scheißbürokraten« nicht dazwischenfunken lassen, wie er sich Papi gegenüber äußert. Sie lassen den Agenten stehen und marschieren lachend davon. Renán kehrt zwei Tage später nach Havanna zurück.

Pombo bringt Guevaras Koffer zu einem Toyota-Jeep, der in der Nähe des Hotels parkt. Am Steuer sitzt Pacho, er wird sie zu der kürzlich erworbenen Fazenda in Ñancahuazú fahren. Als sie den Boulevard verlassen, nimmt Che, auf dem Beifahrersitz, die lästige Brille ab und reibt sich die Augen, die Tarnung ist jetzt nicht mehr nötig. Er klopft Pancho zweimal auf die Schulter und fragt ihn, wie es läuft. Die unerwartete Anteilnahme macht den jungen Mann ganz nervös, bisher hat er nie mehr als ein oder zwei Worte mit dem *Comandante* gewechselt. Er weiß nicht recht, was er sagen soll, stottert herum, würde gern über die Fahrt sprechen, dass es keine leichte Strecke sei, ihn zu ihrer Mission befragen. Als er endlich den Mund aufmacht, dreht sich Che zu Papi und Pombo um und bittet sie, ihm zu berichten, was sie bisher gemacht haben. Die beiden zögern, sie haben genau abgesprochen, was sie sagen wollen, verhaspeln sich aber schnell. Wenig überzeugend zählen sie ihm die Vorzüge der Fazenda auf. Guevara schweigt einen Moment und erkundigt sich dann bei Papi nach dem Treffen mit Monje. Der kneift die Lippen zusammen und fängt an zu stammeln. »Das Treffen mit Monje?« fragt er. »Ja, das Treffen mit Monje«, wiederholt Che und sieht ihm direkt in die Augen. Nach seiner Rückkehr aus Kuba hatte Papi sich erneut mit dem Bolivianer getroffen, um »eine Zusammenarbeit mit den hiesigen Gruppen voranzutreiben«, soll heißen, noch einmal über mögliche Bündnisse zu sprechen. Das Essen verlief jedoch nicht wie erwartet. Mario Monje fragte ihn, ob sie sich schon von Chino und Moisés losgesagt hätten. Genervt von Papis Ausflüchten warf er schließlich das Besteck auf den Teller und stellte ihm mit hervortretenden Adern ein Ultimatum: Wenn sie irgendetwas in Bolivien ausrichten wollten, dann nur unter seinem Kommando. Etwas überstürzt erklärte Papi, dies sei nicht möglich.

»Nicht möglich ist, dass ihr in meinem Revier auftaucht und denkt, ihr könnt tun und lassen, was ihr wollt. Das ist nicht möglich.«

»Das hier ist nicht dein Revier«, erwiderte Papi. Als er Che von diesem Gespräch berichtet, stellt er das Ganze ein bisschen anders dar und behauptet, Monje sei nervös gewesen, er habe »keinen vernünftigen Satz herausgebracht«, obwohl in Wirklichkeit das Gegenteil der Fall war. Pombo, der neben ihm im Toyota sitzt und alles stumm mit anhört, lässt so etwas in seinem Tagebuch durchblicken. Monjes Wutanfall hatte die beiden ziemlich beeindruckt, der Bolivianer brüllte herum »und machte, was er wollte, während Papi den Mund hielt und schwitzte«, schreibt er.

»Du bist schuld an den ganzen Streitereien«, schrie Monje.

»Ich doch nicht. Du bist schuld«, antwortete Papi.

»Nein, du.«

»Nein, du bist schuld.«

»Das wird die Geschichte zeigen.«

»Ganz genau, die Geschichte wird zeigen, wer schuld ist.«

»Die Geschichte irrt nie.«

»Eben, und deswegen wird die Geschichte auch zeigen, dass du schuld bist.«

»Nein, die Geschichte wird zeigen, dass ihr schuld seid. Ihr werdet untergehen.«

»Nein, nein, du bist schuld. Du wirst untergehen.«

Nach der Geschichte war es dann eine Frage der Ehre, danach der Männlichkeit und schließlich des Geldes. Monje bestand darauf, dass jeder Bolivianer als Guerillero monatlich tausend Dollar bekommen müsse. Papi erwiderte, er sei nicht befugt, über Geld zu sprechen. Monje lachte und fragte, ob er denn überhaupt irgendetwas entscheiden dürfe, wie es aussähe, täte er ja gar nichts. Papi widersprach, er habe sehr wohl diverse Befugnisse, dürfe aber im Augenblick nicht darüber sprechen. »Du bist zu nichts zu gebrauchen, ich werde mit deinem Chef reden«, sagte Monje, und dann ging die Diskussion von vorne los. Auf der Fahrt nach Ñancahuazú gibt Papi den Wortwechsel leicht verändert wieder.

»Monje war angespannt, er meinte, er sei nicht länger bereit, uns zu unterstützen, da habe ich ihn unter Druck gesetzt, woraufhin er nur noch unzusammenhängendes Zeug redete.«

»Und das war es dann?«, fragt Che, der wieder nach vorn auf die Straße blickt.

»Das war es.«

Ein paar Minuten lang herrscht Schweigen, bis sich der *Comandante* wieder umdreht und fragt, wie es mit den Vorbereitungen für den Empfang der Guerilleros voranginge. Pombo und Papi verheimlichen ihm, dass Tania entgegen seinen Anweisungen in die Organisation involviert ist. Sie klären ihn ausführlich über die Funktionen der Beteiligten auf – darunter Saldaña, Vázquez-Viaña und Loyola Guzmán – und erwähnen zum ersten Mal João Batista. Da er in São Paulo sehr gute Dienste geleistet hat, habe Papi ihn nach Bolivien geholt. »Ist der Mann zuverlässig?«, will Guevara wissen. »Er gehört zur Zelle M3«, erwidert Papi.

Der Brasilianer kümmert sich in La Paz um eine Wohnung in einem dreistöckigen Haus in der Rua Figueroa und fühlt sich allein gelassen und von den Kubanern diskriminiert. »Sie behandelten mich wie ihren Dienstboten«, gibt er später zu Protokoll. Er ist aus Brasilien mit dem Bus gekommen, hat auf Parkbänken übernachtet und kaum etwas gegessen, weil, wie er im Verhör sagt, Papi ihm nur sehr wenig Geld für die Reise gegeben hat. Seine Schwester habe von all dem nichts gewusst. Er habe sie absichtlich nicht über seine Pläne informiert, weil er befürchtete, sie könne sich an die echten Mitglieder der M3 wenden. »Ein einziges Mal habe ich sie angerufen«, erzählt er, »aus Santa Cruz [...]. Ich habe ihr gesagt, dass es mir gut ginge und dass ich nicht wüsste, wann ich zurückkäme, sonst kaum etwas. Sie schien besorgt. Es war das letzte Mal, dass wir uns gesprochen haben.« Das ist seine letzte Aussage am ersten Verhörtag, vielleicht ist er zu müde und hat zu große Schmerzen, um weiterzumachen. Wahrscheinlich hat er nur wenig geschlafen, in seinem Zimmer im Militärkrankenhaus, in das man ihn gesperrt hat. Am nächsten Morgen sitzt er wieder in der Folterkammer. Den Aufzeichnungen nach wirkt er verwirrt und erinnert sich nicht gleich daran, was er am Tag zuvor gesagt hat.

»Warum hat man Sie schlecht behandelt?«

»Wer?«

»Die Kubaner. Sie sagten, man habe Sie wie einen Dienstboten behandelt«, erinnert ihn einer der Vernehmer, der wahrscheinlich von einem Notizblock abliest.

João Batista erinnert sich an die schlimmsten Momente in der besagten Wohnung, dass er kochen und dauernd putzen musste und von den Männern, die dort untergebracht waren, ignoriert wurde. Insbesondere erinnert er sich an Marcos, den Ältesten aus der Gruppe, seine grauen Schläfen, die dunklen Augenringe, die raue Stimme. Ein bulliger Typ, der aussah, als säße er den ganzen Tag am Schreibtisch, und der, wie man ihm sagte, Mitglied des Zentralkomitees in Havanna war. Aber das zählte bei der Guerilla nicht. Auf Ches Order hin legten alle Freiwilligen ihren Rang ab, im Dschungel waren sie alle gleich, nur durch ihre Verdienste konnten sie sich Anerkennung verschaffen. Marcos nahm das offensichtlich nicht ernst, in seinen Augen war es nur Gerede, um die Kadetten anzuspornen. Er war überzeugt, schon nach wenigen Tagen zu Ches rechter Hand ernannt zu werden. Deswegen spielte er wann immer er konnte den Chef, und die anderen, die es gewohnt waren zu gehorchen, spielten mit. Marcos war es auch, der einen Teller Reis mit Bohnen in João Batistas Richtung schleuderte und ihm vorwarf, noch nie so etwas Schlechtes gegessen zu haben. Wahrscheinlich hatte er sogar recht. Da der Brasilianer es jedoch nicht besser konnte, musste er mehrfach »demütigende Szenen vor den Augen der anderen« über sich ergehen lassen.

»Was für Szenen? Können Sie das näher beschreiben?«

»Ich musste die Reste vom Boden aufsammeln und essen. Solange mein Reis mit Bohnen nicht besser schmeckte, war das mein Mittagessen.«

»Und wie haben Sie reagiert?«

»Ich hab es gegessen.«

»Vom Fußboden?«

»Vom Fußboden. Ich dachte, die anderen Guerilleros wären auf meiner Seite, aber sie lachten nur.«

»Und Sie sind trotzdem bei ihnen geblieben?«, fragt jemand.

Ja, sagt João Batista, er habe daran gedacht, zu fliehen, habe aber Angst gehabt, erwischt und bestraft zu werden. »Sie haben gedroht, mich umzubringen, falls ich aussteige«, behauptet er, ohne Namen zu nennen. Nur deshalb sei er dort geblieben. Zu dem Zeitpunkt, so Batista, habe er noch nicht gewusst, dass der Kommandant der Operation Che Guevara war. »Es war immer nur die Rede von einem gewissen Ramón, der bald im Dschungel zu ihnen stieße.«

Die andere Unterkunft, ein Haus in einer Wohngegend in Quillacollo, wird von Tania verwaltet. Benigno, ein Vertrauter Ches, berichtet von seinem Aufenthalt dort. Er ist siebenundzwanzig Jahre alt, Semianalphabet und schielt, und hat ein episch anmutendes Tagebuch verfasst, das streckenweise nach Plagiat riecht. Zum ersten Mal wurde es, stilistisch leicht überarbeitet, in den 1990er-Jahren veröffentlicht, unter den Biografen gilt es aber nicht als vertrauenswürdige Informationsquelle. Benigno landet am 12. November 1966 in La Paz, nimmt am Flughafen ein Taxi und fährt in das Haus in der Rua Caballero Hurtado, ein Bungalow mit zwei Zimmern und einem kleinen Garten, in dem Tania »ohne großen Erfolg Gemüse anpflanzte«, wie er schreibt. Er ist beeindruckt von der Deutschen, einer Frau »mit großen Händen«, heller Haut und grünen Augen, von ungewöhnlicher Schönheit, auch wenn das auf Fotos nicht immer deutlich wird. »Unsere liebe *Compañera* war wirklich schön, aber nicht sehr fotogen.« Im Haus sind noch drei weitere Guerilleros, die ein paar Tage zuvor angekommen sind: Moro, der Arzt der Gruppe, 31, Offizier der kubanischen Streitkräfte, Alejandro, 29, Vize-Industrieminister unter Che, und Arturo, 25, Papis kleiner Bruder, ein schüchterner, unerfahrener junger Mann. Sie verbringen die Tage im hinteren Zimmer auf Isomatten und hören im Radio Hörspielserien. »Sie kannten die Namen sämtlicher Personen der drei wichtigsten Radio-Novelas auswendig und unterhielten sich mit einer Inbrunst über ihre Probleme, dass es häufig nicht zu ertragen war«, schreibt Benigno. Tania ist nicht die ganze Zeit da, sie muss weiter Deutsch unterrichten und Folklore studieren. Außerdem macht sie mit Mario eine schwierige Phase durch, der sich weigert, die Scheidungspapiere zu unterschreiben. Er geht nicht mehr zur Uni, steht kurz davor, rausgeworfen zu werden, und »verfolgt mich dauernd und überall, weil er glaubt, ich hätte einen Geliebten«, sagt Tania. Sein Vater, der inzwischen eingeweiht ist, droht nach La Paz zu fahren und »die Schlampe auffliegen zu lassen«, wie sie mit einem Lächeln auf den Lippen bemerkt. Wenn sie nicht nach Quillacollo kommen kann, schickt sie stattdessen João Batista. Er muss sich um beide Orte gleichzeitig kümmern und darf sich weder über Müdigkeit noch über die schlechte Behandlung beschweren. Benigno zufolge ist der Brasilianer ein »Einzelgänger«. Die Deutsche weist ihn mehrmals brüsk zurecht. Eines Abends mischt sich João Batista in das Gespräch der Guerilleros ein, die sich über frühere Heldentaten unterhalten. Er selbst sei in Brasilien schon an mehreren Missionen beteiligt gewesen. »Moro lachte und meinte, entweder er übertreibe oder er lüge, dann fingen sie an zu streiten.«

Tania hingegen wird in Anwesenheit der Kubaner oft laut und entlockt ihnen mit ihren derben Witzen ein Lächeln. Am Abend vor der Abreise der vier nach Ñancahuazú kocht sie ihnen zum Abschied Reis mit Bohnen und stellt eine Flasche Schnaps auf den Tisch. Die Männer sind in ausgelassener Stimmung, sie lachen und geben lautstark ihre Anekdoten zum Besten. Tania erscheint in der Küchentür, das Geschirrtuch über der Schulter, und ermahnt sie: »Ihr sollt nicht so brüllen, ihr *Comemierdas*! Im Urwald könnt ihr rumschreien, wie ihr wollt, aber nicht hier.« Sie wirft das Geschirrtuch in die Ecke, schnappt sich die Schnapsflasche und lacht kurze Zeit später lauthals mit. Als es aus der Küche verbrannt riecht, springt sie vom Sofa auf und »flucht genauso heftig wie Che«, schreibt Benigno. Sie rennt in die Küche, aber das Essen ist nicht mehr zu retten. Also läuft sie los, um Brathähnchen zu kaufen, und kommt mit Bier wieder.

Um zwei Uhr morgens verteilen sie sich betrunken auf die beiden Zimmer, um zu schlafen. Es sind nur noch wenige Stunden bis zum Aufbruch. Trotz Drängen der Männer weigert sich Tania, das einzige Bett zu nehmen, sie hätten das Recht darauf, da sie ja in den Kampf zögen. Sie macht es sich auf einem der Sofas im Wohnzimmer bequem und knöpft die Bluse auf. Die Männer lachen verlegen und starren zu Boden, während sie ins Bad geht und sich bei offener Tür die Hose auszieht. In Unterhemd und champagnerfarbenem Höschen kommt sie wieder, die stämmigen Beine voll blauer Flecken. »Jetzt könnt ihr euch nicht mehr beschweren, dass ihr noch nie mit einer Frau geschlafen habt.«

Benigno zufolge dauert die Fahrt nach Ñancahuazú drei Tage. »Nachdem wir um vier Uhr morgens in den Toyota gestiegen waren, fuhr Papi erst mal ein bisschen mit uns durch La Paz. Danach ging es zu einem Haus am Stadtrand, wo wir drei Bolivianer aufsammelten: Benjamin, Camba und Ñato«, schreibt er. Sie halten vor einer einfachen Hütte, in der Geraldina Jimenez wohnt, die Mutter von Benjamin, einem dünnen siebzehnjährigen Jungen. Vor der Tür parkt noch ein Toyota, an dem Coco, der Fahrer, lehnt, die anderen stehen um ihn herum. Er warte schon seit mehr als einer halben Stunde, beschwert er sich. Benjamins Mutter wartet mit der Kaffeekanne in der Hand neben Ñato, einem schweigsamen, stämmigen Indio, der genau wie sie fließend Quechua spricht. Als sie merkt, dass es jeden Moment losgeht, bittet sie mit erstickter Stimme, man möge »auf meinen kleinen Sohn aufpassen, er war doch noch nie so lange weg von zu Hause«. Ñato verspricht es ihr, trinkt seinen Kaffee in einem Schluck aus und mustert den Jungen, der verschlafen auf den Stufen sitzt. Er hat seine besten Sachen angezogen: Jeans, Flip-Flops und ein gebügeltes Hemd. Es ist unklar, warum er sich gemeldet hat. Angeblich sollen Saldaña und sein Netzwerk den ärmeren Familien Geld angeboten haben, aber das wurde nie bewiesen.

Coco ist aufgeregt, er redet viel, obwohl es noch so früh ist. Benigno beschreibt ihn als »leidenschaftlich«, aber nicht kräftig genug für die Guerilla. »Sein Kopf war zu groß für seinen zarten Körper.« Damit Kubaner und Bolivianer sich besser kennenlernen, »schließlich sind wir Blutsbrüder und kämpfen für dieselbe Sache«, schlägt Alejandro vor, dass jeder seinen Codenamen sagt, von wo er kommt und warum er sich der Guerilla angeschlossen hat. Papi, ihr Anführer, ist als Erster dran. Er spricht von der Freiheit des Volkes und der Bereitschaft, sich für die Revolution zu opfern, was, in leicht veränderter Form, von allen wiederholt wird. Als Benjamin an der Reihe ist, hat das Interesse schon abgenommen. Noch bevor er fertig ist, steigen sie in die beiden Jeeps.

Als sie aufbrechen, ist es bereits Tag. Laut Benigno ist die Straße »sehr schön und führt durch den unendlichen Altiplano, vorbei an den höchsten Bergen der Welt«. Er saugt die Landschaft in sich auf, »bis oben hin mit dichtem Wald bedeckte Wände, gewaltige Vorgebirge, deren steile Hänge aus purem Granit sich senkrecht vor uns erheben, fantastische Achterbahnfahrten, Spielplätze für Titanen«, schreibt er im Tonfall europäischer Entdecker aus dem 19. Jahrhundert. Er sieht Lehmhütten, Indios in Lumpen, aber »stolz und schön«, die bewusstlos mit der leeren Flasche in der Hand in Hauseingängen liegen. »Die Ziegen haben helle Flecken und schwarze Bärtchen und erinnerten mich an Afrika«, aber »das Vieh bietet einen traurigen Anblick, die Tiere sind verletzt und von den weißen Larven einer Art Tse-Tse-Fliege befallen«. Die Indios seien »Menschen, die man der Natur entrissen hat«, weil die Amerikaner »in ihren komfortablen Häusern sitzen und sie immer weiter ausbeuten«. Dieses Elend überleben sie nur deswegen, weil »sie offenbar zur Arbeit geschaffen sind, und dies für sie die beste aller möglichen Welten ist«, ergänzt Benigno, dieser Pangloss des bewaffneten Kampfes.

Gegen Mittag machen sie an einem Restaurant am Straßenrand Halt, es gibt Hähnchen mit Reis und Kartoffeln. Eine kleine Indiofrau, »sie war schüchtern, aber schön und hatte ein breites Lächeln«, stellt einen Korb mit Brot und eine rosa Paste auf den Tisch, die Benigno für Brotaufstrich hält. »Während ich mir großzügig das Brot damit bestrich, sah mich das Mädchen mit offenem Mund an und wartete darauf, dass ich den ersten Bissen tat.« Es war Llajhua, eine extrem scharfe bolivianische Chilipaste. »Sie lachte sich tot, als sie sah, wie ich rot anlief, mit Tränen in den Augen aufsprang und nach Wasser rief.«

Nach dem Essen lässt Papi die Reste einpacken, steigt in den ersten Toyota, hält kurz darauf an und reicht das Päckchen einem Jungen, bei dem man die Rippen zählen kann und der um Geld bettelnd angelaufen kommt. Als er sein enttäuschtes Gesicht sieht, sagt Papi, er solle sich keine Sorgen machen: »Bald schon wirst du nicht mehr betteln müssen.«

»Möge Gott es Ihnen vergelten, *Taita*«, sagt der Junge mit dem Päckchen in der Hand und sieht ihn unsicher an.

»Du darfst dich nicht auf Gott verlassen, du musst dir selber helfen. Versprich mir etwas: Wenn du groß bist, besorg dir ein Gewehr, damit dir niemand mehr etwas wegnimmt.«

»Ja gut, *Taita*. Ein Gewehr.«

»Abgemacht?«

»Wie Sie meinen, *Taita*.«

Sie fahren los. In seinem Tagebuch freut sich Benigno, wie anständig und rein der Junge gewesen sei. Es scheint jedoch, als sähen sie ihn im Rückspiegel das Essen auf die Straße werfen und zum zweiten Toyota laufen, in dem Coco am Steuer sitzt.

Die Reise geht weiter. Am ersten Abend erreichen sie Cochabamba. »Eine schöne, ungleichmäßig bebaute und sehr weitläufige Stadt, die sich mehrere Kilometer über das Gebirge erstreckt.« Benigno erweist sich als aufmerksamer Betrachter touristischer Sehenswürdigkeiten. »Vor den Toren der Stadt erwartet uns ein Denkmal zu Ehren von Juana Azurduy de Padilla, der legendären Guerillera und Witwe des Patrioten Ascencio Padilla, über die wir gerade erst etwas gelesen hatten.« Am nächsten Morgen kommen sie durch Comarapa (»die Hauptstraße ist breit und größtenteils asphaltiert. Aber es war kein Mensch zu sehen, wie in einer Geisterstadt«) und Samaipata (»sehr hübsche, weiß getünchte Kirchen und herzliche Menschen«). Hinter Santa Cruz geht es weiter in Richtung Süden, die Straßen werden schmaler und schlammiger, so dass man nicht mehr so gut vorankommt. Sie haben den Altiplano verlassen und befinden sich jetzt »in Begleitung eines alten Kriegsgefährten, dem vertrauten, geliebten Urwald«. Am dritten Tag überqueren sie gegen drei Uhr nachmittags den Rio Grande auf einer Fähre, »gesteuert von armen, aber rechtschaffenen Indios, die älter sind als der Wald um sie herum«. Als sie in Camiri ankommen, sind sie am Ende.

Benjamin, der noch nie im Auto gereist ist, leidet am meisten. Ihm ist übel, seit sie von zu Hause losgefahren sind, inzwischen hat er Schüttelfrost. Aber sie müssen weiter, und am frühen Abend erreichen sie das Dorf Lagunillas. Von dort geht es auf einer schmalen Piste in noch dichteren Urwald. Cocos Jeep wird bei jedem Schlagloch durchgeschüttelt, Benjamin hält die Hände vor den Mund, die Männer brüllen ihn an, er schluckt, und dann schießt ihm Erbrochenes zwischen den Fingern hindurch gegen die geschlossene Fensterscheibe. Der Gestank ist unerträglich, Ñato will das Fenster öffnen, wird aber daran gehindert, draußen lauern unersättliche Moskitos. Coco bittet um Geduld, sie seien fast da. Benjamin weint. Benigno sagt später: »Wir waren euphorisiert von dem Gedanken, bald Ramón und die anderen *Compañeros* zu treffen.« Gegen neun Uhr abends bleibt Papi mitten im Wald stehen und schaltet die Scheinwerfer aus. Coco macht dasselbe. Um nach Ñancahuazú zu gelangen, müssen sie das Grundstück des Schweinezüchters Ciro Algarañaz durchqueren. Im Dunkeln erklärt ihnen Papi, sie hätten inzwischen schon so viele Guerilleros hergebracht, dass der Nachbar misstrauisch geworden sei und jedes Mal, wenn er Autolärm hört, an den Zaun käme, um sie zu beobachten. Er glaubt, es mit Kokainproduzenten zu tun zu haben, und habe Papi zufolge ein paar Tage zuvor angeboten, gegen eine kleine Beteiligung »den Mund zu halten«.

Sie müssen warten, bis der Mann und sein Vorarbeiter eingeschlafen sind. Papi steigt aus dem Toyota und verschwindet in der Dunkelheit. Im anderen Wagen, der in säuerlichen Gestank getaucht ist, schlagen sich die Männer ins Gesicht, kratzen sich überall und fragen sich, wie die Moskitos reingekommen sind, wo doch die Fenster die ganze Zeit zu waren. Alejandro raucht, Benigno kann die glühende Spitze seiner Zigarette sehen. Später schreibt er, Coco, der verantwortlich für die Männer im Wagen ist, sei zu unerfahren: »Das ist ein verräterischer Hinweis, der den Feind auf uns aufmerksam machen kann.«

Papi kehrt kurz nach zehn zurück, spricht erst mit Coco, kommt dann zu seinem Jeep und erklärt seinen Leuten, der Weg sei frei. Man hört Algarañaz von der Straße aus schnarchen. Nach weiteren vierzig Minuten durch unwegsames Gelände kommen sie an eine Lehmhütte mit Blechdach, die von einer einzigen Laterne beleuchtet wird. Loro, der jüngere Bruder von Humberto Vázquez-Viaña, begrüßt sie mit zerknautschtem Gesicht. Vor kurzem hat er sein Soziologie-Studium abgeschlossen, aber dort »spielte er den Verwalter. Er hatte zwei Indios bei sich, Apolinar, ein Guarani, und Serapio, ein Quechua. Sie liefen beide barfuß und sprachen kaum Spanisch«, schreibt Benigno.

Er fragt, wie alt Serapio sei, woraufhin Loro antwortet: zwischen fünfzehn und siebzehn, der Junge wisse es selbst nicht genau. Für den Dienst an der Waffe scheint er jedenfalls nicht geeignet. Als er auf den Jeep zukommt, fällt Benigno auf, dass sein rechtes Bein gelähmt ist, er zieht den Fuß wie eine Klaue durch den Staub. Beim Laufen stützt er sich auf dem Knöchel auf, und als er ein Fass Reis anhebt, in dem Gewehre versteckt sind, schnauft er, zittert am ganzen Körper und stolpert rückwärts. Alejandro beugt sich vor, um ihm zu helfen, aber Loro bittet ihn, das zu lassen, der Junge müsse lernen, seine »Arbeit zu verrichten«. Serapio schwankt zur Hütte, leert das Fass aus und fragt, als er zurückkommt, in gebrochenem Spanisch, ob sie nicht Lust auf einen *Cafecito* hätten. »Wie jeder gute Guerillero«, schreibt Benigno, »bot er uns zuerst mal einen Kaffee an. Als ich lächelte, drehte er sich um und machte sich an die Arbeit. Ich bemerkte, dass er sehr höflich sei, wofür sich Loro bedankte.«

Von der »Blechhütte«, wie die Guerilleros sie nennen, müssen sie sich noch mal drei Kilometer mit Lebensmitteln und Waffen bepackt durch den dichten Dschungel bis zum Hauptlager kämpfen. Es ist mitten in der Nacht, als sie endlich da sind, die Hemden klitschnass, sie halb verdurstet, und Benjamin, der ohnmächtig über Ñatos Schultern hängt. In der Dunkelheit sehen sie nicht, was Guevara und seine Männer in den letzten Wochen errichtet haben: einen Ofen aus Ton; eine Vorrichtung aus Ästen und Palmwedeln, um das Dörrfleisch zuzubereiten; eine Hütte, die als Krankenstation dient; aufgereihte Baumstämme für den Unterricht in Geopolitik, Quechua und Französisch; Latrinengruben; miteinander verbundene Tunnel, in denen ein alter Funksender, Konservendosen und Dokumente versteckt sind. Papi tauscht Losungen mit dem Wachposten aus. »Endlich sah ich ein kleines Licht vor uns auftauchen, und schon fühlte ich mich zu Hause«, schreibt Benigno. Ganz schwach auf den Beinen, wahrscheinlich vor Erschöpfung, rennt er los, als er das Geräusch der Löffel in den Metallbechern hört und den Tabakrauch riecht. Sie sitzen um das Lagerfeuer herum. Er umarmt Joaquín, Arturo und Rubio, Braulio und Antonio, Miguel, Tuma, Pacho und Pombo. Ein paar Bolivianer sind auch da, aber Guevara kann er nirgends entdecken. Als er nach dem *Comandante* fragt, zeigt Miguel auf eine Laterne zwischen den Bäumen. Um diese Uhrzeit zieht er sich gern zurück, um in Ruhe zu lesen und Tagebuch zu schreiben. Benigno geht zögerlich auf ihn zu, der Argentinier sitzt auf einem Baumstumpf und scheint in ein Buch vertieft, er will ihn nicht stören. Er räuspert sich und bückt sich, um nach dem Titel zu sehen. Der *Comandante* zieht das Buch weg, steckt ein Lesezeichen hinein, legt es auf den Boden und steht auf. Er trägt einen olivgrünen Anzug, die Kampfstiefel sind schlammverkrustet und nur bis zur Hälfte zugebunden. Seine Dschungeluniform. Der Bart wächst, die Glatze wird in ein paar Tagen verschwunden und das falsche Grau einem Kastanienbraun gewichen sein. Er ist jetzt wieder Che, seine Augen strahlen verschmitzt, und er lächelt. Sie umarmen einander, Benigno begrüßt ihn überschwänglich, aber der *Comandante* reagiert nicht darauf. Hinter dem Baumstumpf sieht er ein dunkles Notizbuch mit einem Stift liegen.

»Schreibst du viel?«, fragt der Kubaner.

»Kann man sagen«, antwortet Che.

»Und ist das Buch gut, das du da liest?«

»Ja.«

»Worum geht es?«

»Um etwas, das sich vor langer Zeit in Italien abgespielt hat.«

»Etwas Strategisches?«

»Ein Roman.«

»Verstehe ...«

Die Unterhaltung versandet. Benigno merkt, dass er um diese Uhrzeit nicht willkommen ist, verabschiedet sich und kehrt ans Feuer zurück, während Che sich wieder setzt und sein Buch nimmt. Die Freunde stehen im Kreis um zwei Gestalten am Boden. Der eine ist der ohnmächtige Benjamin, der andere Moro, der Arzt, der ihm eine Nadel in den Arm sticht. Ñato erwähnt die besorgte Mutter und sagt, der Junge habe schon von Anfang an den Eindruck gemacht, als würde er die Reise nicht gut überstehen, sie hätten ihn irgendwo rauslassen sollen, mit ein bisschen Geld für die Rückfahrt. »Verdammte Scheiße, jetzt bin ich für den Jungen verantwortlich«, grummelt er.

Die Kubaner verlieren bald das Interesse und setzen sich wieder ans Lagerfeuer. Sie sind aufgedreht und erzählen Geschichten von früher, teilweise wiederholen sie sich. Die Bolivianer hängen an ihren Lippen, sie können es kaum erwarten, eines Tages ihre eigenen Geschichten zu haben. Sie reden die ganze Nacht durch, bis es zwischen den Blättern langsam hell wird. Benigno, der bei früheren Missionen als Koch tätig war, erklärt sich bereit, das Frühstück zu machen. Es gibt Maisbrei, Brötchen und starken Kaffee mit viel Zucker. Für den *Comandante* kocht er eine extrabittere Portion und besteht darauf, ihm das Aluminiumkännchen persönlich zu bringen. Guevara ist auf dem Boden eingeschlafen, den Kopf auf den Arm gestützt, das Buch liegt aufgeschlagen neben ihm. *Die Kartause von Parma*. Der Kubaner stellt ihm die Tasse hin und schließt geräuschlos das Buch. Dann bemerkt er das Lesezeichen, ein buntes Stoffband, das auf dem Boden liegt. Er steckt es zwischen die ersten Seiten und erhebt sich wieder. Der erste Tag im Guerillacamp hat begonnen.

9

Am letzten Tag des Jahres bereitet Benigno wie jeden Morgen das Frühstück. Benjamin, der für grobe Arbeiten nicht geeignet ist, verteilt das Maisbrot auf die Schüsseln. Er hat sich zu einem engagierten wenn auch zerstreuten Küchengehilfen entwickelt.

Sie hören Geräusche aus dem Wald, jemand ruft das Losungswort und kommt keuchend angelaufen, die Hand auf der Brust. Es ist Ernesto, ein dunkler Bolivianer mit schmalen Augen, der Wachposten von der Blechhütte. Er sagt, er habe eine dringende Nachricht und sei die ganze Strecke gelaufen. Aus La Paz sei ein Jeep gekommen, ein wichtiger Mann sei dabei, »Flávio Moro, Roberto Mongo, Mário Montes, ich weiß es nicht mehr genau«. Guevara, der mit den anderen zusammen frühstückt, hört sich die Nachricht schweigend an. Er schluckt den letzten Bissen Maisbrot herunter, steht auf und wischt sich die Hände an der Hose ab. Dann nennt er den Bolivianer ein Stück Scheiße, und wenn er nicht lerne, Nachrichten richtig zu übermitteln, bekomme er nichts mehr zu essen. Er wirft einen Blick in die Runde und zeigt auf Inti, Urbano, Tuma und Arturo. Sie sollen die neuen Gewehre nehmen, frische Hemden anziehen, die Stiefel ordentlich zubinden »wie anständige Menschen« und ihm folgen. Er hat von Fidel gelernt, dass es wichtig ist, Eindruck auf seine Besucher zu machen.

Das Treffen findet eine Stunde später statt, in einer Holzhütte auf halber Strecke, das Protokollhaus genannt. Sie sind ein ganzes Stück früher da als Monjes Leute, der Bolivianer ist außer Übung, und der Weg ist nicht einfach. Sie sind schon von weitem zu hören, das Keuchen, das Knurren, das Knacken der Äste. Die Männer erheben sich aus ihren Ecken, wischen sich

Gras und Erde von der Uniform, greifen nach den Gewehren und stellen sich im Halbkreis um Guevara auf, der auf einem Baumstamm unter dem Strohdach sitzt. Papi erscheint als Erster, er nickt ihnen zu. Ihm folgen Pedro, einer der neuen Bolivianer in der Guerilla, und Tania, Sonnenbrille im Gesicht, der Kopf rot vor Anstrengung, die Haare unter der Mütze festgesteckt. Monje und sein Handlanger kommen schwer atmend als Letzte angestolpert. »Was habt ihr euch denn hier für ein beschissenes Versteck ausgesucht?«, beschwert er sich und wischt sich mit einem zerknüllten Taschentuch über die Stirn, scheinbar ohne die Männer zu beachten. Monje, der in seinem ganzen Leben keine Uniform getragen hat, hat auch einen kleinen Auftritt vorbereitet: Er sieht aus wie Fidel Castro, in Khaki, mit Soldatenmütze, die glänzenden Stiefel über der Hose. Die Verkleidung hat unterwegs allerdings etwas gelitten, das Hemd ist ihm aus der Hose gerutscht. Er sackt auf der anderen improvisierten Bank zusammen und bittet um Wasser. Tania lächelt die Männer aus Guevaras Gefolge an, sie will etwas sagen, zögert dann aber, als sie Che sieht, der wie der Herrscher des Dschungels auf seinem Baumstumpf thront.

»Eure einzigen Gegner hier sind die Moskitos, ich wüsste wirklich nicht, gegen wen ihr hier sonst kämpfen wollt«, sagt Monje, und Che hebt nur die Augenbrauen, ein Zeichen dafür, dass er verärgert ist. Die Männer wissen, dass es in solchen Momenten das Beste ist, dem *Comandante* aus dem Weg zu gehen. Papi sagt, ein paar Meter weiter fließe ein Bach, in dem sie sich das Gesicht waschen können. Monje willigt ein, dass sein Assistent die Männer dorthin begleitet.

Jetzt, wo die beiden Anführer allein sind, begrüßen sie einander mit einem festen Händedruck, wie echte *Hombres*. Fidel war der geborene Verhandlungsführer. Zuerst hätte er sich nach der Gesundheit der Kinder und der Frau erkundigt und danach um eine allgemeine Einschätzung der politischen Situation in Bolivien gebeten. Er hätte genickt und hier und da einen Ratschlag angenommen. Zwischen Guevara und Monje herrscht jedoch Schweigen. Guevara ist ungeduldig, er meint, genug über das Land zu wissen, und glaubt, seine Anwesenheit reiche aus, um die sozialistische Revolution einzuläuten.

Doch Che bedenkt nicht, dass Bolivien 1966 längst nicht mehr dasselbe Land ist wie damals, als er Anfang der Fünfziger als Rucksackreisender unterwegs war. Die Situation ist zwar weiterhin schlimm, es existieren immer noch große soziale Gegensätze, aber unter Paz Estenssoro hat es zumindest eine Agrarreform gegeben. Während seiner Präsidentschaft ging es den Familien Patiño, Aramayo und Hochschild an den Kragen, der Handel mit Zinn und Gas wurde verstaatlicht und das allgemeine Wahlrecht wieder eingeführt, Maßnahmen, die die Machtübernahme durch das Militär teilweise überlebten. Der derzeitige Präsident René Barrientos spricht Quechua, hat die Indios des Altiplano auf seiner Seite und eine populistische Regierung errichtet, die sich aus »einer seltsamen Mischung aus Nationalismus und einem aus Brasilien importierten proamerikanischen Konservativismus« zusammensetzt, so ein Biograf. Eine komplexe Gesellschaft, in der kein Platz für Abenteurer ist.

Monje ergreift als Erster das Wort. Er beschwert sich über die Machenschaften der Kubaner in La Paz. Das sei ja »wie auf dem Jahrmarkt« mit diesen »Geheimniskrämern, die ohne Sinn und Verstand einen Parallel-Staat auf die Beine stellen wollen«. Guevara unterbricht ihn mit seinem Gelächter und erhebt sich von seinem Baumstumpf. Wenn sie so schlecht organisiert seien, warum helfe ihnen die Kommunistische Partei dann nicht? Monje richtet sich auf und sagt, das sei nicht wahr. »Wir helfen euch doch, und zwar erheblich. Ohne uns gäbe es kein Netzwerk.« Che scheint ihm gar nicht zuzuhören. Monje fährt fort: »Verdammt, Che, man hat mir gesagt, es käme bald irgendein Typ her. Dass du das bist, habe ich erst vor ein paar Tagen erfahren [...] Es war auch nur von einem vorübergehenden Aufenthalt die Rede. Und plötzlich wollt ihr hier die kontinentale Revolution starten. Wie soll das gehen?«

Fidel Castro hätte ihm wahrscheinlich die Hand auf die Schulter gelegt, ihm eine Zigarre angeboten und erklärt, wie wichtig die bolivianische KP für die Bewegung sei. Guevara aber setzt sich wieder und erwidert mit einem leichten Lächeln auf den Lippen, Monje habe recht, sie hätten der Partei absichtlich nichts verraten, um zu vermeiden, dass sich jemand einmische, »der keine Ahnung hat, worum es geht«. »Meine Leute waren nicht befugt, darüber zu sprechen, *Compañero*«, sagt er und heftet seinen spöttischen Blick auf den Bolivianer, als wolle er sich jeden Moment über den aufgedunsenen Kerl totlachen, der Schwierigkeiten hat, auf seiner Sitzgelegenheit das Gleichgewicht zu halten.

Statt auf Konfrontation zu gehen, führt Monje auf, wie viel Mühe es ihm Tag für Tag bereite, die Partei unter der Militärregierung zu führen und dabei im Bereich der Legalität zu bleiben, und dass, um der KP nicht zu schaden, er ernsthaft mit dem Gedanken spiele, sich aufzuopfern, er, der »verheiratet und Vater von drei wunderschönen Töchtern« sei, denke daran, alles hinter sich zu lassen und sich dem bewaffneten Kampf anzuschließen. Er sei in Kuba ausgebildet worden, in einem Fortgeschrittenenkurs für die Kriegsführung im Dschungel, und sowohl von den Ausbildern als auch von Fidel persönlich gelobt worden (Che lächelt verächtlich). Er könne alles aufgeben, wiederholt er, Familie und Position. Guevara erwidert, eine solche Aufopferung sei keinesfalls nötig. Er fragt, was er verlange, um die Guerilla zu unterstützen.

Der Bolivianer stellt drei Forderungen. Erstens will er die Partei nicht mit hineinziehen. Che zuckt mit den Schultern. Zweitens müssten die anderen lateinamerikanischen Parteien, die sich der Bewegung anschließen wollen, sollte es überhaupt so weit kommen, auch von ihm gutgeheißen und ihm unterstellt werden. Che runzelt die Stirn, aber Monje spricht weiter.

Zuletzt erhebt er Anspruch auf die politische und militärische Führung der Guerilla. Noch bevor er fertig ist, schüttelt der Argentinier den Kopf, steht ein weiteres Mal von seinem Baumstumpf auf und lächelt sarkastisch.

»Und was ist meine Rolle dabei, *Compañero*?«

»Sieh mal, Che, du hast die praktische Erfahrung, ich habe zwar eine hervorragende Ausbildung, aber eben nur theoretisch. Mein Gott, du kennst dich doch aus im Urwald«, sagt er und lacht, um dann feierlich hinzuzufügen: »Du wirst mein Oberbefehlshaber der Dschungelarmee.«

»Hier bin ich niemandem untergeordnet«, antwortet Guevara. In Bolivien, sagt er, habe er das Kommando, hier entscheide er darüber, wie die Dinge laufen. »Die Diskussion ist in einen Teufelskreis geraten«, schreibt er später in sein Tagebuch. Monje erklärt noch mal seine Beweggründe, aber Che verliert die Geduld und unterbricht ihn mit erhobenem Finger, jetzt sei er an der Reihe. Er hält einen langen Vortrag über die Geschichte Lateinamerikas, erwähnt die Bedrohung durch den Kapitalismus, spricht über die Neue Welt, Kolumbus, Pinzón und die Syphilis, die Ausrottung der Kariben-Indios und die Rolle des neuen Menschen im 20. Jahrhundert. Guevaras Ausführungen sind schwerfällig und langatmig. Als er fertig ist, glaubt er, eine brillante historische Analyse geliefert zu haben. Monje hingegen ist nicht sonderlich beeindruckt. Da es keinen Sinn mehr hat, die Verhandlungen weiterzuführen – der *Comandante* hat ihm den Rücken zugewandt und die Arme verschränkt –, bittet der Bolivianer schließlich darum, mit seinen Parteimitgliedern sprechen zu dürfen, die sich unter den Guerilleros befinden. Er müsse ihnen den offiziellen Beschluss der Partei mitteilen, die weder am bewaffneten Kampf teilnehmen noch ihn unterstützen wolle, und dann die Männer selbst entscheiden lassen. Che ist ein Ehrenmann, er erklärt sich einverstanden und fügt hinzu, es gebe nichts mehr zu sagen. Er stößt einen schrillen Pfiff aus, kurz darauf erscheinen die Männer, die sich am Bach ausgeruht haben.

Sie machen sich auf den Rückweg, erreichen nachmittags das Lager, und nach einer kurzen Pause, in der Monje eine Tasse Kaffee mit Zucker und etwas Maisbrot bekommt, beschließt er, mit seiner Überzeugungsarbeit zu beginnen. Er ignoriert die Müdigkeit und den Schmerz in den Beinen und nimmt jeden der jungen Kommunisten einzeln zur Seite. Zuerst will er ihnen klarmachen, dass es Wahnsinn sei, bei der Guerilla zu bleiben, doch die Männer hören nicht auf ihn. Daraufhin droht er ihnen mit dem Ausschluss aus der Partei, aber auch das scheint sie dort draußen im Urwald nicht sonderlich zu beeindrucken. Inti, von den Bolivianern politisch am bewandertsten, verliert die Geduld und brüllt wie ein göttlich inspirierter Prophet. Er hält den Finger auf den pausbäckigen Monje gerichtet und schreit, keiner von ihnen ginge dort weg, bis nicht die marxistische Revolution gesiegt habe oder man sie auf einer »Holzbahre« wegtrage. »Was ist eine Bahre?«, fragt einer der Bolivianer. Wer bisher noch Zweifel hatte, rückt von Monje ab. Als es Abend ist, lässt er sich erschöpft in eine Hängematte fallen, wohl wissend, dass die Schlacht verloren ist.

Beim Abendessen, einem von Benigno zubereiteten Eintopf mit Dosenfleisch, sitzt er allein. Tania kommt dazu, frisch gekleidet und gekämmt, als hätte sie gerade ein Bad genommen, sie macht Fotos und amüsiert sich mit den anderen, ohne Monje auch nur ein einziges Mal anzusehen. Man weigert sich sogar, ihm den Mate zu reichen. Ñato sagt: »Ich weiß nicht, wie die Schweine in deiner Stadt essen, aber bei uns essen sie vom Boden.« Wahrscheinlich hätte er hungern müssen, hätte Benigno sich nicht seiner erbarmt. Gegen Mitternacht, ein paar Minuten vor Jahreswechsel, versammeln sich alle im Unterrichtsraum, um Ches Rede in Gedenken an sieben Jahre Revolution in Kuba anzuhören, in der er über die Werte des modernen Guerilleros spricht. Kaum hat er die ersten Metaphern abgefeuert und den andächtig lauschenden Männern eine kurze Abhandlung über die Geschichte Lateinamerikas angekündigt, stellt Monje fest, dass er dieselben Worte am Nachmittag schon mal gehört hat. Und als Guevara bei der Neuen Welt und den Kariben angekommen ist, lässt er resigniert den Kopf hängen. Nach einer schlaflosen Nacht, in der er von Insekten zerstochen wird, verkündet Papi schließlich am nächsten Morgen, er bringe sie zurück nach La Paz. »Er sah aus, als sei er auf dem Weg zum Schafott«, schreibt Guevara über seinen Aufbruch.

Während Monje und sein Adjutant sich in der Nacht in den Hängematten wälzen und von den Moskitos quälen lassen, trinken die Guerilleros eine Flasche Zuckerrohrschnaps, die Papi mitgebracht hat, und wärmen alte Geschichten auf. Monje hört sie am knisternden Feuer lachen. Er sieht jedoch nicht, wie Guevara und Tania sich von der Gruppe entfernen und gemeinsam in der Dunkelheit verschwinden. Und er erfährt auch nicht, dass Benigno sich irgendwann frühmorgens mit zwei Tassen Kaffee auf die Suche nach ihnen macht, aber sie in einem Umkreis von zwanzig Metern nicht findet. In seinem Tagebuch schreibt Che, er habe sich in jener Nacht mit der deutschen Agentin über ihre nächste Mission unterhalten. Tania soll in Buenos Aires Kontakt zu einer Untergrundorganisation aufnehmen und einen gewissen Ciro Bustos, einen Politaktivisten, linken Denker und Stilllebenmaler, nach Bolivien bringen. »Unser Verbindungsmann nach Argentinien«, erklärt er. Che hat stets behauptet, bei der Vorbereitung seiner Missionen besonders auf die Kleinigkeiten zu achten, aber Bustos hatte er weder zuvor getroffen noch wusste er, wie er sich bei früheren Aktionen bewährt hatte. Seine Entscheidung beruhte einzig und allein auf der Einschätzung von Bekannten. Doch das scheint ihn jetzt nicht zu stören, also lernt Tania Namen und Adressen auswendig und geht mit ihm bis in die Nacht hinein alle Einzelheiten durch. Am nächsten Morgen packen sie die Rucksäcke, Tania wechselt ein paar letzte Worte mit Che und küsst ein paar der Kubaner zum Abschied auf die Wange. Die anderen, denen jeder Kontakt zum weiblichen Geschlecht versagt ist, ertragen den Anblick nicht und schauen zu Boden.

Für Monje wird die Rückreise unerträglich – drei Tage Schweigen, unterbrochen von politischen Provokationen durch die Deutsche. Zurück in La Paz, macht er sich mit unerbittlichem Eifer daran, Guevaras Pläne zu untergraben. Das städtische Netzwerk basiert zum großen Teil auf den Strukturen der KP. Haus und Wohnung wurden mit Hilfe von Parteimitgliedern gemietet, über Strohmänner und Bürgen. Und da Loyola Guzmán in Finanzdingen noch unerfahren ist, helfen ihr die bolivianischen Kommunisten dabei, Einnahmen und Ausgaben zu kontrollieren. All das wird über Nacht eingestellt. Eine Unterkunft wird augenblicklich zurückgegeben und die andere, nachdem die Miete nicht mehr bezahlt wurde, vom Eigentümer zurückgefordert.

Es dauert eine ganze Weile, bis João Batista, der aus der Wohnung raus muss, von Loyola Geld bekommt, um sich in einer Pension für junge Männer einzuquartieren. Er isst nur sporadisch und kann noch nicht mal mit Tania sprechen, die in Buenos Aires ist. »Das war der Moment, als ich merkte, dass man mich fallen gelassen hatte«, erklärt er im Verhör. »Mir wurde klar, dass ich unmöglich länger dort bleiben konnte.« Sobald Tania zurück ist, will er mit ihr weggehen, egal wohin. Es ist an der Zeit, sich der Guerilla anzuschließen, in der Stadt zu bleiben, wäre für ihn wie »langsam dahinzusiechen«.

10

Zum ersten Mal seit fünf Tagen regnet es an diesem Morgen nicht, und Benigno, der im Dunkel des Urwalds schläfrig aus der Hängematte plumpst, sieht darin ein gutes Omen. Er setzt sich auf einen Baumstumpf, holt tief Luft und zieht die schlammverkrusteten Stiefel an. Im Hintergrund hört er Räuspern und Husten, und dann, wie Inti die letzten Schlafenden weckt. Benigno steht auf, bindet Hängematte und Regenplane ab und packt beides in den Rucksack, zu Proviant, Munition, Besteck, Kalebasse und Kleidung. Es sind ungefähr vierzig Kilo, und als er den Rucksack über die Schultern wirft, verliert er das Gleichgewicht. Es wird ein langer Tag werden, selbst ein Optimist wie er muss denken, dass er einen solchen Gewaltmarsch nicht mit diesem Gepäck schaffen kann. Er bückt sich und greift nach seinem tschechischen Maschinengewehr, einem ZB-30, das an einem Baum lehnt. Er hält es mit beiden Händen fest, und genau in diesem Moment fangen ihm die Eier in der nassen Unterhose an zu jucken, und er sagt sich: »Na ja, so ist das nun mal bei der Guerilla.«

Die Umrisse der Männer zeichnen sich gegen den Wald ab, er hört das Klappern von Gürtelschnallen, Tellern und Besteck, die Schritte im nassen Gras, das Gemurmel. Noch im Halbdunkel erkennt er, wie ein Bolivianer sich hinkniet und bekreuzigt. Inti, der wie selbstverständlich das Amt des Politoffiziers übernimmt, tritt vor und fordert ihn barsch auf, damit aufzuhören, die Religionen, insbesondere die katholische, seien das Opium des Volkes und »genau deswegen hat Marx sie auch bekämpft«.

Trotz der Schwierigkeiten ist Benigno bester Stimmung. Von den 33 Männern im Lager nehmen 29 an einem fast einmonatigen Marsch teil, um das Gelände zu sondieren, in Form zu kommen und erste Instruktionen für den Kampf entgegenzunehmen. »Jetzt erst treten wir in die Phase des eigentlichen Kampfes, von nun an wird sich die Truppe beweisen müssen«, schreibt Che. »Die Zeit wird zeigen, welche Chancen die Revolution hat.« Zurück bleiben nur die Bolivianer Ñato und Camba und die Kubaner Arturo, der für den Funksender zuständig ist, und Antonio, der die Leitung der Gruppe übernimmt.

Es gibt aber noch einen dringenderen Grund für den Aufbruch, nämlich Guevara selbst, der nach zwei Monaten Nichtstun die Nase voll davon hat, Unterricht in Geopolitik zu geben, den niemand versteht, und immer wieder die gleichen Bücher zu lesen. Er hat es satt, Löcher zu graben und sie auf einer Karte zu verzeichnen, Tonöfen zu bauen und in den strömenden Regen zu starren. Im Schutz einer Hütte, durch deren Strohdach es tropft, beschließt er, dass es Zeit ist zu handeln.

Seit Ende des Jahres ist nicht viel geschehen. Kurze Erkundungsgänge, Wachablösung an der Blechhütte, vereinzelte Berichte an Havanna. Da er genug Zeit hat, um Tagebuch zu führen, berichtet Benigno von einer uninteressanten Expedition nach Pampa del Tigre, einer spärlich bewaldeten Hochebene. Um das Abenteuer etwas attraktiver darzustellen, beschreibt er sein Zusammentreffen mit einem Panther (»für einen Moment trafen sich unsere Blicke«), obwohl es die dort gar nicht gibt. Pombo ist da schon ehrlicher: »Eintöniger Tag«, schreibt er am 11. Januar, und zwei Tage später: »Heute haben wir nichts Besonderes gemacht.« In der Woche darauf: »Heute ist mein dritter Hochzeitstag. Lederne Hochzeit, wenn ich mich nicht irre. Muss ich nachschlagen.« Am selben Tag notiert Pacho: »Hab einen Schmetterling aus einem Spinnennetz befreit, weiß aber nicht, ob er noch lebt. Sind um 6:10 Uhr ins Lager gekommen, Che gab gerade Unterricht.« Tuma, der sich, um so auszusehen wie Che, eine Baskenmütze aufgesetzt und eine Pfeife in den Mund gesteckt hat, verbringt Stunden damit, seine Waffe zu putzen und mit ihr zu sprechen. »Wenn du schön sauber bist, bring ich dich nach dem Krieg ins Museum.« Rubio trällert stundenlang dieselben Lieder von Charles Aznavour, ohne den Text zu kennen. Ein paar beschweren sich. Guevara notiert jede Kleinigkeit: die Routen der Aufklärungspatrouille, wann die Sonne aufgeht und wann sie untergeht. Wenn einer der Guerilleros Kontakt zur Außenwelt hatte, ist das jedes Mal Grund zur Aufregung. »Nachmittags kam Loro mit zwei Maultieren an, die er für zweitausend Pesos gekauft hat, ein guter Kauf, die Tiere sind brav und kräftig«, schreibt der *Comandante*. Er steigt auf eines der Maultiere, wirft sich in die Brust und lässt sich fotografieren, er mag Tiere, er will der Nachwelt eine heroische Geste hinterlassen. Loro ist auf dem Foto zu sehen, wie er die Zügel hält, die Schultern gebeugt wie ein devoter Knecht, und so fühlt er sich auch, dieser junge Mann aus der Oberschicht von La Paz, Sohn eines Politologen, der in der Schweiz zur Schule gegangen ist und fließend Französisch und Englisch spricht. Im Urwald muss er die niedersten Arbeiten verrichten, denn »hier sind alle einfache Soldaten«, wiederholt Che, aber wer aus einer privilegierten Familie kommt, ist noch einfacher als die anderen, und deswegen striegelt Loro die Maultiere, gräbt Latrinengruben aus und übernimmt die unangenehmsten Wachschichten. In den letzten Wochen hatte er die Blechhütte verwaltet, und da bisher niemand etwas erjagt hat, wird er von Zeit zu Zeit eingeteilt, um in Lagunillas, dem nächsten Dorf, Lebensmittel zu kaufen. Dies sind seltene Momente der Zerstreuung. Bald schon erlaubt er sich Guevaras Einschätzung nach »zu viele Freiheiten«. Offensichtlich trägt er einen Teil des Geldes in Bars und Bordelle und ist im Dorf schon allgemein bekannt. Ende des Monats verschwindet er einen ganzen Tag lang, und als Guevara ihn sich vorknöpft, gesteht er, auf dem Weg zwischen Kneipe und Jeep betrunken hingestürzt zu sein, und als er wieder aufstand, war es mitten in der Nacht und er wusste nicht mehr, wo er war. Während der kubanischen Revolution hätte Che ihm wahrscheinlich eine Kugel in den Kopf gejagt. Hier in Bolivien bekommt er einfach zwei Tage lang nichts zu essen.

Das ist die Altersmilde. Er taucht lieber in seine Bücher ein, als sich um die wachsende Gereiztheit der Männer zu kümmern, die vom Regen und vom Nichtstun genervt sind und von Moskitos gequält werden, von Wespen und Larven, die aus kleinen Bläschen auf der Haut kommen, nicht mal im Kongo haben sie Vergleichbares gesehen. Che greift erst widerwillig ein, wenn die Diskussionen in Geschrei enden und die Widersacher umringt von Neugierigen aufeinander losgehen. Dann kriegen sie ein oder zwei Tage lang nichts zu essen. Die Bestrafung führt zu einem versteckten Handel mit Lebensmitteln, und nach kurzer Zeit stellt Benigno fest, dass in der Speisekammer mehrere Dosen Kondensmilch fehlen. Marcos, der in Kuba ein hochrangiger Offizier war, wird immer ungehaltener. Seinen Gefolgsleuten erzählt er, er sei besser geeignet, eine Guerilla anzuführen, als Che, er missachtet dessen Befehle, und wenn ihm eine Aufgabe zugeteilt wird, die er als erniedrigend empfindet, gibt er sie an die Bolivianer weiter, diese »beschissenen analphabetischen Indios«. Besonders gemein ist er zu den jüngeren, er macht sich einen Spaß daraus, Serapio unter allgemeinem Gelächter als hinkenden Volltrottel zu bezeichnen. Ende Januar enthebt Che ihn seines Amtes als zweiter Befehlshaber und ernennt zu seinem Nachfolger Joaquín, der relativ alt ist und körperlich nicht gut in Form. Mit dieser Entscheidung sorgt er für neuen Unmut. Wahrscheinlich spürt er den Druck, jedenfalls rastet er regelmäßig ohne jeden Grund aus und verhält sich ungerecht. Papi, einen seiner besten Männer, bezeichnet er vor versammelter Mannschaft als *Comemierda*, woraufhin der, im Glauben, in Ungnade gefallen zu sein, nur noch ziellos durchs Lager irrt und »keinen Befehl mehr ordentlich ausführt«.

Wenn der *Comandante* nicht nach den Grundsätzen handelt, die er selbst in einem Leitfaden des Guerillakampfes zusammengefasst hat, kann er das auch nicht von den anderen erwarten. Sie schaffen es nicht mal, das Lager zu verlassen, ohne sich zu verirren. Coco geht jagen und verschwindet für zwei Wochen im Dschungel. Als man ihn keine hundert Meter entfernt wiederfindet, liegt er halb tot in einem Bach.

Die Männer, die in der Blechhütte geblieben sind, erregen sowohl bei den Nachbarn als auch bei den Behörden Verdacht. Ciro Algarañaz, der Schweinezüchter, wundert sich über das ewige Kommen und Gehen und die Menge an Vorräten, die dort wöchentlich ausgeladen werden. Er ist sicher, dass sie irgendwo im Wald Kokain herstellen, und erklärt Loro gegenüber noch mals, er würde sich gern an dem Geschäft beteiligen. Als der ein wenig überheblich fragt: »Was für ein Geschäft?«, beschließt Algarañaz, die Polizei zu informieren. Am 19. Januar erhalten die Guerilleros Besuch von vier Polizisten und einem gewissen Leutnant Fernández aus Lagunillas. Sie öffnen Taschen, riechen an Pfannen, nehmen den Tonofen unter die Lupe. Der Leutnant vernimmt Loro und beschlagnahmt dessen Browning. »Du kannst dir die Waffe bei uns in der Stadt ganz einfach wieder abholen«, sagt er mit einem Augenzwinkern. »Wir kommen euch nicht in die Quere, wenn ihr uns an dem, was ihr da treibt, beteiligt.« Er weist mit dem Kinn in Richtung Wald.

Auch als Che von dem Vorfall erfährt, unternimmt er nichts, weder bezahlt er die Polizisten (»Wir verhandeln nicht mit Korrupten«), noch schränkt er die Aktivitäten in der Blechhütte ein. Doch daran denkt er jetzt nicht, als er die Baskenmütze aufsetzt und seine Guerilleros an diesem regnerischen Morgen zu ihrem ersten langen Marsch anführt. Die Rucksäcke schmerzen an den Schultern, und die Stiefel erweisen sich ziemlich schnell als ungeeignet – sie stammen von einem Chinesen aus Santa Cruz, der sie als fehlerhafte Ware versteigert hat.

Am Ende des ersten Tages sind sie erschöpft, sie sind fünfzehn Kilometer durch knorriges Gestrüpp gelaufen und haben sich an den Dornen die Kleider aufgerissen. Der dicke Joaquín schafft es nicht, mit der Nachhut Schritt zu halten, und fällt zurück, während Pombo, in der mittleren Gruppe, über schreckliche Bauchschmerzen klagt. Che ist »vom Asthma völlig entkräftet«, schreibt Benigno, »wir haben ihn aber mit einem kräftigen Kaffee ohne Zucker, den er ja so liebt, wieder auf die Beine gebracht.« Guevara versucht, das Problem zu verdrängen und schiebt die Schuld auf die Anstrengung nach so langer Untätigkeit, er will Durchhaltevermögen zeigen.

Am Ende des zweiten Tages werden sie von einem Gewitter überrascht. Während sie mit Planen einen notdürftigen Regenschutz errichten, versucht Che herauszufinden, wo sie sind. Ihre Karten sind ungenau, mit ein paar Buntstiften, die er stets bei sich trägt, fängt er an, Veränderungen einzutragen, ist sich aber seiner Sache nicht sicher, außerdem sind die Blätter schon zerfleddert und sehen immer mehr aus wie Kinderzeichnungen mit blauen und roten Strichen und grünen Schraffuren: das Aufscheinen einer fantastischen Welt. »Che sagte, er fertige eigene Karten für uns an. Er ist ein hervorragender Kartograph«, schreibt Pacho. Am 4. Februar, nach einem zwölfstündigen Marsch mit kurzer Mittagspause – eine einfache Maissuppe –, fallen die Stiefel fast gleichzeitig auseinander. »Die Männer können nicht mehr«, berichtet Pacho. »Urbano hat Fieber, Benignos Lymphknoten sind geschwollen, und ich kriege keinen Bissen hinunter.«

Am nächsten Morgen, dem fünften Tag, stoßen sie auf einen reißenden, lehmfarbenen Fluss, der ganze Bäume fortschwemmt wie Streichhölzer. Für Che besteht kein Zweifel, dass dies der Rio Grande ist. Er faltet eine der Karten auf, vergleicht sie mit dem Fluss, dreht sie und vergleicht noch mal. Offenbar ist er nicht ganz überzeugt, also zieht er einen Kompass aus der rechten Hemdtasche, steckt ihn schließlich wieder weg und seufzt. Die bolivianischen Kartografen können sich ihre Karten in den Arsch stecken, sagt er.

»Ich werde persönlich dafür sorgen, dass sie das auch tun ... dieser Haufen *Comemierdas*.«

Er ist jetzt überzeugt, den Rio Grande gefunden zu haben. Er lässt alles stehen, zieht die mürben Stiefel aus und steigt bis zu den Knien in den Schlamm. Pacho, der am nächsten steht, ruft er zu:

»Wir sind am Jordan, komm her und taufe mich.«

Den Tag verbringen sie damit, nach einer Stelle zu suchen, um den Fluss zu durchqueren. Stunden, in denen »sie zur Ruhe kommen und wieder Kräfte sammeln«, schreibt Guevara. »Pombo ist ein bisschen krank [...], Inti weist ein paar Bolivianer zurecht, die sich um ein Maisbällchen gestritten haben [...], Alejandro, Inti und Pacho teilen mir mit, dass sie versuchen wollen, den Fluss zu durchschwimmen.« Im Wasser sehen die drei aus wie Baumstämme, die im Rio Grande treiben. Sie halten sich aneinander fest, ihre Rufe gehen im rauschenden Strom unter. Der *Comandante* soll sie für ihre Heldenhaftigkeit bewundern, die gleichzeitig ein wenig selbstmörderisch ist, wie bei den polnischen Lanzenreitern, die sich mit ihren Pferden in die Fluten stürzten, um Napoleon ihren Mut zu beweisen. Che sitzt genau wie der Kaiser in seine Karten versunken auf einem Baumstumpf und beachtet sie gar nicht. Als Tuma, der nicht schwimmen kann, mit leichter Genugtuung bemerkt, einer von ihnen sei offenbar verschwunden, wirft der *Comandante* gerade mal einen missbilligenden Blick auf die Szenerie, bevor er sich wieder seinen »verfluchten Karten« widmet. Bei einem zweiten Versuch gelingt es nur Rubio, den Fluss zu überqueren. Den Lockenkopf voller Schlamm kehrt er zurück, fällt keuchend zu Boden und wiederholt mehrmals, in Ches Worten, er sei fast gestorben, wobei er hofft, dass der ihn hört: »Ich bin über mich selbst hinausgegangen ... (er holt tief Luft), und habe die Hindernisse ... überwunden ... die die Natur ... mir gestellt hat«.

Che fordert Marcos auf, ein Floß zu bauen, woraufhin dieser glaubt, seine Kompetenz unter Beweis stellen zu müssen. Mit steinerner Miene und lautem Geschrei trommelt er ein paar Bolivianer zusammen, damit sie sich an die Arbeit machen. Er läuft hin und her und schaut dabei auf die Uhr. Die Hände in die Hüften gestemmt, brüllt er, sie seien ein Haufen unfähiger Idioten, und Benjamin, der völlig am Ende ist und im Schatten eines Brotfruchtbaums liegt, schreit er an: »Früher hätte man dich dafür hingerichtet«. Er tritt ihm gegen die wunden Füße und zwingt ihn aufzustehen.

Erst ist Marcos nicht zufrieden mit den Stämmen, die man ihm bringt, dann gefallen ihm die Entwürfe für das Floß nicht, woraufhin Willy nervös wird und sich mit der Machete schneidet. Sie müssen nachts weiterarbeiten (Che liegt ein Stück weit entfernt in seiner Hängematte und schreibt Tagebuch), und am nächsten Tag, dem siebten, präsentiert Marcos zum Frühstück stolz sein Floß. Guevara, der sich kauend nähert, erzählt er, es sei sein Werk, er habe die Männer angeleitet und sei erst zufrieden gewesen, als alles seinen Plänen entsprach. Che wirft einen kurzen Blick darauf und bemerkt, es sei zu groß, zu schwer zu steuern. Marcos hält dagegen, dies sei das original kubanische Modell. Che ist anderer Meinung, diese Scheiße funktioniere nicht, es könne nur kentern. Marcos beschließt, trotzdem damit zu fahren, und noch bevor die Bolivianer endlich etwas zu essen bekommen haben, organisiert er, wieder mit viel Geschrei, die erste Überfahrt. Rubio, der Vizezuckerminister, schwimmt wie ein Hund mit dem Ende eines Seils zwischen den Zähnen ans andere Ufer und bindet es an einem Baum fest. Die fünfköpfige Vorhut ist nach zwei Fahrten drüben. Es folgt die Ausrüstung der mittleren Gruppe. Tuma schließt vorsichtig Ches Rucksack und schickt ihn mit den anderen los. Che tut so, als bekäme er nichts davon mit, und setzt sich mit Pfeife, einer Tasse Kaffee und Tagebuch ans Ufer. Auf eng beschriebenem, feuchtem Papier wiederholt er, das Floß sei »zu groß und schwer manövrierbar«.

Nach dem Mittagessen ist schon fast die Hälfte der Männer auf der anderen Seite. Das leere Floß wird zurückgezogen, die nächste Gruppe wartet schon. Aber diesmal geht es auf halbem Wege unter und sinkt bis auf den Grund. Die Männer spüren, welche Gewalt von diesem Wasser ausgeht, wie es an Holz und Seil nagt. Sie versuchen mit aller Kraft, es wieder an die Oberfläche zu ziehen. Marcos ruft, sie sollen vorsichtig sein, aber es nützt nichts, was vom Floß noch übrig ist, löst sich mit einem Ruck vom Seil. Auf Ches Gesicht zeigt sich ein Lächeln.

Das Lächeln vergeht ihm, als er erfährt, dass sein Rucksack auf der anderen Seite liegt. Er befiehlt Joaquín, ein neues Floß zu bauen, und zwar schnell, aber Joaquín ist langsam, und die Sonne geht schon unter. Der *Comandante* hat nichts als die Kleider, die er am Körper trägt, und treibt ihn zur Eile an. Um neun starten sie mit der Überfahrt. Eine halbe Stunde später öffnet der Himmel seine Schleusen, und sie müssen die Aktion unterbrechen. In dieser Nacht teilt sich Che, durchnässt bis auf die Haut, eine Decke mit Tuma, der »die ganze Nacht um sich trat wie ein Maultier«. Am nächsten Tag, nass und ausgelaugt, spürt er erste Anzeichen eines Asthmaanfalls.

Der Marsch geht weiter. Das schlammige Wasser aus dem Rio Grande ist nicht trinkbar, und es hat auch niemand daran gedacht, in der Nacht zuvor das Regenwasser aufzufangen und in die Feldflaschen zu füllen. Und dummerweise hat Benigno den letzten Rest zum Kaffeekochen verwendet. Nachdem sie achthundert Meter an einer Felswand hochgestiegen und auf einem nackten Plateau gelandet sind, haben sie nichts mehr zu trinken. Am nächsten Tag kommen sie an einen Fluss, der nicht auf den Karten eingezeichnet ist, ein paar Meter darüber liegt eine Art Maisfeld mit einer Hütte. Sie klatschen in die Hände und machen Bekanntschaft mit einem zirka sechzigjährigen, runzligen Bauern. Inti ergreift das Wort, gibt sich als Führer aus, als bestünde ihre Gruppe nur aus Bolivianern. Aus der Hütte werden sie von drei Kindern und einer schwangeren

Frau beobachtet. »Sie laufen vor Angst blau an, als sie uns sehen, zerlumpt und bärtig, mit diversen Waffen behängt«, schreibt Benigno. Der Bauer heißt Honorato Rojas und beantwortet Intis Fragen nur mit einem Nicken. Die Kinder, ein Junge und zwei Mädchen, sind in Säcke gekleidet, ihre Haut ist mit Auswüchsen von Fliegenlarven übersät. Der Junge hinkt, nachdem sich ein Hundebiss an seiner linken Wade entzündet hat. Ein zweiter Junge, den sie bis dahin nicht gesehen hatten, liegt auf einer Matte im Schatten. Seine Brust ist deformiert, er atmet schwer. Er wurde vor einer Woche von einem Esel getreten, und Honorato konnte sich noch nicht durchringen, ihn in ein Krankenhaus zu bringen. Das Pfeifen, das aus seinen zerquetschten Rippen dringt, erschüttert Moro, den kubanischen Arzt. Er will den Jungen sofort nach Lagunillas bringen lassen, vor Ort könne er nichts unternehmen. Honorato zuckt mit den Schultern.

Che meldet sich von hinten, er möchte, dass man ein Foto von ihm und den Mädchen macht. Auf dem Schwarzweißbild sieht er schmutzig aus, das lange Haar guckt unter der Baskenmütze hervor, der Rand verdunkelt die Augen. In den letzten Tagen hat er etliche Kilo verloren, seine Sachen sind ihm zu weit. Die Hose ist mit Gummibändern um die Knöchel gebunden, die Stiefel sind wie immer nur halb zugeschnürt. Pfeife rauchend hält er die beiden auf dem Schoß. Da er bekanntermaßen ungern Wasser an seine Haut lässt, stinkt er wahrscheinlich unerträglich.

Pombo holt einen Batzen Dollarscheine hervor, kauft Honorato seinen Mais ab und dann noch ein dickes Schwein, das sie sofort töten, um das Fleisch einzusalzen. Den Angaben des Bauers folgend marschieren sie weitere zehn Tage in Richtung eines anderen großen Flusses, des Masicurí. Nur ist der Urwald jetzt dichter, sie müssen sich mit dem Buschmesser den Weg freischlagen. Che isst massenweise Brötchen aus unreifem Mais und bekommt schweren Durchfall. Während des elften

Tages kriegt er keinen Bissen herunter und erleidet einen Asthmaanfall. Das Schwein ist nach zwei Tagen aufgegessen, und da die Männer keine guten Jäger sind, wird Honoratos Mais zur einzigen Nahrungsquelle. »Ich ging mit Marcos los, um etwas Essbares außer Mais aufzutreiben, aber wir kannten uns mit den dortigen Pflanzen nicht gut genug aus«, schreibt Pacho. »Ich kann keinen Mais mehr sehen. Frühstück: Maissuppe. Mittagessen: nichts. Abendessen: Maispaste mit Wasser.«

Am 18. Februar erreichen sie den Masicurí. In einem Dorf in der Nähe sehen sie Soldaten aus einem getünchten Haus kommen, das ihnen als Quartier dient. Es ist noch zu früh für den Ernstfall, erklärt der *Comandante*, also ziehen sie weiter, bis sie am nächsten Tag auf den Rio Rositas stoßen. Von dort geht es weiter bergauf durch steiles, karges Gelände. Sie sind jetzt seit fast zwanzig Tagen unterwegs, und Marcos, der sich unzufrieden darüber geäußert hat, dass sie die bolivianischen Soldaten nicht angegriffen haben, fragt, ob es nicht langsam Zeit sei zurückzukehren.

»Der Marsch sollte doch fünfundzwanzig Tage dauern, oder? Hast du selbst gesagt ... es fehlen nur noch sechs ... wenn wir jetzt anfangen, durch irgendwelche Schluchten zu klettern, also, ich weiß nicht ...«

Vielleicht hätte er das dem *Comandante* gegenüber nicht laut sagen sollen. In Kuba konnte er sich damit brüsten, mehrmals von Fidel höchstpersönlich befördert worden zu sein, aber hier geht seine Autorität gegen null. Che fühlt sich provoziert und besteht darauf weiterzulaufen. »Kannst du nicht mehr, *Compañero*?«, fragt er, woraufhin Marcos offen kontert, was für eine Ausbildung das sei, bei der man ziellos durch die Gegend laufe, ohne zu wissen, wo man sei. Guevara läuft rot an, wird laut, damit alle es hören können, und erklärt mit erhobenem Zeigefinger, die Übung sei noch nicht zu Ende. »Erst wenn ich es sage. Wenn fünfundzwanzig Tage nicht genug sind, marschiert ihr noch dreißig, oder vierzig, ein ganzes Jahr, falls nötig.« Um klarzustellen, wer das Sagen hat, entscheidet er sich jeweils für die nach Aussagen der Kundschafter unwegsamsten Pfade. Sogar Benigno hat damit Schwierigkeiten. »Die Natur versperrt uns den Weg«, schreibt er am 19. Tag, und tags darauf: »Wir sind gezwungen kehrtzumachen.Wir laufen praktisch ziellos durch die Gegend und suchen nach einem Ausgang aus diesem Höllenkreis, überwuchert mit dornigem Gestrüpp, durch das wir uns mit unseren Buschmessern kämpfen müssen.« Dem *Comandante* selbst scheint es ähnlich zu gehen, wie er jedoch nicht ohne einen gewissen Stolz bemerkt. »Ein schwarzer Tag für mich, meine Lunge arbeitete auf Hochtouren, ich war ziemlich erschöpft«, schreibt er am 23. Februar. »Wir brachen bei stechender Sonne auf, und als wir kurz darauf eine höhere Ebene erreichten, wurde ich fast ohnmächtig, von da an half mir nur noch mein eiserner Wille weiter.« Inti »kriegt die Scheißerei«, und »in der Nacht davor hörte ich Marcos mehrere Männer zusammenstauchen, und morgens dann noch einen.«

Als Marcos zwei Tage später mit zwei Spähern im Wald verschwindet, schickt Che ihnen Braulio, Tuma und Pacho hinterher. Pacho kehrt nach Stunden mit zerrissenem Ärmel zurück und besteht darauf, Che so schnell wie möglich Bericht zu erstatten. Er jammert wie ein Klageweib, Marcos habe ihn mit der Machete geschnitten, zum Glück habe er ihm nicht den Arm abgehackt, seine Stimme überschlägt sich, er hebt den betroffenen Arm, aber es ist kein Blut zu sehen. Bei seiner Rückkehr nennt Marcos ihn eine Schwuchtel, aber vor den Augen des *Comandante* fasst Pacho seinen Mut zusammen und wehrt sich. Als Guevara endlich einschreitet, bekommen sie kein Abendessen und müssen sich eine seiner langen Reden anhören, während der er sie beide als »*Comemierdas* auf Stöckelschuhen« bezeichnet und verlangt, dass sie sich die Hand geben.

Am 26. Februar führen Schlafmangel und Erschöpfung zum vorläufigen Zusammenbruch. Als sie einen steilen Abhang am Rio Grande erklimmen sollen (sie befürchten, im Kreis gelaufen zu sein), geraten sie ins Stolpern, verlieren fast das Bewusstsein und klammern sich an den Felsen fest, um nicht in die Fluten zu stürzen. Der junge Benjamin, der noch nie so lange fort von zu Hause war, beschwert sich bei den Bolivianern über Kopfschmerzen und schwache Beine. Auf den nächsten zehn Höhenmetern fällt er zurück. »Er stolperte zweimal«, erinnert sich Pacho. »Der Rucksack schien zu schwer für ihn.« Die Männer bleiben stehen und warten auf ihn, Benjamin hört sie weiter oben lachen. Er kämpft sich die steilen Felsen hoch und versucht zu ihnen aufzuschließen. Marcos, der zum Anführer der Nachhut degradiert wurde, steigt auf einen höher gelegenen Stein und brüllt, er sei eine dämliche Schwuchtel, eine Tunte, ein Scheißindio, und dass sie nicht länger auf ihn warten würden. Der Aufstieg wird fortgesetzt, und Benjamin fällt weiter zurück.

Diesmal verlieren die Männer ihn aus den Augen. Als sie an eine Felsspalte kommen und ihn in der Ferne erblicken, hängt er in einer Felswand und klettert in die falsche Richtung. Sie winken und rufen ihm zu, er solle umkehren. Rolando, einer der erfahreneren Kubaner, steigt mühelos ein paar Meter ab und weist ihm den Weg. Sie haben wieder angehalten und hören jetzt von oben Che, der aus der mittleren Gruppe zurückgelaufen ist und Marcos beschimpft, er sei ein Dreckskommandant und solle zusehen, dass er seine Truppe in Bewegung bringe. Weiter unten rutscht Benjamin, bleich und keuchend, auf den Steinen aus. Rolando und Pacho beobachten, wie er Anstalten macht, auf einen kaum einen Meter entfernten Felsen zu springen. Er holt tief Luft, läuft ein paar Schritte, aber als es darum geht zu springen, zögert er, streckt die Arme nach vorn und stößt einen Schrei aus.

»Er verschwand in der Felsspalte, als wäre er von einem

Staubsauger verschluckt worden«, erinnert sich Pacho. »In Wirklichkeit war es gar nicht tief, darunter lag direkt der Fluss.«

Rolando wirft seine Sachen zu Boden, zieht die Stiefel aus und will springen. Doch dann sehen sie Benjamin zwischen den Stromschnellen verschwinden, selbst wenn er hätte schwimmen können, hätte er keine Chance gehabt. »Am Rio Grande haben wir unseren ersten Toten zu beklagen, es ist auf absurde Weise geschehen«, schreibt Che an diesem Abend. Auch Pombo trägt ein paar Zeilen in sein Tagebuch ein: »Es war wie im Kongo.« Dieser Gedanke scheint auch unter den anderen zu grassieren, die an Guevaras Seite in Afrika gekämpft haben. Damals war Mitoudidi, der einzige vertrauenswürdige Kongolese, im Tanganjikasee aus einem Boot gefallen und ertrunken, noch bevor der Kampf begonnen hatte. In Bolivien wiederholt sich die Geschichte.

2

1 Der Mann, der seit einer halben Stunde in der Bar vor dem Busbahnhof in La Paz sitzt, trinkt eine Tasse Kaffee mit Milch und wischt sich ohne Erfolg die Krümel vom schwabbeligen Bauch. Er kaut auf einem Stück Brot mit Butter herum und beobachtet dabei einen Bus auf der anderen Straßenseite, in den er gleich einsteigen wird. Es ist der Argentinier Ciro Bustos, er ist bereit für den Kampf. Er trägt eine dunkelgrüne Baskenmütze, wie ein Dichter oder Maler, eine Brille mit schwarzem Gestell, einen schwarzen Pullover, Jeans und Stiefel. Die vielen Taschen seiner Lederjacke sind vollgestopft mit Papiertüchern, Kassenbons und Münzen. Er hört den Motor angehen, der Bus vibriert und stößt Qualm aus, immer noch keine Spur von Tania. Sie hatten verabredet, sich vor Abfahrt des Busses in der Bar zu treffen. Bustos muss denken, er sei hereingelegt worden, und dass das angebliche Treffen mit Che im bolivianischen Urwald eine Falle ist, die ihm seine Feinde gestellt haben. Er kaut mechanisch weiter und sieht sich nach verdächtigen Gestalten um.

Tania hat ihn in Buenos Aires kontaktiert, sie haben sich in einem Café in der Avenida Corrientes getroffen. Sie nahm die Sonnenbrille ab und erklärte, wie der Engel der Verkündigung, sie käme im Namen Guevaras und er, Bustos, sei auserwählt worden, eine Guerilla-Bewegung in Argentinien anzuführen. Es war nicht das erste Mal, dass Che ihn rief, beim letzten Mal schickte man ihm ein Ticket nach Havanna, im Gästehaus der Regierung wurde er mit einem Früchtekorb empfangen, und dann dauerte es zwei Wochen, bis er erfuhr, dass der *Comandante* gar nicht in Kuba war. Warum sollte es diesmal anders sein?

»Weil die Bewegung bereits von Bolivien ausgeht und sich in kurzer Zeit auf ganz Amerika ausbreiten wird«, antwortete sie.

Anfang Februar 1967 ist er nach La Paz gereist, hat Kontakt zu Tania aufgenommen (»Ich suche eine Deutschlehrerin«, »Wirtschaftsdeutsch«), Geld und ein Busticket nach Cochabamba bekommen, und da sitzt er nun. Es ist fast noch Nacht, er hat gerade einen Vogel singen gehört, er ist es nicht gewohnt, so früh aufzustehen, tatsächlich kann er kaum schlafen vor Aufregung, und jetzt, als er sieht, wie die Passagiere sich in die Schlange stellen, um einzusteigen, steht er auf, zahlt die Rechnung, eilt im feinen Regen über die Straße und drückt dem Busfahrer sein Ticket in die Hand. Er will Che auf eigene Faust suchen. Als er sich neben eine Frau mit einem weinenden Kind auf dem Schoß setzt, sieht er weiter hinten einen Mann mit strohblondem Haar, Sonnenbrille und gelbem Halstuch sitzen: »Inmitten der anderen Fahrgäste wirkte der Mann mindestens genauso fehl am Platz wie ich.«

Mit vierzig Minuten Verspätung brechen sie auf, draußen kann man so gut wie nichts erkennen, so stark regnet es, das Kind weint noch immer, und Bustos nimmt unbekannte Gerüche wahr. Als sie aus La Paz herausfahren, hört er Gehupe, ein Wagen blinkt auf und setzt sich neben sie, jemand hängt halb aus dem Fenster und brüllt etwas, der Bus wird langsamer und hält am Straßenrand. Bustos wird nervös, er hat sich nichts vorzuwerfen, wühlt aber seine Taschen durch auf der Suche nach irgendetwas, das verdächtig wirken könnte. Die Tür geht auf, der Fahrer diskutiert mit einer Frau, die die Stufen hinaufsteigt. Es ist Tania. »Ich bin nicht Ihr Privatchauffeur«, beschwert er sich, und sie erwidert, sie sei nicht schwerhörig, und läuft an den Sitzreihen vorbei auf der Suche nach einem freien Platz. »Wenn sie nervös wurde, hatte sie einen starken deutschen Akzent«, sagt Bustos später. Im Schlepptau hat sie einen jungen Mann mit klitschnassem Haar und rotem Kopf, der gebückt zwei Rucksäcke auf dem Rücken und eine kleinere Tasche über der Schulter hängen hat. Tania zeigt auf einen freien Platz, und auf dem Weg dorthin rempelt er diverse Passagiere an. Als er jemandem auf den Fuß tritt und sich entschuldigt, erkennt Bustos seinen brasilianischen Akzent. Tania nimmt die Tasche, setzt sich ein Stück weiter nach hinten und spricht kein Wort mehr mit ihm, als würden sie sich nicht kennen. »Da saßen wir nun, die vier einzigen Ausländer im Bus, sahen uns dauernd nach allen Seiten um und sprachen kein Wort miteinander. Die Situation gefiel mir überhaupt nicht«, erinnert sich Bustos.

Der anhaltende Regen weicht die Erde auf, sodass sie teilweise lange Pausen machen müssen und die Reise statt den geplanten acht Stunden einen ganzen Tag und eine Nacht dauert. Ohne geschlafen zu haben erreichen sie am nächsten Morgen um sieben Cochabamba. Die Deutsche drängelt sich an den anderen Fahrgästen vorbei, springt als Erste aus dem Bus und läuft zum Fahrkartenschalter. Die drei Männer beeilen sich, die Rucksäcke auf den Schultern steigen sie aus und mustern einander unentschlossen. Wie sie da stehen, zwischen all den Indios und den fliegenden Händlern, sieht es aus, als müssten sie jeden Augenblick ins Gespräch kommen, aber dann entscheiden sie sich doch dagegen. Tania kehrt mit schnellen Schritten zurück, sie hält vier Tickets in der Hand. Sie sind spät dran, der zweite Teil der Reise beginnt, nach Sucre. Sie spricht mit jedem einzeln, reicht ihnen die Fahrkarte und erklärt kurz die nächsten Schritte, dann zeigt sie auf einen Bus mit laufendem Motor. Bustos fragt, ob sie sie einander nicht vorstellen möchte, immerhin reisen sie doch zusammen. Tania sieht ihn verächtlich an.

»Du solltest mehr als jeder andere wissen, dass bei einer solchen Mission gewisse Vorsichtsmaßnahmen einzuhalten sind.«

»Aber jetzt doch nicht mehr.«

»Agent Bustos, meine Befehle sind nicht zu hinterfragen.« Hasserfüllt und ohne ihn anzusehen drückt sie ihm das zerknüllte Ticket in die Hand. »Sie wirkte ziemlich angespannt«, sagt der Argentinier später.

Der Regen wird wieder schlimmer, und die Reise verzögert sich abermals. Erst um elf Uhr abends sind sie in Sucre. Erschöpft versammeln sie sich am Ausgang des Busbahnhofs. Die dicken Tropfen prasseln auf das Blechdach, zu ihren Füßen fließt der Schlamm. Tania ist blass, ihre Hände zittern, sie habe nicht mit einer solchen Verspätung gerechnet, wiederholt sie, *putamadre*, jetzt haben sie den dritten Bus verpasst und »stecken in Schwierigkeiten«. Sie sieht sich um, beißt sich auf die Lippen, grummelt vor sich hin, sagt noch einmal, dass sie den Bus nicht hätten verpassen dürfen. Die Männer beschließen, einander vorzustellen. Sie lächeln unsicher, geben sich die Hand, während die Deutsche die Arme verschränkt und wegsieht, als hätten sie sich gegen sie verschworen.

»Tania sagte, wir müssten unbedingt weiter, sie wollte ein Taxi suchen, das uns bis nach Monteagudo bringt, aber ich war dagegen«, erinnert sich Bustos. »Ich sagte, sie sei zu erschöpft, es sei sogar gefährlich, jetzt noch loszufahren.« Danton raucht eine Zigarette und lächelt. Sogar João Batista, der ihr dem Argentinier zufolge blind gehorchte, weigert sich, ihr durch den Regen zu folgen. Bei seinem Verhör erzählt er so gut wie nichts von dieser Reise, nur dass er zu »einer Art Adjutant« der Deutschen geworden war.

Die drei warten schweigend unter dem Dach, Bustos weist erneut darauf hin, dass es Wahnsinn sei, noch in dieser Nacht aufzubrechen, und die anderen scheinen keine Einwände zu haben. Nach ein paar Minuten sehen sie Tania im Licht der Straßenlaternen gebückt durch den Regen auf sie zukommen.

»So eine Scheiße«, sagt sie, reißt dem Brasilianer den Rucksack von der Schulter und platscht durch den Schlamm bis zu einem dunklen Hotel auf der anderen Straßenseite. Die drei folgen ihr. Nachdem sie mit der Faust gegen die Tür getrommelt und den Besitzer geweckt hat, bittet sie um ein einziges Zimmer, schließlich »können wir es uns nicht leisten, Geld für so einen Quatsch auszugeben«, wie sie mit deutschem Akzent betont. Der Besitzer, eben noch verschlafen, ist plötzlich hellwach, das kommt ihm alles sehr merkwürdig vor, trotzdem sagt er nichts, gibt ihr den Schlüssel und blickt ihnen nach, wie sie in den ersten Stock hochgehen. »Er dachte wahrscheinlich, dass wir eine Orgie veranstalten«, erzählt Bustos.

Im Zimmer sind nur drei Betten, Tania befiehlt João Batista, auf dem Boden zu schlafen. Danton lässt sich, noch nass, auf die dünne Matratze fallen, und Bustos setzt sich auf den Bettrand, um die dreckigen Stiefel auszuziehen. Als Tania aus dem Bad kommt, die kräftigen Beine entblößt, das Hemd aufgeknüpft, sehen sie ihre Brüste, die aus dem BH zu springen drohen. Ohne ein Wort schreitet sie durch den Raum, beugt sich über ihren Rucksack und durchwühlt ihre Sachen. Bustos kümmert sich nicht länger um seinen Stiefel, sondern starrt sie regungslos an, genau wie die anderen. Tania holt ein zerknülltes T-Shirt heraus und wirft es aufs Bett. Sie zieht das Hemd aus, knöpft den BH auf und schmeißt ihn in die Ecke, bückt sich, um das Höschen auszuziehen, sodass die dunklen Brustwarzen nach unten baumeln. Das Höschen rollt sich an den Schenkeln auf, um es abzustreifen, hebt sie erst das eine Bein, dann das andere. Sie streckt den Arm nach dem T-Shirt aus und zieht es über den Kopf. Das Ganze dauert nicht länger als eine Minute, aber die Männer sind wie versteinert. Barfuß marschiert sie zurück ins Bad, über die Fliesen, macht das Licht aus, sagt »Zeit zu schlafen« und wickelt sich in die Laken. Sie dreht sich zur Wand und bleibt so liegen, doch im Lichtstreifen aus dem Flur sieht man, wie ihre Brust sich hebt und senkt.

Um 4:30 Uhr weckt Tania sie auf, sie dürfen nicht noch mehr Zeit verlieren, sie habe »bereits die Weiterreise organisiert«. Doch als sie dann im Dunkeln auf der Straße stehen, sagt sie, sie sollen warten, und läuft mit João Batista los, um ein Taxi zu holen. Bustos brummt irgendetwas, lässt das Gepäck im Hotel und geht mit Danton zum Busbahnhof, wo sie, um sechs Uhr morgens, immerhin einen Kaffee und ein Stück Gebäck vom Vortag bekommen. Tania taucht erst eine Stunde später auf, in einem Wagen, der eigentlich zu klein für sie alle ist. João Batista sitzt hinten und sagt, sie hätten den Taxifahrer mit Gewalt wecken müssen und dass er nicht weit fahren wolle. Sie quetschen sich mit ihren Rücksäcken hinein, und erst als sie die Stadt verlassen, durchschauen sie Tanias Strategie. Sie hat dem Fahrer erzählt, dass sie nach Monteagudo wollen, was nur ein paar Kilometer entfernt ist. Als sie jedoch auf die Hauptstraße kommen – unbefestigt und voller Schlaglöcher –, teilt sie ihm mit, dass nicht Monteagudo das Ziel ist, sondern das viel weiter entfernte Camiri. Er weigert sich weiterzufahren.

»Willst du mehr Geld, ja? Kannst du haben.« Sie zieht ein Bündel Scheine aus der Tasche und hofft, ihn damit umzustimmen, doch der Fahrer scheint nicht sonderlich beeindruckt und bleibt dabei, abgemacht sei abgemacht.

Die Fenster beschlagen, draußen regnet es in Strömen, und die beiden fangen an, sich zu streiten. Tania nennt ihn einen Idioten, ein Arschloch und einen Schwanzlutscher. Als sie so etwas brüllt wie »Du bist kein Mann«, hält er endgültig an. Er sieht in den Rückspiegel, beugt sich übers Lenkrad und wendet dann langsam. Tania reißt die Augen auf, einen Moment lang wirkt sie völlig wehrlos.

»Was machst du da?«

»Ich kehre um.«

»Was soll das heißen?«

»Ich kehre um.«

Zwei Stunden nachdem sie losgefahren sind, stehen sie wieder in Sucre. Danton hat Angst, dass der Taxifahrer sie bei der Polizei verpfeift, und will unbedingt weiter. Mittags steigen sie in einen Bus und übernachten in Padilla. Am nächsten Tag, nachdem sie vierundzwanzig Stunden kein Wort miteinander gewechselt haben, erreichen sie Camiri. Sie hängen die Rucksäcke um, schlendern wie Touristen durch die Stadt und werden neugierig beäugt. In einer Querstraße zur Plaza de Armas steht ein verlassener, schlammverschmierter Toyota-Jeep auf dem Bordstein. Tania holt die Schlüssel aus ihrer Tasche, sagt, der Jeep sei ihrer, und fordert die Männer auf, ihre Sachen in den Kofferraum zu packen, der mit Zeitungen, Heften und muffigen Klamotten ausgelegt ist. Sie schließt den Wagen ab, zerknüllt zwei Strafzettel, die hinter dem Scheibenwischer kleben, und teilt den anderen mit, während sie auf ihren Kontaktmann warteten, könnten sie jetzt endlich mittagessen gehen. Sie kenne ein Lokal in der Nähe, »gar nicht teuer«. Sie ist so erleichtert, in Camiri zu sein, dass sie im Restaurant schmutzige Witze reißt, laut mit starkem Akzent redet und Bustos sich besorgt umsieht: Der Kellner und zwei Nachbartische beobachten sie interessiert.

Danach bringt Tania sie zu einem Haus mit zwei Zimmern, in dem mehrere Matratzen liegen. Aus der Küche riecht es nach vergammeltem Essen. João Batista legt sich hin und schläft sofort ein. Erst als es dämmert, weckt ihn Tanias Geschrei. »Ich dachte schon, du kommst gar nicht wieder«, sagt Danton und ringt sich ein Lächeln ab. Der Franzose hat in den letzten Stunden eine nach der anderen geraucht und ist Bustos zufolge »ein einziges Nervenbündel«. Tania informiert sie, dass es »Probleme gegeben« habe und sie erst gegen zehn Uhr abends aufbrechen könnten. Sie essen im selben Restaurant zu Abend, und der Kellner, der immer unruhiger wird, fragt, woher sie kommen. »China«, sagt die Deutsche, ohne ihn anzusehen. Als sie zum Haus zurückkehren, wartet dort ein Jeep auf sie. Die Männer setzen sich nach hinten, Bustos sieht in den leeren Kofferraum und stellt fest, dass es nicht derselbe Toyota ist, in dem sie ihr Gepäck untergebracht haben. Er fragt Tania, was los sei. Es dauert, bis sie antwortet, sie sieht Coco an, den Fahrer, beide zögern. Dann erklärt sie, darum würden sie sich später kümmern, und Coco fährt los.

»Erwachsene Männer weinen nicht, nur weil sie nichts zum Anziehen haben«, sagt sie.

»Verdammte Scheiße, deswegen beschwere ich mich ja gar nicht ...«

»Dazu besteht auch kein Grund«, fährt sie fort, die Arme verschränkt und den Blick auf die Windschutzscheibe gerichtet.

Danton beugt sich vor und sagt, es sei gefährlich, einen Jeep in der Nähe des Marktplatzes stehen zu lassen, mit Gepäck und Dokumenten und allem. Coco und Tania sehen sich an, der Bolivianer zeigt auf die Uhr und gibt ihnen zu verstehen, dass sie keine Zeit mehr verlieren dürfen.

»Aber was ist mit unserem Gepäck?«, will Bustos wissen.

Coco erklärt, er werde den Jeep umparken, sobald er zurück sei.

»Umparken allein löst nicht das Problem, *Compañero*«, sagt Danton.

»Wir holen die Rucksäcke und alles, was sonst noch im Jeep ist, okay?«, sagt Tania und dreht sich um. »Warum müsst ihr so viele Fragen stellen?«

Im Morgengrauen erreichen sie das Lager. João Batista erinnert sich, wie enttäuscht er ist beim Anblick dieser »Lichtung mitten im Urwald, die Männer sahen aus wie Tiere, und es herrschte ein übler Gestank«. Tania, die seit der Auseinandersetzung wieder kaum mit ihnen gesprochen hatte, begrüßt die Kubaner Arturo und Antonio wie enge Freunde: Sie lacht und redet laut, »aber uns stellte sie niemandem vor«. Bustos und Danton stehen etwas abseits und unterhalten sich, und als der

Argentinier erfährt, dass Che von einer Übung im Dschungel noch nicht zurück ist, spielt er mit dem Gedanken, Coco zu bitten, ihn direkt wieder mitzunehmen. »Es gab einfach nichts zu tun«, erinnert er sich später. »Ich hatte von der Revolution geträumt und bin mitten in diesem Drecksloch aufgewacht.«

Seit der *Comandante* weg ist, sind einige Leute dazugestoßen. Der Gewerkschaftler Moisés Guevara hat sich der Guerilla angeschlossen, so ein Biograf, »nachdem er noch mal über Papis anfängliches Angebot nachgedacht hatte«. Er hat sieben Männer mitgebracht, die er als »geborene Guerilleros« bezeichnet, und will neue Bedingungen aushandeln. Er verlangt einen einflussreichen Posten in der Guerilla und eine bestimmte Summe an Geld, die ausreiche, »um seine Aktivitäten in Oruro wiederaufzunehmen.« In Wirklichkeit hat er ein paar Jungs um sich geschart, die keinerlei Kampferfahrung haben, und ihnen Gehalt und Verpflegung versprochen, doch während er ungeduldig auf die Rückkehr des *Comandante* wartet, bröckelt die Fassade: Die Männer wissen nicht mal, wie man eine Hängematte aufhängt, und beschweren sich, dass sie nichts zu essen bekommen. Zwei von ihnen haben bereits gedroht zu desertieren, sind aber immer noch da, weil sie nicht wissen, wie sie wegkommen sollen. Und die vier, die auf das Lager aufpassen, weigern sich, ihre Lebensmittel zu teilen – ein paar Dosen Kondensmilch und Mais, mit denen sie selbst kaum über die Runden kommen.

Moisés tritt auf Bustos zu, hält ihn am Ärmel fest und fragt, ob sie etwas zu essen mitgebracht haben. Bustos erwidert verängstigt, daran hätten sie nicht gedacht, und umklammert den Beutel in seiner Hand (in dem sich eine halbe Packung Kekse befindet, die er mit niemandem teilen will). Er schaut sich nach Tania um und sieht, wie sie, immer noch am Plappern, in der Hocke ihre Tasche durchwühlt. Als sie hochkommt, hält sie drei Stapel Fotos von ihrem letzten Besuch zu Silvester in der Hand. Staunend wie Kinder berühren die beiden Kubaner und die Bolivianer Ñato und Camba die Bilder und lächeln, als sie sich darauf erkennen. Sie wollen sie behalten, aber Tania brüllt sie an, sie sollen die Reihenfolge nicht verändern und sie nicht mit ihren »Wichspfoten« einsauen. Wieder lächeln die Männer.

Coco muss noch zurück nach Camiri und sich mit weiteren Revolutionären treffen, die sich Che anschließen wollen. Aber er bleibt zu lange im Lager, und während dieser Zeit wird Tanias Toyota, der im Halteverbot steht, von Beamten der Kriminalpolizei aufgebrochen, die seit drei Wochen sowohl den Jeep überwacht haben als auch das Haus, in dem João Batista, Danton und Bustos den Nachmittag verbracht haben. Sie glauben, einem kolumbianischen Drogenring auf die Spur gekommen zu sein. Doch in dem Durcheinander von Rucksäcken und alten Papieren im Kofferraum finden sie etwas ganz anderes: Banknoten verschiedener Währungen, gefälschte Pässe und zwei Notizhefte. In einem stehen die Adressen sämtlicher Leute, die Tania in La Paz kennt; im anderen, verschlüsselt, wesentliche Informationen über die Organisation ihres Netzwerks. Die Polizisten holen alles heraus, fotografieren es und legen es, um keinen Verdacht zu erregen, sorgfältig zurück in den Wagen. Als Coco den Toyota Tage später abholt, nehmen die Ermittler die Verfolgung auf.

2 Oberst Humberto Rocha Urquieda, Kommandant der 4. Division mit Stützpunkt in Camiri, hat keinen Zugang zu den Informationen der Kriminalpolizei, zumal beide nicht nur völlig unabhängig voneinander agieren, sondern auch Hass und Verachtung füreinander hegen. Doch am Morgen des 10. März empfängt er in seinem Büro Hauptmann Augusto Silva Bogado, der ihm die durchaus Besorgnis erregenden Informationen aus dem Toyota überbringt.

Der Hauptmann war auf Geheiß des Obersts nach Tatarenda geschickt worden, um das Landgut Califórnia eines gewissen Sr. Segundino Parada ausfindig zu machen und zu überprüfen, ob der Boden für den Kalkstein-Abbau geeignet sei. »Der Mann sollte feststellen, ob in der näheren Umgebung entsprechende Öfen sowie Brennholz und Wasser vorhanden sind, mit deren Hilfe eine Weiterverarbeitung zur Versorgung der Armee gewährleistet wäre«, schreibt der Oberst noch am selben Tag in einem vertraulichen Bericht. Nachdem die Mission vollbracht war, fuhren der Hauptmann und ein Assistent per Anhalter in einem Lastwagen der YPFB, des bolivianischen Erdölunternehmens, »da sie aufgrund mangelnder öffentlicher Mittel für sämtliche Garnisonen im Osten des Landes kein eigenes Militärfahrzeug zur Verfügung hatten«, wie der Oberst hinzufügt, der in jedem seiner Berichte eine Andeutung unterbringt, man möge seiner Division doch mehr Geld bewilligen. Auf der Strecke nach Camiri, sechzig Kilometer unbefestigte Landstraße, hatten die Soldaten Zeit für ein längeres Gespräch mit dem Fahrer und seinem Gehilfen. Es ging ums Wetter, den kleinen Acker, den der eine bewirtschaftete, ökonomische Schwierigkeiten und die bärtigen Männer, die »bewaffnet und zerlumpt mitten aus dem Wald kamen«. Sie sprachen mit ausländischem Akzent und »hatten viel Geld«. Als der Hauptmann Näheres wissen wollte, berichtete ihm der Fahrer ohne zu zögern alles, was er gesehen hatte. Es waren fünf Männer gewesen, die vor ein paar Tagen mit Maschinengewehren behängt bei ihnen aufgetaucht waren, »weiß der Himmel woher«. Einem hatte der Fahrer seine Stiefel verkauft, weil er barfuß war. Am nächsten Tag kamen wieder zwei, die beim Überqueren des Flusses nass geworden waren und ihre Sachen und das Geld, das sie dabei hatten, trocknen wollten. »Es war ziemlich viel: zwischen 40 und 50 Millionen Pesos.« Sie behaupteten, Geologen von der Universität in Potosí zu sein und die Waffen zum Jagen zu brauchen.

»Aber was wollten sie denn jagen? Hier gibt es doch nur Meerschweinchen«, meinte der Fahrer.

Sein Gehilfe hatte weitere bärtige Männer in der Gegend von Ñancahuazú gesehen. Es hieß, sie seien Gringos, die man für den heimlichen Abbau von Kupfer angeworben habe. Sie hatten ein Grundstück gekauft und »liefen unbeschwert durch Lagunillas, tranken in Bars und führten sich auf wie sonst wer«.

Oberst Rocha Urquieda schließt seinen Bericht ab, drückt den Stempel VERTRAULICH aufs Papier und gibt den Umschlag einem Untergebenen. Am nächsten Tag beschließt er, selbst nach Tatarenda zu fahren. Da er der Sache nachgehen will, beauftragt er außerdem Hauptmann Silva Bogado mit einer zweiten Mission: nach Lagunillas zu fahren und den illegalen Kupferabbau in Augenschein zu nehmen. Er organisiert zwei Jeeps und sieben Männer, fünf fahren mit ihm und zwei mit dem Hauptmann. »Mit diesen Leiharbeitern ist nicht zu spaßen«, warnt er ihn. In Tatarenda findet er nichts. Er spricht mit Angestellten der YPFB, klagt über die Hitze, isst mit dem Geschäftsführer zu Mittag, hört, was er schon wusste. Am späten Nachmittag ist er zurück in Camiri. Hauptmann Silva Bogado fährt zuerst zur Polizeistation in Lagunillas und befragt einen Leutnant namens Fernández, der zugibt, eine Browning beschlagnahmt zu haben, von einem seltsamen, zerlumpten Typen mit Bart, in einer Hütte in Ñancahuazú. Da er noch den halben Tag vor sich hat, macht der Hauptmann sich auf den Weg und landet nach einigem Herumfragen bei der Blechhütte. Er springt aus dem Jeep, klatscht in die Hände und öffnet die Tür, noch bevor Serapio, der hinkende Bolivianer, aus seiner Ecke gehumpelt kommt. Er war gerade dabei, eine klumpige Mehlsuppe zuzubereiten (er kann nicht kochen), und wird nach draußen gebeten. Der Hauptmann stellt ihm eine Frage nach der anderen, nennt ihn einen kleinen Scheißschmuggler. Serapio erwidert, er habe von nichts gewusst, und fängt an zu weinen. Der Hauptmann scheuert ihm eine, während ein Soldat die Getreidesäcke inspiziert, die Kleider durchwühlt und den Topf mit dem restlichen Essen umkippt.

Der Besuch der Soldaten tut seine Wirkung. Drei Tage später bekommt Oberst Rocha Urquieda einen Anruf von der Polizei aus Lagunillas, die es für klüger hält, ihn von nun an auf dem Laufenden zu halten: Am Sonntag haben sie zwei bärtige Männer auf dem Markt festgenommen. Sie waren ausgehungert und versuchten, einem Bauer ihre Gewehre zu verkaufen. Die Beamten fingen an, sie zu verhören, bis »Ermittler der Kriminalpolizei kamen, die offenbar in der Gegend zu tun hatten, die Verdächtigen in Gewahrsam nahmen und niemanden mehr in ihre Nähe ließen«, schreibt der Oberst in einem neuen Bericht. Er informiert seine Vorgesetzten, er wolle sich selbst um den Fall kümmern, und bricht am nächsten Tag zusammen mit Hauptmann Silva Bogado und fünf Männern nach Lagunillas auf. Er besteht darauf, die Gefangenen zu übernehmen, überwirft sich mit den Ermittlern und bekommt erst am späten Nachmittag die Erlaubnis, sie zu sehen. »Sie waren zweimal verhört worden«, schreibt der Oberst, womit er sagen will, dass sowohl die Polizisten als auch die Ermittler sie geschlagen haben. Jetzt bekommen sie auch noch Prügel vom Militär. Das Verhör zieht sich bis in die Nacht hinein, und die Gefangenen erzählen ihre Geschichte zum dritten Mal: Sie behaupten, zu einer Gruppe von Guerilleros zu gehören, die unter dem Kommando von Che Guevara stehen und deren Mission die Revolution in ganz Lateinamerika sei. Sie seien geflohen, weil sie Hunger hatten, und hätten die Waffen verkauft, um sich Essen zu kaufen. Und nein, sie hätten den *Comandante* nicht selbst gesehen, man habe ihnen nur gesagt, dass er der Anführer sei. Dann kassieren sie noch mehr Prügel, damit sie endlich mit ihren dreisten Lügengeschichten aufhören.

Am Ende kommen der Oberst und sein Hauptmann zu dem Ergebnis, dass die Gefangenen lügen und höchstwahrscheinlich die Kokainproduktion unter der Leitung eines gewissen Ramón decken, »einem mutmaßlichen argentinischen Drogenhändler«. Sie kehren mit bewaffneter Eskorte nach Ñancahuazú zurück und zerren Serapio vor die Blechhütte. Grinsend prügeln die Soldaten abwechselnd auf ihn ein. Obwohl es keine Beweise gibt, führen sie ihn in Handschellen ab, durchsuchen abermals das gesamte Gelände und hängen eine rote Fahne über das Dach, damit die Hütte aus der Luft zu erkennen ist.

Drei Tage später starten die ersten Aufklärungsflüge – ein anhaltendes Brummen, das Antonio zur Verzweiflung bringt, den Kubaner, dem Che die Leitung des Lagers übertragen hat, der aber weder über die nötige Erfahrung noch Autorität dazu verfügt. Zuerst standen nur drei Männer unter seinem Kommando, jetzt sind es außerdem der Gewerkschaftler Moisés und seine Leute, Tania, Bustos, Danton und João Batista sowie zwei Peruaner, die Coco vor kurzem hergebracht hat: Chino und Eustaquio, seinen Handlanger. Chino erklärt, er sei gekommen, um Guevaras Unterstützung für seine eigene Bewegung in Iquitos einzufordern, und dass er wieder abreisen müsse, sobald er sein Ziel erreicht habe. Genau wie Moisés befolgt er keine Anweisungen und meldet stattdessen selbst Führungsansprüche an. Da auch er keine Ahnung vom Jagen hat, verlangt er von Antonio, das Essen mit ihm zu teilen. Es vergeht kein Tag, ohne dass die beiden Streit haben.

Abgesehen vom Hunger ist auch die bis dato ungeklärte Fahnenflucht von Moisés Männern ein Thema. Offenbar wusste niemand davon, und Antonio wurde erst nach zwei Tagen darüber informiert. Er befahl, sofort den Urwald auf den Kopf zu stellen, und wenn sie ihm nicht halfen, würden sie »hingerichtet, sobald Che wieder auftaucht«, aber im Endeffekt gehorchten ihm nur seine Untergebenen, die anderen weigerten sich, in ein Gelände vorzudringen, das sie nicht kannten. Der Brasilianer schlug sich in den Wald, verirrte sich und blieb den ganzen Nachmittag lang verschwunden, obwohl er sich nicht mehr als zwanzig Meter vom Lager entfernt hatte. »Das war mein erster Kontakt mit dem Dschungel«, sagt er später. »Ein Labyrinth aus beweglichen Wänden.«

Zur selben Zeit hat Guevara offenbar einen Weg zurück ins Lager gefunden, doch seine Leute sind zu müde, um sich zu freuen. Vor ein paar Tagen haben sie einem Bauern ein verwahrlostes Pferdchen abgekauft, von dem er sich nicht hatte trennen wollen. Sie haben es geschlachtet, das Fleisch aufgeteilt und sich nach dem Festessen vor Bauchschmerzen gekrümmt. Jetzt, drei Tage vor Ende des Marsches, überqueren sie einen Fluss, den sie für den Rio Ñancahuazú halten, und weil sie so schwach sind und endlich ankommen wollen, werden sie unvorsichtig. Das Floß löst sich vom Seil, die vier Männer darauf landen in den Fluten und werden in die Tiefe gerissen. Nur drei von ihnen tauchen wieder auf, der vierte bleibt verschwunden, ein junger Mann mit dem Codenamen Carlos. Sie suchen die ganze Nacht vergeblich nach ihm. »Bis dahin galt er als der beste Bolivianer in der Nachhut, zuverlässig, diszipliniert und voll bei der Sache«, schreibt der *Comandante.* »Wir haben noch keinen einzigen Schuss abgegeben und schon zwei Tote«, sagt Pacho.

Als sie endlich das Lager erreichen, geben sie ein erschreckendes Bild ab. Danton erinnert sich noch an die »Prozession buckliger Bettler, die sich nach und nach aus der Dunkelheit löst, schwerfällig wie ein Haufen Blinder«. Bustos erinnert sich an Guevaras zerfetztes Hemd, die spitzen Knie, die aus den Löchern in der Hose gucken. Die grünliche Haut klebt ihm an den Knochen, die Haare sind ungewaschen und verfilzt. Er lächelt schwach, versucht einen Witz zu machen (»Tut uns leid, dass wir uns verspätet haben«), verliert, als er den Rucksack absetzt, das Gleichgewicht und muss von Pombo gestützt werden, der an seiner Seite geht. Sein asthmatisches Keuchen bringt alle zum Schweigen. Noch steht er, die Hände am Gürtel, lässt den Blick über die Neuankömmlinge schweifen und sucht nach bekannten Gesichtern. Bevor er Fragen stellen kann, tritt Papi vor, zeigt auf Chino und Moisés und sagt, sie seien »wichtige Abgesandte«, die sich ihm anschließen wollten. Der Blick des *Comandante* bleibt kurz an João Batista hängen. »Das ist der Brasilianer«, bemerkt Papi, »ich weiß nicht, was er hier zu suchen hat.« Tania breitet die Arme aus und will alles auf einmal erklären: Warum sie hier sind, warum sie den Brasilianer mitgebracht hat, dass sie ihre Mission erfüllt habe. Sie macht Anstalten, ihn zu umarmen, aber Guevara tritt zwei Schritte zur Seite. Verwirrt bleibt sie stehen, um sie herum ist leises Lachen zu hören.

Guevara erkennt Bustos, er mustert Danton und dann wieder den Brasilianer, dessen Gesicht aschfahl ist und der mit offenem Mund dasteht: Er weiß jetzt endlich, wer der Mann mit dem Codenamen Ramón ist. »Obwohl er so dünn war, sah ich sofort, dass es Che war.« Der *Comandante* nickt in seine Richtung.

»Wer hat den Idioten mitgebracht? Tania?«

Gelächter, Rufe, Guevara sieht sich nach ihr um, aber sie ist zwischen den Männern verschwunden. Bevor er sich wieder dem Brasilianer widmen kann, kommt Antonio mit einer Tasse dampfendem Kaffee, fragt ihn nach ihrem Marsch und versucht, ihn in ein Gespräch zu verwickeln. João Batista steht da, hört zu, sieht, wie die anderen einander begrüßen, und merkt, dass er allein ist.

3 Am ersten Tag nach seiner Rückkehr plant Guevara, Ordnung ins Lager zu bringen. Er ist immer noch geschwächt und legt sich in die Hängematte. Pombo setzt sich als sein Privatsekretär zu ihm. Zuerst will Guevara Antonio sprechen, er will wissen, was an den Gerüchten über die desertierten Männer dran ist. Der arme Kerl steht schon bereit und wartet darauf, gerufen zu werden. Guevara ist genervt von den Neugierigen und schickt sie weg. Er hat zwei Männer verloren und das Gefühl, dass die Guerilleros während des fast zweimonatigen Marsches nichts dazugelernt haben, außerdem hören sie seit dem frühen Morgen Flugzeuge, die wie riesige Moskitos am Himmel kreisen. Tania versucht nach wie vor, mit ihm zu sprechen, und setzt sich unaufgefordert auf den kleinen Hocker an seiner Hängematte. Sie sieht Ches finstere Miene nicht, oder will sie nicht sehen, außerdem ist sie nicht vorbereitet. Bevor sie irgendetwas sagen kann, beschimpft er sie als wertloses Flittchen, das wahllos irgendwelche Typen ins Lager schleppe, während alles im Chaos versinkt. »Ich weiß nicht mehr genau, was er zu ihr gesagt hat«, meint Bustos, »aber es waren sehr unschöne Dinge. Sie zitterte wie Espenlaub und lief dann weinend weg.« Der Argentinier erinnert sich gut an die Zeit mit Guevara. »Nach seinen Wutanfällen beruhigte er sich jedes Mal und widmete sich ganz entspannt einem Buch, während seine Opfer ziellos umherwanderten und sich total beschissen fühlten.« João Batista berichtet, dass Tania sich von diesem Zusammentreffen nie erholte. »Wenn die anderen lachten, dachte sie immer gleich, es ginge um sie ... was auch durchaus der Fall sein konnte.«

Antonio soll kommen. Der Kubaner schwitzt, er hält die

Baskenmütze zusammengedrückt in den Händen und bleibt so stehen, den Blick zu Boden gerichtet. Es kostet ihn einige Überwindung, das Gerücht von den beiden Deserteuren zu bestätigen. Che brüllt, er habe ihn nicht verstanden, ob er das noch mal wiederholen könne und zwar lauter, und richtet sich in seiner Hängematte auf. Antonio wiederholt seine Worte (Guevara sieht ihm immer noch fest in die Augen). Dann murmelt er, es seien Soldaten in der Blechhütte gewesen, sie hätten alles auf den Kopf gestellt und Serapio zwei Nächte ins Gefängnis gesteckt. Der Junge sei traumatisiert, schrecke bei der geringsten Kleinigkeit zusammen, sie fürchteten, er könne versuchen zu fliehen. Der *Comandante* fragt: »Wer?« »Der Hinkende«, antwortet Antonio. »Was? Sprich lauter, verdammt noch mal!«

»Der Hinkende.«

»Hier hinkt niemand.«

Als er Einzelheiten vom Überfall der Soldaten erfährt, verliert er die Geduld und wirft seine Pfeife nach Antonio, mit Erfolg. Sie trifft ihn am Kinn, fällt dann zu Boden und zerbricht. Der Kubaner wirft sich auf die Knie, um die Teile einzusammeln und sie wieder zusammenzusetzen, aber Guevara schreit ihn an, er solle sich wegscheren, *du Stück Scheiße*, springt keuchend aus der Hängematte und brüllt:

»Was ist hier los? Was seid ihr für ein feiger Haufen? Bin ich denn nur von Vollidioten und Verrätern umgeben? Ich kann hier keine Hosenscheißer gebrauchen, ihr Weicheier.«

»Jawohl, *Comandante*«, stammelt Antonio auf dem Boden kniend und hält ihm die zerbrochenen Stücke hin, die Che widerwillig an sich nimmt.

»Dann macht er mir auch noch meine Pfeife kaputt«, brummelt er und lässt sich wieder in die Hängematte fallen.

Danton ist der Nächste. Sie sprechen über die Revolution, und darüber, welche Rolle er dabei spielen kann. Er soll Kontakt zu Kuba aufnehmen und nach Brasilien weiterreisen, um sich dort mit einem gewissen Carlos Marighella zu treffen. »Er weiß schon, dass er Besuch bekommt.« Schließlich soll er nach Europa reisen und mit Hilfe von linken Intellektuellen Sartre einen von Guevara verfassten Brief bringen. Danton will ihm erklären, dass in seinen Adern das Blut eines Revolutionärs fließe und er sich dazu berufen fühle, zur Waffe zu greifen und dem Feind »von Angesicht zu Angesicht« gegenüberzutreten, aber der *Comandante* besteht darauf, ihn anderswo einzusetzen. »Du brichst bei der nächsten Gelegenheit auf«, informiert er ihn.

Mit Bustos spricht er über die Gründung einer argentinischen Guerilla. Er soll Kontakt zu drei Vertrauensmännern aufnehmen, Jozamy, Gelman und Stamponi, und »eine vernünftige Verbindung zwischen Bolivien und Argentinien« aufbauen. »Das muss richtig Hand und Fuß haben, verstehst du? Nicht so wie diese Scheiße hier, wo jeder macht, was er will.« Bustos soll ebenfalls mit der nächsten Gruppe abreisen, zusammen mit Tania und diesem »brasilianischen Bourgeois, den sie dabei hat«, sagt Che. »Bitte teile ihnen meine Entscheidung mit.«

Die Rückreise der Gruppe um Tania nach La Paz, die für Ende März geplant war, muss verschoben werden. Am 22. sehen sie die ersten Soldaten durch das Flussbett des Rio Ñancahuazú kommen. Che befürchtet, sie könnten ihnen auf dem Weg nach Camiri begegnen. Er bespricht sich mit Rolando, dem Kubaner, der die Vorposten befehligt. Sie haben uniformierte Männer mit geschulterten Waffen gesichtet, man konnte ihre Stimmen auf hunderte von Metern hören. Guevara freut die Nachricht offensichtlich. Würde er den von ihm vor Jahren veröffentlichten Leitfaden befolgen, dürfte er, solange die Truppe nicht bereit ist, weder angreifen noch seinen Standort verteidigen wollen. »Die Guerilla muss mit dem Wald verschmelzen, sich plötzlich auf den Feind stürzen und wie ein Gespenst wieder verschwinden«, schrieb er. Vielleicht erinnert er sich nicht mehr an sein Buch oder ist immer noch genervt vom Nichtstun, jedenfalls beauftragt er Rolando damit, sich etwas weiter flussaufwärts in den Hinterhalt zu legen.

Am Morgen des 23. März liegt er mit einer Tasse Kaffee auf dem Schoß in der Hängematte, als Coco keuchend mit einer Meldung von der Front auftaucht. Es dauert etwas, bis er wieder zu Atem kommt, dann berichtet er, sie seien mit den Soldaten aneinandergeraten, es gebe Tote und Verletzte. Che springt aufgeregt aus seiner Hängematte und erklärt Coco, er sei eine Art Pheidippides von Marathon, der nach kilometerlangem Lauf die Nachricht vom Sieg verkünde. Der junge Mann sieht ihn verblüfft an und hat Angst, dafür bestraft zu werden, dass er etwas Wesentliches nicht verstanden hat. Und dann wird Che tatsächlich wütend, weil Coco sich verhaspelt und weder weiß, wie viele Männer es waren, noch wie viele Gefallene und Gefangene es gab. »Von wegen Pheidippides, ein Scheiß bist du«, schimpft er. Eine Stunde später erscheinen die Guerilleros mit vierzehn Gefangenen im Gänsemarsch, die wie Sklaven mit einem Seil um den Hals aneinandergebunden sind. Sie sind noch jung und fürchten sich vor den bärtigen, übel riechenden Männern; ein Soldat weint und bittet darum, ihn nicht zu töten, er sei das einzige Kind seiner Eltern. Tania läuft mit breitem Grinsen die Reihe ab und fragt die Männer, warum sie auf Seiten der Imperialisten kämpfen. Marionetten der Diktatur seien sie, willenloses Werkzeug einer korrupten Regierung. Der eine oder andere Guerillero fasst sich ein Herz, tritt auf die Männer zu und wiederholt Bruchstücke der Beleidigungen, die er eben gehört hat: Imperialisten, Marionetten, Werkzeug. Einige brüllen aufgeregt durcheinander, Inti scheint ihrer Meinung zu sein, hin und wieder wirft er einen unsicheren Blick auf Che, der zu seiner Beruhigung mit unveränderter Miene an seiner geflickten Pfeife zieht.

Unter den Gefangenen sind ein Major und ein Hauptmann, die einzeln verhört werden und »plappern wie die Papageien«. Alle anderen müssen ihre Papiere vorzeigen und sich bis auf die Unterhose ausziehen. Danach werden sie mit den Händen über dem Kopf auf einer Lichtung zusammengetrieben. Sie bekommen Wasser, und Moro kümmert sich um ihre Verletzungen. Che will nicht, dass an Medikamenten gespart wird, ihm ist wichtig zu zeigen, dass alles im Überfluss vorhanden ist und dass sie für einen langen Kampf gewappnet sind.

Die Soldaten verbringen die Nacht auf der Lichtung, sie haben Krämpfe und frieren. Das kleine Lagerfeuer kommt gegen die nächtliche Kälte nicht an. Morgens werden sie wieder in einer Reihe aufgestellt und erfahren von Che persönlich, dass sie freigelassen werden und zwei Tage Waffenstillstand haben, um ihre Toten zu bergen.

João Batista hat sich nicht an den Beleidigungen am Vortag beteiligt und zieht sich auch jetzt zurück, als die Soldaten unter Gelächter wieder an den Hälsen zusammengebunden werden. Inti, dem das nicht entgangen ist, nennt ihn, wahrscheinlich inspiriert von Guevara, einen Bourgeois. Das ist von nun an sein Spitzname unter den Kubanern, die ihn zu verachten scheinen. Ihm bleibt die Gesellschaft von vier Bolivianern, die mit dem Gewerkschaftler Moisés gekommen sind und von den anderen »der Abfall« genannt werden. Sie liegen tagsüber herum wie Eidechsen, ernähren sich von Resten und würden sich am liebsten aus dem Staub machen. »Ich konnte es kaum erwarten, dort wegzukommen«, erinnert sich der Brasilianer.

Die Soldaten werden auf einer Landstraße zwischen Camiri und Lagunillas aufgelesen, die meisten haben Fieber. Am nächsten Tag ist die Geschichte von dem Trupp, der auf einer Routine-Patrouille völlig unerwartet in einen Hinterhalt gerät, in aller Munde: Die 4. Division reagiert sofort. Hauptmann Augusto Silva Bogado kehrt mit einem halben Dutzend Soldaten nach Ñancahuazú zurück und überfällt die Blechhütte. Diesmal ist nur der Indio Salustio dort. Ohne Fragen zu stellen, zerren sie ihn an den Haaren, treten ihn mit Stiefeln und legen ihm Handschellen an. Später in der Stadt wird er Rede und Antwort stehen. Auf dem Rückweg machen sie Halt bei Ciro Algarañaz, dem Nachbarn, der gerade mit seinem Vorarbeiter, einem Mann namens Rosales aus Vallegrande, die Einzäunung repariert. Lächelnd steht er auf und streckt die Hand aus, um sie zu begrüßen. Im selben Moment packen sie ihn am Hemd, zerren ihn über den Zaun und treten und bespucken ihn. Auch der Vorarbeiter wird umgestoßen, und als er sich wehren will, schlagen sie ihm mit dem Gewehrkolben den Kopf auf. Er stirbt noch auf dem Weg nach Camiri. Ein paar Tage später wird er der Presse als Selbstmörder präsentiert. Algarañaz bleibt neun Monate im Gefängnis. Als er wieder rauskommt, stehen von seinem Haus nur noch die Mauern, sogar die Türen hat man ihm gestohlen.

Derweil feiert Che im Lager den ersten Sieg und tauft die Guerilla vor versammelter Mannschaft auf den Namen Nationale Befreiungsarmee Boliviens. Noch wissen sie nichts vom Angriff auf die Blechhütte, da kaum Informationen weitergeleitet werden können. Bis vor kurzem verfügten sie über zwei amerikanische Funksender aus dem Zweiten Weltkrieg, die an einen benzinbetriebenen Generator angeschlossen waren, aber weil sie in feuchten Löchern direkt auf dem Boden standen, hat der eine im Januar den Geist aufgegeben, und beim anderen sind im März die Röhren durchgebrannt. Loro wurde nach Camiri geschickt, um Ersatzteile zu besorgen, erfuhr dann aber, dass es die nur in Santa Cruz gäbe. Dort angekommen nahm er ein Bad, ließ sich die Haare schneiden und betrank sich (die Entbehrungen des Dschungels hatten ihm sehr zugesetzt). Er fing Streit an, brauchte einen Teil des Geldes auf, um aus dem Gefängnis zu kommen, trank weiter und gab dann noch einen Teil dafür aus, dass ihm das Indiomädchen hinterm Tresen einen blies. Nachdem er noch mehr getrunken hatte, verlor er einen weiteren Teil der Summe beim Hahnenkampf. Also kehrte er ohne Geld und ohne Röhren ins Lager zurück, dafür aber mit gestutztem Bart und Haar und einer tollen Geschichte über korrupte Polizisten, die ihn unterwegs ausgenommen hätten. Am nächsten Tag bekam er nichts zu essen, in den Augen der anderen eine sehr milde Strafe. Die Funksender blieben einfach in ihren Löchern liegen. Die Guerilleros besaßen außerdem einen Morseapparat, konnten aber nicht damit umgehen. »Besser wären Schnurtelefone gewesen«, schreibt Pacho in seinem Tagebuch. Sie sind jetzt auf ein Kurzwellenradio angewiesen, das Che mitgebracht hat, um Nachrichten auf Radio Havanna zu hören, an diesem Abend jedoch stellen sie einen Lokalsender ein, der von dem Zusammenstoß berichtet. Barrientos erklärt auf einer Pressekonferenz, es handele sich um einen »subversiven Akt von Kommunisten«, woraufhin Guevara zufrieden grinsend zu Boden blickt. Dann allerdings fügt der Diktator hinzu, viele von ihnen seien »von den tapferen Soldaten der bolivianischen Armee niedergestreckt« worden. Die Miene des *Comandante* verfinstert sich, und als er Barrientos von fünfzehn toten und vier verletzten Guerilleros sprechen hört, schlägt er mit der Faust auf den Kurzwellenempfänger, wirft ihn zu Boden und stampft zu seiner Hängematte. »Es war ein sowjetisches Gerät«, berichtet Pacho, »sehr robust.«

Am nächsten Tag hört Guevara im Radio eine Meldung, die ihn beunruhigt: Unter den Guerilleros, behauptet der Sprecher, befänden sich Kubaner, Franzosen, Peruaner und eine Frau, möglicherweise eine kommunistische Agentin, die sich »in die einflussreichsten Kreise von La Paz« eingeschlichen habe. Ihr Name werde noch geheim gehalten, da es innerhalb der nächsten Stunden zu Verhaftungen kommen solle. »Die Deserteure haben ganz offensichtlich geredet, man weiß nur nicht genau, wie viel und unter welchen Umständen«, schreibt Che. »Alles weist darauf hin, dass Tania aufgeflogen ist, womit Jahre guter, geduldiger Arbeit umsonst gewesen sind. Es wird ziemlich schwierig, die vier jetzt hier rauszubekommen.«

Die Informationen über die Guerilla stammen allerdings nicht von den Deserteuren, sondern aus Tanias Notizbuch, das in dem Toyota in Camiri lag. Darin stehen Namen, Adressen und Telefonnummern von sämtlichen Bekannten, zwar verschlüsselt, aber leicht zu dechiffrieren. Noch am selben Tag werden in La Paz die ersten Leute verhaftet, angefangen mit Mario, der am schnellsten lokalisiert werden kann. Er wird beim Verlassen der Universität festgenommen, ins Hauptquartier nach Villaflores gebracht, verprügelt, mit dem Kopf unter Wasser getaucht und mit Elektroschocks gefoltert. Bei einer Razzia in Oruro werden sein Vater und sein jüngerer Bruder verhaftet. Sie bleiben sechs Monate in Haft, ohne Recht auf Verteidigung.

Die Polizei stürmt die Pension von Alcira Dupley de Zamora und beschlagnahmt in Tanias Zimmer Papiere, Fotos und Kassetten mit Aufnahmen indianischer Gesänge. Die Eigentümerin wird in Handschellen abgeführt und verbringt nur deswegen nicht die Nacht im Gefängnis, weil sie einflussreiche Freunde in der Politik hat. Bei ihrem Verhör verteidigt sie Tania, sie kenne sie sehr gut, und wenn sie häufig verreise, dann weil sie »folkloristische Studien« betreibe. Unter den konfiszierten Unterlagen findet sich ein Foto, auf dem die Deutsche neben Barrientos zu sehen ist, bei einem Mittagessen in der argentinischen Botschaft, woraus die Polizei fälschlicherweise schließt, sie habe sich auch in seinen Bekanntenkreis eingeschlichen.

Als die Anführer des Netzwerks von den Verhaftungen in La Paz erfahren, verlassen sie die Stadt und beenden offiziell ihre Untergrundaktivitäten, die sie in Wirklichkeit schon eingestellt hatten, seit sie den Kontakt zur Guerilla verloren haben. »Als wir erfuhren, dass die Armee ihnen auf den Fersen war, befürchteten wir das Schlimmste«, sagt Rodolfo Saldaña Jahre später im Exil in Chile.

Am Abend versammelt Guevara die Besucher um sich. Coco und Papi, die Fahrer, sitzen etwas abseits, während er Pfeife schmauchend hin und her läuft. Den Blick unablässig auf die Stiefel gerichtet fasst er zusammen, was er im Radio gehört hat. Tanias Tarnung sei aufgeflogen, er wisse nicht wie, wahrscheinlich seien diese »beschissenen Bolivianer« schuld. Er beklagt sich, von Unfähigen umgeben zu sein, bleibt mit den Fäusten in die Hüften gestemmt stehen und mustert sie. Niemand sagt etwas. Er fährt fort: Angesichts der jüngsten Ereignisse sei es nicht zu verantworten, dass Tania, Bustos, Danton und João Batista die Guerilla verlassen, zumindest bis sich die Situation beruhigt habe. Er hält noch mal inne, keine Reaktion. Ins Tagebuch schreibt er: »Ich hatte den Eindruck, dass Danton diese Nachricht ganz und gar nicht gefallen hat.«

Schließlich bittet Bustos Che, ihnen genauer zu erklären, was das bedeute, »die Guerilla nicht zu verlassen«. Wie er denn dann Kontakt zu Argentinien aufnehmen solle. Danton zündet sich nervös eine Zigarette an. »Ich habe nicht daran geglaubt, ich dachte, das sei ein Witz, vielleicht ein Test. Jedenfalls habe ich nichts dazu gesagt«, erinnert sich João Batista. »Tania hielt die Hände vors Gesicht und gab sich Mühe, nicht zu weinen. Sie war dann auch die Erste, die ging.«

Tania macht Guevaras Entscheidung am meisten zu schaffen. Sie will noch mal allein mit ihm sprechen, doch er weigert sich. Nachts wälzt sie sich unruhig hin und her, und in den frühen Morgenstunden bekommt sie Schüttelfrost. Ein paar Stunden später sieht Moro nach ihr. Schwer atmend liegt sie in der Hängematte, sagt, ihr sei übel, weigert sich zu essen und hat Fieber. Antonio gegenüber erklärt Moro hinter vorgehaltener Hand, es sei nichts Ernstes, nur eine Angstreaktion. Gegen Mittag hat sich die Information im ganzen Lager herumgesprochen. Von ihrem Platz aus hört sie wahrscheinlich das Lachen und die Kommentare. Erst tut sie so mutig und schwadroniert ständig herum, und jetzt macht sie sich vor Angst in die Hosen. Gegen Nachmittag übergibt sie sich, verliert mehrmals das Bewusstsein und bricht immer wieder in Tränen aus, aber der *Comandante* will sie immer noch nicht empfangen.

Danton ist in Gedanken versunken und schreibt ohne Unterlass. In seinem Notizbuch berichtet er von der angespannten Atmosphäre. Wegen jedem bisschen gibt es Streit, von taktischen Überlegungen bis zur ungleichen Verteilung des Essens. Ihm zufolge ist Che ein wortkarger Anführer, der wenig Kontakt zu seinen Leuten pflegt. »Er saß abseits in der Hängematte unter einer Plastikplane, rauchte Pfeife, las, schrieb, dachte nach, trank Mate, reinigte sein Gewehr und hörte abends Radio Havanna. Gab einsilbige Befehle. Wie abwesend.« Bustos schleicht die ganze Zeit um Ches Hängematte herum und wartet auf Neuigkeiten. »Jeder von ihnen hat sich in seine Ecke zurückgezogen, trotzdem waren sie Ches Freunde«, sagt João Batista. »Sie hatten zu essen, ich nicht.« Der Brasilianer bewirbt sich für Streifzüge in den Urwald, und wenn die ersten Versuche auch kläglich scheitern, kommt seine Beharrlichkeit doch wahrscheinlich irgendwann Guevara zu Ohren. Am 29. März wird er für eine von Benigno angeführte Patrouille eingeteilt. Er erhält die erste anständige Mahlzeit seit Wochen und, kurz bevor es losgeht, ein Gewehr.

4 In den ersten Apriltagen landet eine unbeschriftete silberne DC-1 auf dem Militärflughafen von Santa Cruz, an Bord ein dünner, grauhaariger Mann mit Spiegelbrille. Er trägt eine olivgrüne Uniform und einen Feldrucksack und wird von komplett uniformierten bolivianischen Militärs erwartet (Medaillen, Käppis, glänzende Stiefel). Oberst Andrés Selich tritt vor, um ihn zu begrüßen. Der Mann, der über die Landebahn auf sie zumarschiert, ist Major Ralph W. Shelton, genannt Pappy, ein Green Beret, Mitglied einer Spezialeinheit der US Army, Experte im Guerillakrieg und gerade aus Vietnam zurück. Zusammen laufen sie zum Haupthangar, lächeln, wechseln nur wenige Worte. Shelton ist im Rahmen eines langfristigen Abkommens zwischen den USA und Bolivien vor Ort, das der damalige Botschafter Carl Johnson zwei Jahre zuvor unterschrieben hat, um gegen den Vormarsch der Kommunisten in Lateinamerika anzugehen. Aus Barrientos' Sicht ein politisch heikles Abkommen, weil er Gelder und Ämter an ultrarechte Generäle verteilen musste, die jede internationale Unterstützung ablehnten.

Darüber hinaus musste er sich mit ihrem intellektuellen Mentor treffen, dem er für seine Hilfe den Posten des Hauptgeschäftsführers der erst kürzlich gegründeten Bolivianischen Schifffahrtsgesellschaft versprochen hatte. Er war Deutscher, lebte mit seiner Frau und den beiden Kindern an einem geheimen Ort 150 Kilometer von Santa Cruz entfernt und nannte sich Klaus Altmann. Aber sowohl die Militärs als auch seine Nachbarn wussten, dass der umsichtige, höfliche kleine Mann mit der Halbglatze eine unrühmliche Vergangenheit hatte. Altmann war in Wirklichkeit Klaus Barbie, der nach dem Zweiten

Weltkrieg aus Deutschland geflohen war. Seit 1951 lebte er in Bolivien, wurde dort vom Militär gedeckt und genoss großen Einfluss bis in die höchsten Kreise.

Für das Treffen unternahm Barrientos eine ungewöhnliche Reise, die erst Jahrzehnte später von Ernesto Galvéz bestätigt wurde, dem Autor einer chaotischen und redundanten fünfbändigen Geschichte der bolivianischen Guerilla. Darin präsentiert er ein Interview von 1998 mit dem ehemaligen Privatsekretär Barrientos', Carlos Miraflores. Der bereits achtzigjährige, nicht immer ganz klare Miraflores bekräftigt, dass das Treffen stattgefunden habe und er der einzige Zeuge gewesen sei, auch wenn er sonst kein einziges relevantes Detail beisteuert, zumal er zu jenem Zeitpunkt bereits an einer degenerativen Erkrankung leidet, die im Jahr darauf zu seinem Tod führt. »Barbie lebte tatsächlich in La Pedrita und empfing uns sehr herzlich«, erklärte er Galvéz gegenüber.

Sie reisten im kleinen Tross. Da es in diesem Labyrinth keine Hinweisschilder gab, war die Delegation gezwungen, mehr als einmal anzuhalten und nach dem Weg zu fragen. Als sie endlich ankamen, gingen der General und sein Sekretär allein über den Rasen bis zur Terrasse des Kolonialhauses, in dem der Schlächter von Lyon sie erwartete. »Er lachte und fragte, ob wir Schwierigkeiten gehabt hätten, herzufinden«, erinnert sich Miraflores. »Er hatte einen schlaffen Händedruck.« Der folgende Dialog ist dem vierten Band von *El Che en Bolivia* entnommen.

»*Frage*: Was ist dort vorgefallen?

Miraflores: Klaus Barbie hatte eine schwarze, sehr dicke Angestellte, die uns Kaffee gebracht hat.

Frage: Sonst noch etwas?

Miraflores: Schmalzgebäck.

Frage: Und dann?

Miraflores: Der Präsident bat mich, ihn allein zu lassen, er wollte ungestört sein. Sie haben sich auf der Veranda unterhalten, während ich mit den Sicherheitsmännern eine Zigarette geraucht habe. Es war ein sehr schöner Ausblick.

Frage: An was erinnern Sie sich noch?

Miraflores: Klaus Barbie trug schwarz. Der Präsident hatte eine Reituniform an.

Frage: Welche Farbe?

Miraflores: Khaki.

Frage: Was hat Barbie gesagt?

Miraflores: Dass er die Entscheidung begrüße. Die Amerikaner seien gute Soldaten.«

Kann sein, dass der Ex-Sekretär nicht bei Sinnen war, als er Galvéz diese Antworten gab, Tatsache ist, dass der radikale Flügel damals die Hilfe der USA annahm und die Zusammenarbeit mit anderen Ländern vertiefte. Ende 1965 kamen bolivianische Gesandte nach Brasilien und im Jahr darauf nach Argentinien und trafen Abkommen über gemeinsame Schulungen in Grenzgebieten, Waffenexporte und die Einstellung von Ausbildern, die an den Militärakademien von Santa Cruz und La Paz den Einsatz von Foltertechniken vermitteln sollten.

Jetzt, 1967, kommt Pappy Shelton als erster amerikanischer Offizier nach Bolivien, mit dem Auftrag, innerhalb von sechs Monaten ein Ranger-Bataillon auszubilden. Noch am Tag seiner Ankunft trifft sich Shelton mit Mitgliedern des Generalstabs. Jahrzehnte später widmet er in seinen Memoiren *My Struggle for Freedom* Bolivien ein ganzes Kapitel. »Ich bat den Oberst [Andrés Selich], mir zu bestätigen, dass dieser Zusammenstoß wirklich stattgefunden hatte, und fragte ihn, wie viele Guerilleros es gewesen seien«, berichtet Shelton. »Er behauptete, die Überlebenden hätten von zwei- bis dreihundert Mann gesprochen, die plötzlich aus dem Wald aufgetaucht seien und auf sie geschossen hätten. Mir war sofort klar, dass wir es mit nicht mehr als dreißig Leuten zu tun hatten, die spätestens Ende des Jahres liquidiert sein würden. Aber der Oberst, eine typische Figur in diesen lateinamerikanischen Diktaturen, denen wir sinnloserweise versucht haben zu helfen, verzog keine Miene und schien mir kein Wort zu glauben.«

Sheltons Kapitel über Bolivien, das größtenteils ziemlich stumpfsinnig ist, wird dann großartig, wenn er die Details der Ausbildung und die Bedrohung durch die Sowjetunion beiseitelässt (das Buch wurde 1980 veröffentlicht und warnt noch vor der Gefahr eines nuklearen Winters) und sich stattdessen den Personen widmet, die er dort kennengelernt hat. Besonders interessant ist dabei Barrientos, »ein impulsiver Mensch von kleiner Statur«. »In Anwesenheit seiner Untergebenen brüllte er herum, bis sein Kopf hochrot angelaufen war. Er nannte sie Scheißefresser, Schwertschlucker und so weiter, Begriffe, die ich noch nie zuvor gehört hatte«, schreibt er. »Erst Jahre später erfuhr ich, dass der legendäre Che Guevara seine Männer auf dieselbe Weise behandelte.«

Unter vier Augen, fährt Shelton fort, war der General ein freundlicher Mann, der allerdings »zu exotischen Fantasien neigte. Offenbar war er besessen von einer Geschichte, die man ihm erzählt hatte, dass nämlich Butch Cassidy und Sundance Kid in einem bolivianischen Städtchen namens San Vicente beerdigt seien. Er sagte zu mir: ›Du bist Amerikaner, du musst das doch wissen‹. Er habe schon Nachforschungen angestellt und werde demnächst eine Expedition auf die Beine stellen, um ihre sterblichen Überreste zu suchen.«

Der Autor Bruce Chatwin, ein englischer Reisender mit einem Hang zu Träumereien, erwähnt diese Episode in einem seiner Bücher. Cassidy stellte nach einer anfänglichen Phase als Pferdedieb im mittleren Westen und zwei Jahren im Gefängnis in Wyoming für einen Überfall, den er nicht begangen hatte, eine Truppe von Revolverhelden zusammen, mit denen er zwischen 1896 und 1901 Züge überfiel. Von Pinkertons Leuten verfolgt, flohen Cassidy, Sundance Kid und dessen Frau Etta Place nach Patagonien, wo sie eine Handelsstation eröffneten. Als ihnen das zu langweilig wurde, raubten sie zwischen

1905 und 1907 diverse Banken aus, und im Jahr darauf gingen sie nach Bolivien und arbeiteten für einen Mann namens Siebert in einer Zinnmine in Concordia. Angeblich sollen sie im Dezember 1909 in einem palastartigen Lehmbau in San Vicente von bolivianischen Soldaten getötet worden sein, nachdem sie die Lohngelder für die Bergarbeiter geraubt hatten. Chatwin zufolge unternahm Barrientos eine Expedition nach San Vicente und ließ zum Ärger der Anwohner den ganzen Friedhof umgraben. Ohne Erfolg. Wie es damals hieß, hatte er sich in der Stadt geirrt. Die Gesetzlosen seien in San Vicente im Departamento Potosí und nicht in Cochabamba gestorben. Verärgert über die Ungehaltenheit der Bewohner, ließ er die Gebeine der Toten zusammenwerfen und willkürlich begraben. Er rührte nie wieder einen Grabstein an.

Shelton ist nicht die einzige amerikanische Verstärkung, die im April 1967 nach Bolivien kommt. Eine Woche nach ihm landen auf demselben Militärflughafen zwei dunkelhäutige Männer mit schwarzen Haaren, in Zivilkleidung und mit kubanischem Akzent. Der dünnere, mit zerfurchten Wangen und Ringen unter den Augen, heißt Gustavo Villoldo und hört auf den Codenamen Dr. Gonzalez. Geboren im kubanischen Trinidad, floh er zusammen mit seiner Mutter und dem jüngeren Bruder nach Fidels Staatsstreich in die USA. Der Vater, ein Landwirt und Politiker aus dem Mitte-Rechts-Lager blieb in der Hoffnung zurück, sein Besitztum retten zu können, wurde verhaftet, in die Festung von La Cabaña gebracht und hingerichtet. Schon früh beteiligte sich Villoldo an den Geheimoperationen der CIA. Er nahm an der Invasion in der Schweinebucht teil und entwickelte sich später zu einem Spezialisten für Verhör- und Foltertechniken. In dieser Funktion kommt er jetzt nach Bolivien. Der andere, 1,80 Meter groß und leicht übergewichtig, kleine Augen im runden Gesicht, ist Félix Rodríguez. Genau wie Shelton schrieb er Jahrzehnte später seine Memoiren, in denen er von der Mission in Bolivien erzählt. Mit einer gewissen Nostalgie erinnert er sich an das große Haus in Sancti Spiritus, wo er geboren und aufgewachsen ist; an Minima, die schon recht betagte Hausangestellte, die einen Pagen brauchte, der ihr half; an die riesigen Zuckerrohrplantagen der Familie; die erfolgreiche Politikerkarriere des Vaters, ein Unternehmer und Katholik mit liberalen Idealen; an das blaue Meer am Strand von Varadero, wo sie die Sommerferien verbrachten. Als er zwölf war, beschlossen sie, ihn für eine Art Studienreise in die USA zu schicken. Er wollte nicht von den Eltern getrennt sein und bat darum, bleiben zu dürfen. »Am lilablauen Himmel glitten die Wolken vorüber wie in Zeitraffer.« Félix erinnert sich noch gut an diesen Tag. Sein Vater schüttelte den Kopf und sagte:

»Mein Sohn, lass mich etwas klarstellen. Du bist noch jung, du weißt nicht, was es bedeutet, außerhalb von Kuba zur Schule gehen zu können. Das ist sehr wichtig.«

»Warum?«, fragte der Junge. »Wir haben doch hier alles, was wir brauchen.«

Der Vater sah in den Himmel.

»Da hast du recht, Félix. Wir haben hier alles, aber nichts ist für immer.«

Im September 1954 wurde der Junge an der Perkiomen School in Pennsburg, Pennsylvania, eingeschrieben. Zirka vier Jahre später wurde in Kuba die Regierung Batista gestürzt, während die Familie Urlaub in Mexiko machte. Aus der Ferne mussten sie mit ansehen, wie ihre Besitztümer geplündert wurden. Der Junge war inzwischen siebzehn Jahre alt und beschloss, sich einer Gruppe von Exilkubanern anzuschließen, die mit Hilfe des dominikanischen Diktators Trujillo eine Invasion in Kuba planten. Er ließ sich gegen den Willen des Vaters ausbilden, hatte bald kein Geld mehr und litt Hunger. Die geplante Invasion scheiterte an internen Streitereien, sodass Félix nicht einmal das Lager verließ. Zurück in den USA, versprach er den Eltern, ein normales Leben zu führen. Er machte die Schule zu Ende, und als er sich 1961 an der Uni hätte einschreiben sollen, schloss er sich stattdessen der CIA-nahen Brigade 2506 an. Es hieß, sie würden von einem reichen Exilkubaner bezahlt, einem ehemaligen Zuckerproduzenten, aber sie wussten von Anfang an, dass dieser Herr, der sich in seinem Rollstuhl kaum bewegen konnte, ein Strohmann des US-amerikanischen Geheimdienstes war. Nach ersten Überwachungs- und Spionageeinsätzen ging Félix nach Kuba, wo er zwei Monate in einem Küstenstädtchen verbrachte und verschlüsselte Nachrichten aus Havanna abfing. 1964 erhielt er die Erlaubnis, seinen Vater zu besuchen, der in einer Privatklinik in Miami mit dem Tod rang und die letzten Ersparnisse der Familie aufbrauchte. An seinem Sterbebett versprach Félix, das Regime zu stürzen, das seine Familie in solche Not gebracht hatte. »Ich war sechsundzwanzig Jahre alt, Vater zweier Kinder, und befand mich wie viele meiner Exilkumpane seit fast einem Jahrzehnt im Krieg«, berichtet er.

In Bolivien besteht seine Aufgabe hauptsächlich darin, die Soldaten in Guerilla- und Spionagetechniken zu schulen. Während des Fluges hatte er Gelegenheit, einen Bericht über den ersten Zusammenstoß zwischen der bolivianischen Armee und den »Männern aus dem Urwald« zu lesen. Er kommt zu dem Schluss, dass die Soldaten Opfer eines klassischen kubanischen Hinterhalts geworden sind, wie er seit 1950 praktiziert wird. Darüber hinaus hat er von Deserteuren gehört, die behaupten, zu einer aus Ausländern bestehenden Guerilla zu gehören. Zusammen mit Dr. Gonzales will er die Männer verhören, er hat den Verdacht, dass hinter dieser Geschichte etwas Größeres steckt, etwas, worauf er sich schon lange vorbereitet hat.

5 Wenn man die Nachrichten im Radio verfolgt, bekommt man den Eindruck, dass die Armee das Lager umzingelt hat und allmählich die Schlinge zuzieht. Am Abend zuvor haben sie erfahren, dass der ehemalige Besitzer von Ñancahuazú, Dom Remberto Paredes, subversiver Aktionen verdächtigt und verhaftet wurde. Als sie auf Guevaras Befehl zur Blechhüte zurückgekehrt sind, standen dort Soldaten Wache. Es gab einen Schusswechsel, die Guerilleros zogen sich zurück, Loro behauptet, er habe einen der Wachposten erschossen, aber er gilt als Trinker, und die anderen können seine Aussage nicht bestätigen. Morgens hören sie häufig Aufklärungsflugzeuge, und sie befürchten, früher oder später entdeckt zu werden. Che ist zwei Tage lang wie gelähmt, weil er nicht weiß, ob er bleiben soll oder nicht. Am dritten Tag beschließt er, dass sie so schnell wie möglich verschwinden müssen. Er treibt die Truppe zur Arbeit an, lässt Geräte, Lebensmittel und Fotos aus den Höhlen holen, deckt die Eingänge ab und bringt alles in ein neues Lager, genannt *El Oso* (weil sie dort einen Ameisenbär, *oso hormiguero*, erjagen, aus dem sie Gulasch machen). Sie arbeiten wie die Wahnsinnigen, Pacho schreibt in seinem Tagebuch, »wir haben seit Tagen nicht geschlafen«. Che brüllt herum, Marcos peitscht einen Bolivianer aus, der vor Müdigkeit umgefallen ist, und Inti verspricht, jeden der schlappmacht, mit aller Härte zu bestrafen. In diesem Chaos lassen sie versehentlich einige Unterlagen in der Erde zurück.

An einem Montag um 3:30 Uhr ist die Arbeit fürs Erste getan, aber die Männer haben keine Zeit, sich auszuruhen, denn Che macht sich immer noch Sorgen um ihre Sicherheit und gibt, angetrieben von dem Druck, den er aufgebaut hat, noch im selben Augenblick den Marschbefehl. Alle sollen ihre Rucksäcke packen und sich zum Abmarsch bereit machen. Tania sagt, sie könne nicht mitkommen, sie müsse nach La Paz zurück, aber niemand hört ihr zu. Sie fällt wie ohnmächtig zu Boden, fängt an zu weinen und wartet vergeblich darauf, mit dem *Comandante* sprechen zu dürfen. Ihre Beine zittern. »Wie soll ich mit Fieber laufen?«, stammelt sie, und der Rotz rinnt ihr in dicken Fäden über die Lippen.

Im Gänsemarsch geht es am Rio Ñancahuazú entlang. Die Anführer von Vorhut, Mitte und Nachhut rufen sich zu, sie sollen mindestens zwanzig Schritte Abstand halten – andernfalls böten sie dem Gegner ein leichtes Ziel –, doch die Bolivianer haben nichts dazugelernt, und die Neuen haben Angst, sich zu verirren. Sie gelangen an die Stelle, an der es zum ersten Gefecht gekommen war, die Sonnenstrahlen dringen durch die Baumkronen und sprenkeln den Boden mit Licht. Stumm vor Entsetzen bleiben sie stehen: Die Soldaten haben ihre Toten einfach liegen gelassen. Von den sieben Leichen sind nur noch »sauber abgenagte Skelette« übrig, schreibt Che, »die Raubvögel haben ganze Arbeit geleistet«. Vorsichtig laufen sie an den glänzenden weißen Knochen auf dem modernden Laub vorbei, unversehrte, miteinander verbundene Gliedmaßen, weit offene Kiefer, als würden sie lächeln. »Puppen aus dem Anatomieunterricht«, erinnert sich Pacho, »die mich in meinen Träumen verfolgen.«

Schreie und Schluchzen durchbrechen die Stille: Tania, die als Letzte angekommen ist, hat die Gerippe erblickt. Sie wird von Alejandro gestützt, bei dem Verdacht auf Malaria besteht und der ebenfalls zurückgefallen ist. Er muss sich anstrengen, um sie zu halten, sie kratzt ihn, während sie schreit. Moro läuft zu ihr und bittet sie, sich zu beruhigen. Der *Comandante* hat angekündigt, keine Rücksicht auf die Kranken zu nehmen.

Ihr Marsch führt sie zur Blechhütte. Guevara handelt erneut gegen seine eigenen Prinzipien, indem er beschließt, sie zurückzuerobern. Die Vorhut unter Benigno trifft um 8:30 Uhr dort ein und legt sich auf die Lauer. Eine Stunde später taucht der Haupttrupp auf. Sie umzingeln das Haus, und auf ein Zeichen von Che greift die Vorhut gebückt und mit dem Gewehr im Anschlag an. Benigno tritt gegen die Tür, brüllt: »Kommt raus, ihr Mistkerle«, und verschwindet in der Hütte. Mit dem Gewehr über der Schulter kehrt er zurück und gibt das Zeichen, dass die Luft rein ist. Er hat die Blechhütte ganz allein zurückerobert, ohne einen einzigen Schuss, die Armee ist vor ein paar Tagen abgezogen. Sie haben einen Sack verdorbenen Mais dagelassen, und draußen hängen ein paar Stücke vergammeltes Fleisch. Die halb verhungerten Guerilleros empfinden das als Nachlässigkeit, aber auch als ein Geschenk, sie prügeln sich fast um das Essen.

Benigno macht Wasser heiß. In der Hocke nimmt Che den Mate entgegen, João Batista, Bustos, Danton und der Peruaner Chino stehen um ihn herum. Sie hätten drei Möglichkeiten, erklärt er. Entweder sie bleiben in der Guerilla und stürzen sich in den bewaffneten Kampf, oder sie steigen jetzt und hier aus und laufen die kleine Straße weiter, oder aber sie warten noch ein oder zwei Tage und gehen mit Tania mit, die Guevara nach Hause schicken will, sobald sie an einem Dorf vorbeikommen. João Batista ist unentschlossen und schweigt. Chino beschließt, noch ein paar Tage zu bleiben, er hat gesehen, dass der *Comandante* dicke Dollarbündel mit sich herumträgt, und hofft, etwas Geld für seine peruanische Guerilla herauszuschlagen. »Bustos und Danton haben sich für die dritte Option entschieden«, schreibt der Argentinier. »Morgen versuchen wir unser Glück.«

Am nächsten Tag nehmen sie einen kleinen Hof ein. Nachdem Che versucht hat, strategisch vorzugehen und seine Männer von drei Seiten angreifen zu lassen, rennen die Guerilleros vollkommen unorganisiert aus dem Wald heraus. »Sie laufen laut schreiend um die Umzäunung herum wie Indios«, schreibt er. Auf der Türschwelle sitzt ein Mann und schläft, den Strohhut ins Gesicht gezogen, sonst ist niemand da. Als er die Schreie hört, springt er zappelnd auf und flüchtet in den Urwald. Che will nicht, dass auf Zivilisten geschossen wird, aber die Männer ballern wahllos drauflos, obwohl er ihnen befiehlt, das Feuer einzustellen. Vor Schreck stolpert der arme Mann über eine Wurzel, fällt kopfüber zu Boden, und bevor er aufstehen kann – den Mund voller Blut und Erde –, stürzen sich zwei Guerilleros auf ihn. Er versucht noch zu fliehen, hebt den Kopf und kassiert einen Hieb von Marcos, der ihnen gefolgt ist. Als Nächstes kommt Inti und brüllt irgendwelche Befehle. Er kniet sich neben dem Gefangenen hin und sagt ihm, er solle keine Angst haben, sie seien gekommen, um die Bauern vom Joch des Kapitalismus zu befreien. Che Guevara lässt sich nicht blicken, er hält verzweifelt die Hand vors Gesicht und fragt sich wahrscheinlich, wie lange es noch dauert, bis aus diesem Haufen Wilder eine brauchbare Truppe geworden ist. Der Bauer spuckt Blut. Im Hintergrund läuft der ehemalige Soziologe Loro zur Freude einiger Bolivianer hinter einem Huhn her.

Am selben Tag durchstöbert die Armee das Gelände um den Rio Ñancahuazú und stößt auf das kürzlich verlassene Lager. Zeugen zufolge wittern die Hunde schon von weitem die schlecht abgedeckten Senkgruben. Zuerst treffen die Männer der Kompanie A unter dem Kommando von Major Ruben Sánchez ein. Von der Lichtung aus winken sie den Aufklärungsflugzeugen und werden, weil man sie für Guerilleros hält, fast von einer Bombe zerfetzt, die keine fünfhundert Meter weiter einschlägt. »*Putamadre*, diese Banditen bringen mich noch ins Grab«, sagt Sánchez keuchend zu seinem Unteroffizier.

Der Major identifiziert Wachposten, eine Kochstelle, Schlafstellen, tischförmige Baumstümpfe und, konzentrisch um das Lager herum, Schützengräben, »als hätten die Guerilleros sich auf einen Stellungskrieg vorbereitet«. Sie stolpern in die Höhlen und entdecken nach einer guten Stunde die vergessenen

Dokumente: Tagebücher, Karten, haufenweise verschimmelte Fotos und Negative. Ches Leidenschaft für die Fotografie hatte die anderen angesteckt. Während der Wochen im Lager hatten sie sich bei allen möglichen Tätigkeiten gegenseitig abgelichtet und lächelnd mit dem Gewehr im Anschlag posiert. Drei Alben, in einem Kodak-Labor in La Paz entwickelt, erregen besondere Aufmerksamkeit. Die Aufnahmen stammen von Tania und entstanden während ihres kurzen Aufenthalts Ende 1966: Arturo, der im Gras liegt und versucht, den Funksender einzustellen; Benigno und Marcos, die aus ihren Aluminiumnäpfen essen; Moro, der auf mehreren Rücksäcken liegend Pombo und Braulio beobachtet; Miguel und Inti, die lächelnd auf Steinen im Fluss sitzen. Am verfänglichsten ist ein Bild, das sie in einem Müllsack finden und das oben auf einem mit einem Gummiband zusammengehaltenen Bündel Belege und vergilbter Papiere liegt. Es wurde an einem von Ches ersten Tagen im Lager aufgenommen. Er sitzt im Vordergrund im Laub, noch mit Glatze und Brille, die Arme auf die Knie gestützt. Im Hintergrund sind Pacho, Loro, Tuma und Papi zu sehen. Dieses Foto, dem die Kompanie A anfangs nur wenig Beachtung schenkt, ist der erste Beweis für Ches Anwesenheit in Bolivien.

Am 10. April beschließt Barrientos, es sei an der Zeit, die Fortschritte des Militärs bekanntzugeben, und lädt eine Gruppe von Journalisten ein, das Lager zu besuchen. Die Reporter haben alle Freiheit, das Gelände zu erkunden, und entdecken bald eine versteckte Senkgrube, die größer ist als die bereits gefundenen, »unter einem Gemüsebeet in der Nähe der vermeintlichen Kochstelle«. Darin befinden sich Konserven, Ersatzteile für die Funksender und weitere Dokumente. Héctor Pracht von der chilenischen Tageszeitung *Mercurio* berichtet von Munition aus der Dominikanischen Republik, alten argentinischen Zeitungen, amerikanischer Kondensmilch und einem Stapel unscharfer Fotos, darunter eins von Guevara noch ohne Bart, aber bereits in Uniform und mit Pfeife. Der Journalist Murray Sayles von der Nachrichtenagentur Associated Press beschreibt weitere Fotos, die er in Einmachgläsern findet, zusammen mit »der Kopie einer Rede von Võ Nguyên Giáp, sorgfältig zusammengefaltet, mit Bleistiftnotizen am Rand«. Ein Bolivianer namens Ugalde, »offizieller Fotograf des Präsidenten«, findet ein Tagebuch, Postkarten und andere Bilder in einer Metalldose in der Küche.

Guevara lauscht mit steinerner Miene den ersten Nachrichten von der Entdeckung des Lagers und einer möglichen Beteiligung von Kubanern an der Guerilla, »darunter auch hochrangige Mitglieder der Regierung Fidel Castros«. Sie lagern nur wenige Kilometer entfernt am Rio Ñancahuazú. Der *Comandante* liegt die Nacht über wach, liest und macht sich Notizen. Kurz vor Morgengrauen empfängt er El Negro, der gerade von seiner Wache kommt und berichtet, er habe fünfzehn Soldaten den Fluss hochkommen sehen. Sollten sie ihren Kurs beibehalten, würden sie in den Hinterhalt geraten, den Rolando ihnen gestellt hat, der erfahrenste der Kubaner, der schon den ersten Angriff angeführt hat. »El Negro nahm meine Anweisungen entgegen und verschwand im selben Augenblick wieder«, schreibt Che. »Wir konnten nur abwarten.«

Die sieben Männer unter Rolando haben die Nacht an beiden Ufern des Flusses verbracht und abwechselnd Wache gehalten. Rolando selbst schläft kaum, wandert gespenstergleich zwischen den Guerilleros hindurch, schließt gelegentlich wie eine Eule die Augen und horcht auf die Geräusche im Wald. Sie nehmen gerade ihre erste Mahlzeit ein, als El Negro mit Guevaras Instruktionen auftaucht. Rolando weckt die Schlafenden, bringt seine Leute in Position und legt sich hinter einen großen Stein, von wo aus er die Biegung des Flusses beobachten kann. Es sind Soldaten der zweiten Abteilung unter dem Kommando von Leutnant Luis Saavedra Arambel, die auf sie zumarschieren. Die Männer kennen die Berichte vom Zusammenstoß mit den »bärtigen, baumfarbenen Männern«, aber diese fast märchenhafte Geschichte steht in keinem Zusammenhang mit ihrer Müdigkeit, dem Durst, den nassen Füßen, den Moskitos und dem unerklärlichen Befehl, im Morgengrauen durch einen Fluss zu waten, ohne zu wissen, was man überhaupt sucht. Sie sind erschöpft, tragen missmutig ihre Waffen und stampfen geräuschvoll durch das Wasser. So entgeht ihnen Rubios blonde Mähne, die nur wenige Meter entfernt hinter einem Felsen hervorschaut. Und auch Pedro sehen sie nicht, der am Hang kauert und halb im Schlamm versinkt. Der Soldat, der, gefolgt von Leutnant Saavedra, vorangeht, richtet den Blick auf das rechte Ufer und stockt, als er einen Schwarzen erblickt, der dort regungslos wie ein Tier lauert. Er sieht das Weiße in seinen aufgerissenen Augen. Der arme Kerl kommt nicht mal mehr dazu zu schreien, er reißt nur den Mund auf, dann drückt Braulio zweimal ab, und er fällt rücklings ins Wasser. Von beiden Seiten pfeifen den Soldaten Schüsse um die Ohren, sie werden niedergerissen und kriechen durchs Wasser. Die Hinteren lassen die Rucksäcke fallen, halten schützend die Hände über den Kopf und ergreifen die Flucht. Die Schießerei dauert keine Minute. Leutnant Saavedra treibt mit einer Kugel im Kopf im Wasser. Ein Soldat hält sich die blutverschmierte Hand vor den Bauch und versucht, seine Eingeweide festzuhalten. Zwei weitere liegen leblos auf der Seite. Ein vierter steht unter Schock und klammert sich zitternd an einen Felsen. Er kassiert mehrere Kolbenhiebe, bis er loslässt.

Auch die Guerilleros zittern, ihre Arme sind schwer wie Blei. Einige lächeln, als ihnen bewusst wird, dass sie soeben ihre Feuertaufe bestanden haben. Nur Pedro taumelt durchs Wasser und ruft etwas. Als sie näher kommen, zeigt er auf eine Stelle am Ufer. Es ist Rubio, der hinter dem moosbedeckten Felsen liegt, in den letzten Zuckungen, die Augen verdreht, Blut läuft ihm aus dem Mund. Sie knien neben ihm nieder, reden durcheinander, rufen seinen Namen und schütteln ihn. Er hat ein Loch in der linken Schläfe, das rechte Ohr ist beim Austritt der Kugel abgerissen. Keiner von ihnen hat während dieses kurzen, aber intensiven Scharmützels einen der Soldaten zurückschießen gesehen. Sie erinnern sich nur daran, wie sie gefallen oder schreiend geflüchtet sind. Sie versinken in Schweigen, Vermutungen kommen auf. Rolando kauert neben dem Toten und fragt sich, aus welcher Richtung die Kugel gekommen ist. Keiner mag glauben, dass die Kugel aus den eigenen Reihen stammt. Dass Rolando, dieser erfahrene Anführer, sie versehentlich gegeneinander aufgestellt hat und sie Glück haben, dass es keine weiteren Verluste gibt. Braulio ergreift als Erster das Wort, doch, er glaube, ein paar der Soldaten hätten zurückgeschossen. Das darauf folgende Schweigen spricht Bände, aber am Ende ist dies die Version, die sie Guevara servieren, nachdem sie Rubio zurück ins Lager geschleift haben. Sie legen die steife Leiche zu Füßen des *Comandante* ab. »Die Knie waren seltsam nach innen verdreht«, erinnert sich Bustos. »Vor lauter Schreck über das ganze Blut und unter der Anspannung des Gefechts hatten sie vergessen, dem Toten die Augen zu schließen.« Che reagiert kühl. Er verhört einen der beiden Gefangenen (der andere deliriert und überlebt den Abend nicht), erfährt aber nichts Wesentliches. Es steht zu befürchten, dass, sobald die Überlebenden gefunden werden, ein neuer Trupp auf demselben Weg entsandt wird. Also bittet er Rolando, sich erneut in den Hinterhalt zu legen, diesmal hundert Meter weiter flussabwärts, »um die Soldaten zu überrumpeln«, wie er sagt, »an einem Punkt, an dem sie sich sicher wähnen«. Er will ein Massaker anrichten. Rolando ist mit den Kräften am Ende, vielleicht lastet das letzte Erlebnis zu sehr auf ihm, trotzdem willigt er ein. Wenn er ein Gemetzel will, soll er es haben.

Die Rückkehr der Soldaten sorgt für Aufruhr. »Manche verdrehten die Augen wie Besessene, andere übergaben sich, kaum dass sie stehenblieben«, berichtet Major Ruben Sánchez von der Kompanie A. Er hat den Auftrag, das neue Kommando anzuführen. Die Unterleutnants Jorge Ayala und Carlos Martins begleiten ihn, einer in der Vorhut, einer in der Nachhut. Mit geschwellter Brust brechen sie auf, prahlen, sie würden den Feind vernichten, »bis nichts mehr von ihm übrig ist«. Zwei Stunden später haben die Sonne und der schwere Marsch durch das Flussbett ihnen einen Dämpfer verpasst. Nachdem sie unbedingt mit leichtem Gepäck losziehen wollten, stellen sie jetzt fest, dass sie zu wenig zu essen haben, sollten sie gezwungen sein, im Urwald zu übernachten. Sie stolpern und rutschen auf den Steinen im Fluss aus. Ayala fragt ständig den einzigen Überlebenden, der sich bereit erklärt hat, sie zu der Stelle zu führen, ob es noch lange dauere, bis sie da seien.

»Dauert noch«, antwortet der Gefreite. Das sind seine letzten Worte, bevor ein Kugelhagel ihn und Ayala niederreißt. »Die Schüsse schienen von allen Seiten zu kommen, als hätten die Bäume das Feuer auf uns eröffnet«, erinnert sich Major Sánchez. Er ist zehn Meter von der Vorhut entfernt und rettet sich hinter einen Stein, während die Soldaten einer nach dem anderen fallen. In einem späteren Armeebericht heißt es, der Major sei, »angesichts des ungünstigen Geländes zu dem Schluss gekommen, dass jeder Widerstand zwecklos ist, und gibt den Befehl zur Kapitulation. Unterleutnant Martins«, von der Nachhut, »flieht entgegen der Anordnung«.

Da von der zweiten Expedition keine Nachricht kommt, wird am Ende des Tages ein dritter Trupp losgeschickt, unter der Leitung von Leutnant Remberto Lafuente Lafuente. Es ist bereits Abend, als sie die Flüchtlinge der Nachhut entdecken, die um Hilfe rufend den Fluss entlang taumeln. Um sich vor einem Überraschungsangriff der Guerilleros zu schützen, errichtet der Leutnant vielleicht ein wenig übervorsichtig an Ort und Stelle eine Verteidigungslinie. Nachts verschanzen sie sich, ohne auch nur eine Zigarette anzuzünden, obwohl sie über Funk die Weisung bekommen haben vorzurücken. Erst am nächsten Tag marschieren sie weiter. Als sie vor sich Stimmen hören, bleiben sie wie versteinert stehen. Sie schießen nur deshalb nicht, weil sich ihnen plötzlich ein seltsamer Anblick bietet: Männer in Unterhosen, die im Gänsemarsch von einem Moppelchen, Sánchez, angeführt werden und ihnen zuwinken. Sánchez ist völlig erledigt. Sie hätten nicht die geringste Chance gegen die Männer gehabt, sagt er, sie hätten aus dem Hinterhalt auf sie geschossen und seien dort im Wald praktisch unsichtbar gewesen. Nachdem man sie gefangen genommen hatte, seien er und die anderen zweiundzwanzig Überlebenden die ganze Nacht über von Leuten mit »ausländischem Akzent« verhört worden und hätten kein Auge zugetan. Er sackt auf einem Stein zusammen und lässt sich vom Leutnant eine Feldflasche reichen. Mit einem Seufzer übergibt er ihm zwei zusammengefaltete Papiere, die in seiner Unterhose stecken. Es sind Kopien des ersten Berichts der ELN, der Nationalen Befreiungsarmee, den Guevara ein paar Tage zuvor diktiert hat. Leutnant Lafuente Lafuente liest die eng beschriebenen Zeilen, sorgfältig in Druckbuchstaben auf liniertem Papier verfasst, über ihren ersten Sieg gegen das Militär: »Die Guerilleros der Freiheit werden über das blutrünstige Joch des Kapitalismus siegen.« Er faltet die Blätter wieder zusammen und steckt sie in die Tasche. »Diese Scheißkerle«, bemerkt der Leutnant und lässt den Blick über die Bäume schweifen. »Schreiben wie Mädchen.« Andere heben fluchend die Faust. Doch ihre Unerschrockenheit treibt sie nicht weiter flussaufwärts. Inzwischen sind es elf Tote, und Lafuente Lafuente will vielleicht nicht der nächste sein.

6 Nachdem sie seit sechs Uhr morgens am Rio Ikira entlanggelaufen sind, einem Nebenfluss des Ñancahuazú, erreichen die Guerilleros die kleine Ansiedlung Bellavista. Die Gruppe ist etwas kleiner geworden, Che hat Pedro und zwei weitere Männer bei Tania und Alejandro gelassen, die hohes Fieber haben und sie aufhalten. Im Radio hören sie, dass »die Amerikaner Berater nach Bolivien schicken wollen, dies sei aber schon länger geplant und habe nichts mit den Aktionen der Guerillas zu tun«. »Wer weiß, ob dies nicht das erste Kapitel eines neuen Vietnam ist«, schreibt Guevara.

Der Zusammenhalt innerhalb der Gruppe bröckelt. Papi wird vorgehalten, sich zu viel Munition zu nehmen. Vom *Comandante* dazu befragt, sagt er, »die Bolivianer können sowieso nicht schießen«. Benigno, der Küchenchef, beschwert sich, man habe ihm vier Dosen Kondensmilch gestohlen, der Schuldige gibt sich nicht zu erkennen. In einem ersten Wutanfall brüllt Che, keiner bekäme mehr etwas zu essen, bis der Dieb sich gemeldet habe. Das muss er später zurücknehmen, als Kubaner und Bolivianer sich gegenseitig beschuldigen und handgreiflich werden.

Da der Kontakt zu Kuba abgerissen ist, schreibt Che einen verschlüsselten Brief, in dem er von den Problemen der Guerilla berichtet und um Medikamente und andere lebensnotwendige Güter bittet, wobei er am linken Rand jeweils die Anzahl hinkritzelt, wie bei einem Einkaufszettel. Der Brief muss irgendwie zu Fidel gelangen, das Beste wird es sein, ihn den Ausländern anzuvertrauen, die die Guerilla verlassen wollen. Da er glaubt, die Belagerung durchbrochen zu haben und es außerdem an der Zeit sei, die Männer gehen zu lassen, übergibt er den Brief Danton zusammen mit dem zweiten Bericht der ELN.

Bellavista besteht aus insgesamt sechs Lehmhütten. Die Guerilleros tauchen aus dem staubigen Gebüsch auf »wie Tote, die zum Jüngsten Gericht auferstehen«, erinnert sich eine Indiofrau. Die Alten bekreuzigen sich, Frauen schreien und umklammern ihre Kinder. Ein vierjähriges Mädchen fängt an zu weinen, als Benigno lächelnd auf sie zugeht und mit ausländischem Akzent etwas in Kindersprache brabbelt. Er streckt die Hand nach ihr aus und kann sie gerade noch zurückziehen, bevor sie zubeißt. »Es sind arme Bauern, die große Angst vor uns haben«, schreibt Che. Er weiß nicht, dass ein paar Tage zuvor die Soldaten dort gewesen sind, die Hütten durchstöbert, die Männer getreten, ihr Essen beschlagnahmt und ihnen gedroht haben, sich bloß nicht mit der Guerilla einzulassen. Ein Unteroffizier hat ein Blatt Papier aus der Tasche gezogen und laut (und sehr langsam, da er das Lesen nicht gewohnt war) vorgelesen: »Die Guerilleros sind Paraguayer, sie vergewaltigen die Frauen, knüpfen die Männer an Bäumen auf oder nehmen sie als Gefangene mit, damit sie ihre Rucksäcke tragen, sie stehlen Tiere und Felderzeugnisse und zünden die Hütten an. Sie sind gekommen, um den paraguayischen Kommunismus in unserem Land zu verbreiten.«

Die Männer sind vom langen Marsch erschöpft, der *Comandante* lässt ihnen eine halbe Stunde Verschnaufpause. Papi will Wasser aus dem Brunnen schöpfen, kennt sich aber nicht damit aus, das Gefäß ist voller Schlamm. Rolando streckt sich unter einem Mangobaum aus und hängt seine Kleider zum Trocknen daran auf. Marcos und Aniceto pinkeln laut feixend an die Hinterseite einer Hütte. Andere brechen in Gelächter aus, als sie sehen, wie eine alte Frau weinend aus ihrer Hütte gelaufen kommt und ängstlich mit den Händen fuchtelt. Hinter ihr erscheinen die Peruaner Chino und Eustaquio, die auf einem Stück Speck herumkauen und sich beschweren, dass sie nichts

Besseres gefunden haben. Bustos marschiert in eine andere Hütte und kommt kurz darauf mit einem Topf wieder heraus, den er sorgsam auskratzt. Loro fragt die Alte, die sich setzen musste, wo der Zuckerrohrschnaps sei.

»Ihr trinkt doch gern mal ein Schnäpschen, oder?«

Inti spricht mit einem grauhaarigen rachitischen Bauern, vielleicht der Patriarch. Sie verhandeln über den Preis von Mais, Kartoffeln und einem kranken Schwein, das an einen Pfahl gebunden ist. Es sind die einzigen Nahrungsmittel, die sie haben, sagt der Alte, er weiß nicht, was Geld ist, bei ihnen basiert alles auf Tauschhandel. Inti bleibt hartnäckig, der Indio stottert in einer Mischung aus Quechua und Spanisch, sie sollen alles mitnehmen, nur nicht die Mädchen.

»Jetzt nimm schon das Geld, Mann!«, regt Inti sich auf, der kein Wort verstanden hat und mit dem Bündel Scheine in der Hand wiederholt erklärt, sie seien da, um den Bauern zu helfen und Bolivien vom Joch der Unterdrücker zu befreien. Diesmal versteht der Indio ihn nicht. Als weiter hinten wieder gelacht wird, drehen sich beide um. Es ist Loro, der wie schon zuvor hinter einem Huhn herrennt. Die Alte weint, sie sollen ihr Huhn nicht töten, es sei alles, was sie habe, sie bittet die bärtigen Männer um Erbarmen, sie seien arm und wollten nur, dass man sie am Leben lasse. Der Mann brüllt, sie solle den Mund halten, er ist wie versteinert, wahrscheinlich denkt er, sie müssten alle sterben. Aber sie jammert weiter, ein solches Leid hätten sie um Gottes Willen nicht verdient. Da er sich nicht anders zu helfen weiß, geht er ein paar Schritte auf sie zu und schlägt sie ins Gesicht. Die Guerilleros protestieren. Inti knirscht mit den Zähnen und murmelt, so gehe man nicht mit Frauen um, er packt den Alten an den Armen und schüttelt ihn, dass er klappert wie ein Sack Knochen.

Benigno schreibt, der Besuch sei ohne besondere Zwischenfälle verlaufen, sie hätten jedoch »drei oder vier sehr aufgeregte Indios mitgenommen und sie vier Kilometer weiter wieder freigelassen, damit sie nicht loslaufen und das Militär alarmieren konnten«.

Von Bellavista geht es weiter nach Muyupampa, wo Che Danton und Bustos absetzen will. Tania, die mit den anderen Kranken zurückgeblieben ist, wird mit keiner Silbe erwähnt, weder von Che noch von den anderen beiden, die sie wahrscheinlich nicht als Klotz am Bein dabeihaben wollen (Bustos spricht davon, dass sie sich »ungebremst und flexibel fortbewegen« müssen). Erstaunlicherweise ist João Batista, der bisher noch unentschlossen war, nicht mit von der Partie. Beim Verhör erklärt er, er habe sich nach einem Gespräch mit Che dafür entschieden, noch zu bleiben. »Es war das erste Mal, dass er unter vier Augen mit mir gesprochen hat, er fragte mich, ob ich bereit sei, weiter zu kämpfen. Da konnte ich nicht nein sagen.« In Guevaras Tagebuch ist dieses Gespräch allerdings nicht erwähnt.

Der *Comandante* teilt die Gruppe auf. Die größere Hälfte, bestehend aus 29 Männern, bleibt bei ihm, die anderen sechzehn sollen unter Joaquíns Kommando auf ihn warten. Joaquín ist der Älteste von ihnen, er gehört zu denen, die unter den Märschen gelitten haben. Und die Gruppe, die ihm unterstellt wird, könnte unterschiedlicher nicht sein: Sie vereint die Kranken, die Faulen und die Aufmüpfigen, wie Marcos, der sich noch immer nicht mit seiner Degradierung abgefunden hat. »Ich ließ Moisés [den bolivianischen Gewerkschaftler] und seine vier Handlanger holen, sie sollten bei Joaquín bleiben«, schreibt Guevara. »Ich gab ihnen die Anweisung, dort zu bleiben und drei Tage auf uns zu warten, sich nach Ablauf dieser Frist weiterhin nicht aus dem Kampfgebiet fortzubewegen, ohne jedoch den frontalen Kampf zu suchen.« Tania erfährt erst am nächsten Tag, dass die Guerilla aufgesplittet wurde, als sie, Alejandro und die anderen auf Joaquíns Gruppe stoßen und Guevara und seine Leute nirgends zu sehen sind. »Marcos musste sie mit der Machete bedrohen, damit sie aufhörte zu schreien«, erzählt Paco, einer der Bolivianer, später.

Guevara glaubt nicht daran, dass die Trennung von Dauer ist. In einem Eintrag vom 17. April heißt es nur, sie träfen sich in drei Tagen wieder. Er führt jetzt eine Gruppe von dreißig Mann an. Sie brechen um 22 Uhr auf und machen um 4 Uhr eine halbstündige Pause. »Wir haben seit Tagen nicht geschlafen«, stellt Pacho fest. Danton, der die Guerilla verlassen wird und sich Gedanken um seine Zukunft macht, sammelt Material für ein Buch. »Im Licht des Halbmonds zeichnen sich die Schatten zwischen den Blättern ab«, schreibt er. »Wir umgehen ein offenes Feld und laufen im Gänsemarsch durch ein ausgetrocknetes Bachbett tief unten in einem Canyon. Wir: Das sind vier Männer, der Rest ist verschollen.« Sie sollen getrennt voneinander gehen, aber in der Finsternis kommt man so leicht vom Weg ab, dass sie dicht aneinanderkleben bleiben. »Verwirrung, Angst, Müdigkeit, Durst. Alles ist dem Zufall überlassen, es fühlt sich absurd an. Wir marschieren wie Blinde.«

Der Pfad gabelt sich, und Pablo, der vor dem *Comandante* geht, bleibt stehen.

»Wo lang gehen wir?«

»Wo lang du willst, *Cabrón*, Hauptsache, wir bleiben nicht stehen«, sagt Che, asthmatisch keuchend.

Am nächsten Morgen treffen sie sich in der Nähe von Muyupampa wieder, an einer Hütte, in der Guarani-Indianer leben, die kaum Spanisch sprechen. Benigno, der die Vorhut anführt, ist schockiert von ihrer Armut. »Sie besitzen keine Tiere, abgesehen von vier Hunden, die so abgemagert sind, dass sie keine Kraft zum Bellen haben.« Wieder inspizieren sie Hab und Gut der Indios und versuchen ihnen abzukaufen, was an Essbarem da ist. Inti wendet sich an den Hüttenbesitzer, einen Mann ohne Zähne.

»Guten Tag«, sagt Inti.

»Guten Tag, *Señor*.«

»Hier sagt man nicht *Señor*, mein Freund. *Señores* sind Menschen, die die Unterprivilegierten erniedrigen.«

Der Indio zuckt mit den Schultern und scheucht eine Fliege weg. Er wirft kurz einen Blick auf zwei Guerilleros, die mit einem Topf Maiskleie aus der Hütte kommen. Weiter hinten diskutieren Che und Rolando darüber, wie sie sich am besten dem Dorf nähern, als plötzlich drei Bauern mit einem Maultier den Pfad aus Muyupampa entlangkommen. Um die bärtigen Gestalten nicht ansehen zu müssen, blicken die Männer zu Boden, sie wollen keinen Ärger, aber Inti brüllt, sie sollen anhalten, und stellt sich ihnen in den Weg. Da ihm nichts Besseres einfällt, fragt er sie nach ihren Ausweispapieren, als gehöre er zum Militär. Guevara, der alles mit ansieht, guckt böse und sagt zu Rolando, er »kommandiere einen Haufen Vollidioten«. Rolando lacht. Als Inti sie hört, wird er kurz unsicher, im selben Augenblick kommen zwei Indiofrauen mit einem Sack Mais auf dem Rücken aus der anderen Richtung und werden von Benigno aufgehalten. Che beschließt, dass sie die Leute eine Zeitlang festhalten müssen, damit sie sie nicht verraten. Während des Vormittags »hielten wir weiter Bauern aus beiden Richtungen an und hatten bald eine große Anzahl unterschiedlichster Gefangener gemacht«, schreibt der *Comandante.*

»Diese Männer sind paraguayische Kommunisten«, flüstert eine Indiofrau. Inti läuft zu ihr hin, brüllt, das stimme nicht und woher sie das habe. Sie schweigt. Gegen Mittag sind sie immer noch da, Che ist unentschlossen, ob es sich lohnt, das Dorf in Augenschein zu nehmen, und bespricht sich mit Benigno und Rolando. Die Indios haben sich zu Gruppen zusammengetan, sie unterhalten sich im Hocken, machen Tauschgeschäfte, würfeln. Kinder spielen lachend Fangen. »Einige kommen, um uns zu sehen, andere wollen ihre Waren verkaufen«, schreibt Benigno.

Am frühen Nachmittag sorgt die Ankunft eines großen, geschwätzigen Amerikaners für Unruhe. Obwohl sie die Gewehre auf ihn richten, kommt er gestikulierend auf sie zu und wäre wahrscheinlich erschossen worden, wenn Bustos nicht mit ausgestreckten Armen aufgesprungen wäre und ihn auf Englisch aufgefordert hätte, sofort stehen zu bleiben. Der Fremde nimmt die Wollmütze ab und begrüßt Willy und Pablo, die noch die Gewehre in den Händen halten und kreidebleich sind (sie haben noch nie auf jemanden geschossen). Der Amerikaner trägt eine schwarze Brille mit dicken Gläsern. Er lächelt und scheint kein Wort zu verstehen. Man bringt ihn zu Inti. Guevara liegt mit der Pfeife im Mund in einer Hängematte, ohne den seltsamen Kerl aus den Augen zu lassen. Inti fragt ihn nach seinem Namen, wer er sei und was er hier mache. Keine Antwort. João Batista und Bustos mischen sich ein und fahren in dürftigem Englisch mit der Vernehmung fort. Sein Name ist George Andrew Roth und er ist Journalist, mehr verstehen sie nicht.

»Der Typ ist stoned«, sagt Bustos und dreht sich zu Guevara um.

Im Rucksack, der über seiner Schulter hängt, finden sie Ersatzklamotten, Angelschnur, mexikanische Pesos, Tabletten gegen Übelkeit, eine Taschenlampe ohne Batterien und eine Karte von Mittelamerika, die die Männer aus Versehen zerreißen. »Seine Papiere schienen in Ordnung, aber ein paar Dinge waren verdächtig: Die Berufsbezeichnung Student in seinem Pass war durchgestrichen, stattdessen stand dort Journalist (in Wirklichkeit behauptete er, Fotograf zu sein)«, schreibt Che. »Aber er hatte keine Kamera, und sein Gerede konnte man kaum verstehen.«

»*How you find we?*«, fragt ihn João Batista.

»Komm schon, Mann, in Lagunillas weiß jeder, dass ihr hier seid.«

»*Who bringed you?*«

»Die beiden da, diese wunderbaren Kinder«, sagt er und meint zwei Jungen, die lachend auf ihn zeigen und *El Loco, El Loco* rufen. »Che verlangte genaue Antworten von mir, aber ich verstand kein Wort«, erklärt der Brasilianer später. Hin und wieder wird Roth ernst, als ginge ihm gerade etwas durch den Kopf. Er rückt die Brille zurecht und holt tief Luft. Aber dann redet er doch wieder nur wirres Zeug. »Was ich alles gesehen hab, Mann, und dann die Milizen ... die haben uns alles umgraben lassen. Euer Lager?«

»Was für eine Scheiße, also wissen alle, wo wir sind, und wühlen unsere Sachen durch?«, brüllt Che João Batista an, als wäre er an allem schuld. »Es ist doch immer dieselbe Geschichte«, schreibt Guevara. »Mangel an Disziplin und Verantwortungslosigkeit, wohin man sieht.«

Einige Biografen hätten die Figur des Amerikaners gern ignoriert. Sie passt nicht in diese Geschichte, die ja sowieso schon recht unwahrscheinlich ist. Aber da er nun mal da ist, suchen sie nach Erklärungen. In Jon Lee Andersons Augen »ist Roth eine bis heute unergründliche Figur«. Paco Ignacio Taibo vermutet dagegen, Roth habe sich zwischen dem 8. und 10. April, vor der Begegnung mit den Guerilleros, mit Agenten der CIA in La Paz getroffen, dabei sei er instruiert worden, ein Pulver auf die Rucksäcke zu streuen, das speziell darauf abgerichtete Hunde aufspüren konnten. Die kubanische Regierung hält bis heute an dieser Version fest. Daniel James ist ein vehementer Verfechter der Theorie, dass Roth in Wirklichkeit Jamie Abbott war, auch bekannt unter dem Namen *Schwarzer Rauch*, ein Mitglied der Merry Pranksters, einer Gruppe von Hippies aus dem Umfeld des Postbeatniks und Kultautors Ken Kesey. Tom Wolfe schreibt in einem seiner Bücher über Abbott, er sei zuletzt im Januar 1966 gesehen worden, als er am Swimmingpool einer Hotelanlage im mexikanischen Puerto Vallarta Pilze gegessen habe. Die Pranksters waren zusammen mit Kesey geflohen, dem eine Verhaftung wegen wiederholten Drogenbesitzes drohte. Einige von ihnen kehrten in die USA zurück, ein paar blieben in Mexiko. Die Übrigen zogen durch Mittelamerika in Richtung Süden. Im Oktober 1966 sah man eine mollige junge Frau, bekannt unter dem Namen Mountain

Girl, als Kellnerin in Panama-Stadt arbeiten. Es ist nicht unwahrscheinlich, sagt Daniel James und knüpft damit dort an, wo Tom Wolfe aufgehört hat, dass Abbott seine Reise bis nach Bolivien fortgesetzt hat. Die mexikanischen Pesos und die Mittelamerikakarte sprächen für diese These, die stets energisch bestritten wurde.

Inti will den Amerikaner an einen Baum fesseln, aber Danton, der zu diesem Zeitpunkt endlich weg möchte, schlägt vor, ihn als Alibi zu benutzen, und unterbreitet Guevara seinen Plan. Wenn Roth behauptet, Journalist zu sein, »können wir sagen, wir seien zusammen gewesen und hätten versucht, dich zu interviewen«. Bustos ist sich nicht so sicher, er findet, der Amerikaner sei zu stoned für derartige Pläne. Che lässt die beiden diskutieren, bis sie sich einigen. Am Ende, schreibt er, »erklärt sich Bustos widerwillig einverstanden, und ich wasche meine Hände in Unschuld«. Sie geben Roth eine Kopie des zweiten Berichts der ELN und versuchen, ihm ihren Plan zu erklären, aber er ist völlig vertieft in die Lektüre und hört offenbar gar nicht zu.

Die Heldengeschichte der drei ist schnell erzählt. Sie warten bis zum Morgengrauen des nächsten Tages im Urwald, es ist kalt, und sie ärgern sich über Roth, der sich die ganze Zeit beschwert und mit den Zähnen klappert. Sie haben Angst, er könne das Militär auf sie aufmerksam machen. Auf einem Feldweg marschieren sie schließlich in Richtung Dorf, bald geht die Sonne auf, sie können schon die Umrisse der Hütten sehen. Sie wissen, dass einige der Indios wach sind, still im Dunkeln sitzen und sie beobachten. Der Amerikaner sieht nicht gut und grummelt jedes Mal, wenn er stolpert. Irgendwo bellt ein Hund und steckt die anderen an, das ganze Dorf scheint jetzt aufzuwachen. Sie hören ein Knurren ganz in der Nähe, Bustos hat Angst, gebissen zu werden. »Wir waren von Soldaten umzingelt und in Lebensgefahr, aber in dem Moment war meine einzige Sorge, wo ich in diesem gottverlassenen

Kaff einen Impfstoff gegen Tollwut auftreiben sollte«, sagt er Jahre später. Danton hört Stimmen, springt in den Wald und versteckt sich, sieht, dass Bustos ihm gefolgt ist, Roth jedoch nicht. Jemand brüllt etwas, schnelle Schritte, Gefluche, und die unverwechselbare dröhnende Stimme des Amerikaners. Was danach kommt, ist nicht ganz klar, sowohl Bustos als auch Danton können sich nicht an Einzelheiten erinnern. Roth ist verschwunden. Sie sind wieder auf dem Weg, die Sonne geht auf. Eine Zeitlang wird der Weg von hohem Gras gesäumt, sie sehen die Häuser nicht mehr. Dann die Silhouette von Frauen mit Körben auf den Köpfen. Sie denken sich eine möglichst glaubhafte Geschichte aus, für den Fall, dass sie gefangen genommen werden. Hinter der nächsten Kurve Geschrei, entsicherte Gewehre, Panik. Sie werden verhaftet und von vier zitternden Soldaten abgeführt. Roth ist wieder bei ihnen, die Hände auf den Rücken gebunden. »Man behandelt uns wenig zimperlich«, schreibt Danton. »Im Hof der kleinen Polizeiwache kam der Pfarrer und reichte uns die Hand, ein Amateurjournalist schoss Fotos von uns, während wir über den Platz liefen. Ein Leutnant teilte Kaffee und Brot mit uns, die die Bewohner den Soldaten gebracht hatte.« Sie wähnen sich in Sicherheit.

7 Erneut bekommen die Guerilleros die Belagerung durch das Militär zu spüren. Als sie über ein offenes Feld laufen, tauchen hinter einem Berg zwei AT-6-Flugzeuge auf, jagen über ihre Köpfe hinweg und werfen dabei Bomben ab. »Eine fiel in fünfzig Meter Entfernung, Papi bekam einen Splitter ab und wurde leicht verletzt«, schreibt der *Comandante*. »Bei deren Treffsicherheit sind wir nicht in Gefahr.« Sie kreuzen eine Straße, die nach Ticucha führt. Da Guevara unbedingt noch vor dem Abend im Dorf sein will, bittet er Rolando, der die Vorhut anführt, einen Lieferwagen zu stoppen. Es dauert, bis sie den richtigen gefunden haben, und als sie schließlich irgendwann nachmittags ein Fahrzeug der YPFB anhalten, dauert es noch mal, bis sie den Fahrer und seinen Begleiter aus dem Fahrerhaus geholt und die Fässer und das Werkzeug von der überdeckten Ladefläche geräumt haben. Kurz darauf erscheint in der Kurve ein Bus, vollgestopft mit Menschen und Lebensmitteln. Benigno hält ihn an und befiehlt allen auszusteigen, zum Ärger Guevaras, dem sich dasselbe Schauspiel bietet wie zuvor: verängstigte Indiofrauen und Kinder, schimpfende Alte und fliegende Händler, »die ihren Kram verkaufen wollen«. In der Hocke, auf einem Grashalm kauend, sieht er alles leichenblass und ohne ein Wort mit an. Als sich ein Transporter mit drei weiteren Leuten nähert und die Guerilleros sie auffordern, mit erhobenen Händen auszusteigen, erhebt er sich ungeduldig und sagt zu Rolando, sie sollen alles stehen und liegen lassen und sich beeilen. Er klettert auf den Wagen der YPFB, schließt die Tür, verschränkt die Arme und wartet. In diesem Augenblick schießt Pombo ein Foto von ihm und verewigt das schmutzige,

bärtige Gesicht mit dem entschlossenen Blick unter der Baskenmütze.

Inzwischen haben sie eine Kutsche angehalten, Papi begutachtet die Pferde, vielleicht könnten sie nützlich sein, er weiß, dass der *Comandante* gern reitet. Als der Kutscher sich wehrt, verpasst ihm Loro einen Kolbenhieb, und er fällt mit aufgeplatzter Augenbraue zu Boden. Papi kann nicht mit Tieren umgehen, das Pferd bäumt sich wiehernd auf und reißt sich los. Loro rennt hinterher. Da kommt die nächste Kutsche.

Es ist fast acht und sie sind immer noch nicht vom Fleck gekommen. Zwanzig Meter weiter steht eine Hütte, Benigno bereitet mit Hilfe von João Batista und zwei Bolivianern ein Abendessen aus den Lebensmitteln, die sie im Bus gefunden haben. Sie haben alle Hände voll zu tun. Che ist wieder ausgestiegen und schreibt im Licht einer Laterne Tagebuch. Aus den etwas weiter entfernten Hütten ist Hundegebell zu hören. Es scheint immer mehr zu werden, aber nachdem sie den ganzen Nachmittag auf die Gefangenen aufgepasst haben, sind sie zu müde, sich darum zu kümmern. Als Rolando den Lieferwagen beladen hat und Benigno die ersten Teller serviert, fallen die Schüsse. Frauen, Kinder, Guerilleros, alle schreien durcheinander. »Ein Wahnsinnschaos, überall rannten Menschen herum, ich hörte die Schüsse, aber ich sah keine Soldaten«, erinnert sich der Brasilianer. Bauern liegen niedergestreckt auf der Straße, einige kriechen stöhnend durch den Dreck, die Guerilleros schießen zurück, aber es ist wahrscheinlicher, dass sie sich gegenseitig töten, als dass sie den Feind erwischen. »Wir waren unvorsichtig, und ich hatte keine Ahnung, was los war«, schreibt Che. Papi setzt den Lastwagen in Gang, andere steigen auf die wenigen Pferde und Maultiere und suchen das Weite, während ihnen die letzten Kugeln um die Ohren fliegen. Oberst Gary Prado Salmón, der ein Buch darüber geschrieben hat, kritisiert die Operation im Nachhinein. »Statt das Haus zu umzingeln und zu warten, bis es Morgen wird, oder zumindest die

Fluchtwege zu blockieren, eröffnet die Kompanie aus einer Entfernung von mindestens hundert Metern das Feuer.« Che betrachtet das Gefecht ebenfalls als Katastrophe. Sie seien undiszipliniert und fahrlässig gewesen, und als sie um 3:30 Uhr in der Nähe von Ticucha wieder zusammenfinden, fehlt einer der Guerilleros, der Bolivianer Loro. Guevara beklagt außerdem den Verlust von zweitausend Dollar, die während des Kampfes aus Pombos Rucksack verschwunden sind. »Noch dazu sind wir überrumpelt worden und mussten gegenüber einer wahrscheinlich eher kleinen Gruppe den Rückzug antreten. Es fehlt noch einiges, um aus diesem Haufen eine kampfstarke Truppe zu machen, selbst wenn die Motivation groß ist.«

Am 25. April ist ihnen erneut eine sechzig Mann starke Truppe unter der Leitung von Major Ives de Alarcón auf den Fersen. Zwei Schäferhunde, Rayo und Tempestad, laufen den Spähern voran und wittern die markante Spur, die die schwitzenden, schmutzigen Männer hinterlassen. Die Guerilleros, die sich an einem Bach ausgeruht haben, haben gerade noch Zeit, sich in den Hinterhalt zu legen. Guevara übernimmt das Kommando, wählt ein paar von ihnen aus und stellt sie zu beiden Seiten eines Weges auf, der direkt zu ihrem improvisierten Lager führt. Der Pfad verläuft parallel zum Bach durch dichten Urwald mit einer Sichtweite von vielleicht fünfzig Metern. Laut Armeebericht spüren Rayo und Tempestad um 11:25 Uhr die frische Fährte auf und verfolgen sie in Begleitung der beiden Hundeführer und eines ortskundigen Zivilisten. Zehn Meter dahinter kommt Leutnant Freddy Balderrama mit der Vorhut. Che sagt später, er habe die Hunde kommen sehen: »Sie waren unruhig, aber es sah nicht so aus, als hätten sie uns wahrgenommen.« Er zielt auf Tempestad, drückt ab und schießt daneben. Der Hund springt hoch, beim zweiten Schuss klemmt der Abzug, Che hämmert mit der Faust auf sein Gewehr ein, während die anderen unter der Leitung von Rolando den Pfad unter Beschuss nehmen, die Hunde und ihre Trainer zerfetzen und den Kopf des Bauern durchlöchern. Doch die Schüsse fallen zu früh, die Vorhut kann dem Hinterhalt ausweichen, Balderramas Soldaten kommen mit einem Schrecken davon und sind bereit zum Gegenangriff. Sie haben sich im Gebüsch versteckt und erwidern auf ein Zeichen des Offiziers das Feuer. Die Kugeln fliegen ziellos hin und her, aber die Guerilleros stecken ihrerseits in der Falle, sie haben nicht genügend Munition. Die Soldaten der Hauptgruppe stoßen zur Vorhut, und innerhalb kurzer Zeit stehen sechzig Soldaten gegen gerade mal zehn Guerilleros.

Che bläst zum Rückzug, der in planlose Flucht ausartet, zum Glück ist der Gegner nicht besser vorbereitet. Kaum ist das Feuer eingestellt, feiern die jungen Soldaten den Sieg, und keiner kommt auf die Idee, den Feind zu verfolgen. Die Guerilleros kehren unbehelligt in ihr Lager zurück und ziehen von dort aus auf möglichst direktem Wege weiter durch den Dschungel. Unterwegs erfährt Che, dass Rolando schwer verletzt ist und getragen wird. »Er hatte viel Blut verloren, und als sie ihm eine Konserve verabreichen wollten, starb er«, schreibt Guevara. »Eine Kugel hatte ihm den Oberschenkelknochen und sämtliche Venen im Bein durchtrennt, er verblutete, bevor ich etwas tun konnte. Wir haben unseren besten Mann verloren und damit eine der Stützen der Guerilla.« Am Ende dieses »schwarzen Tages« begraben sie Rolando in einer flachen Grube, und Inti hält eine Rede auf den »kleinen Mann aus Stahl«. Che ist nicht dabei. Er schreibt zurückgezogen im Licht der Laterne.

8 Die Agenten Félix Rodríguez und Dr. González wollen gerade nach Camiri aufbrechen, um zwei kürzlich verhaftete Männer, Danton und Bustos, zu vernehmen, als sie erfahren, dass ein weiterer Gefangener gemacht wurde. Sein Name ist Jorge Vázquez-Viaña, Codename Loro, er ist Bolivianer, Sohn eines angesehenen Politologen, und wird auf der Wache in Monteagudo täglich gefoltert. Das Verhör führt Andrés Selich, ein Hardliner, der, obwohl er den Auftrag hat, die Amerikaner in Bolivien »so weit es geht« zu unterstützen, auf eigene Faust Nachforschungen betreiben und diesen »beschissenen Ausländern« immer einen Schritt voraus sein will. Als die Kubaner bei Loro eintreffen, ist er so gut wie tot. »Dank einiger stumpfsinniger, brutaler Offiziere hätten wir fast eine wichtige Informationsquelle verloren«, sagt Félix später. Man hat ihm den Kiefer gebrochen, er kann kaum sprechen und gibt dementsprechend wenig zu Protokoll. Von seiner Gefangennahme berichten die Zivilisten, die ihn »wie ein Wildschwein« an einer Stange ins Dorf geschleift haben.

Während der Auseinandersetzung am 22. April verlor er den Rest der Gruppe und irrte ziellos mit seinem Gewehr umher, bis er kurz vor Ticucha ausgehungert einen Bauern überfiel, ihm sein Geld und seine Sachen abnahm und gegen die Uniform eintauschte. Am nächsten Tag, nachdem er wahrscheinlich immer noch nichts gegessen hatte, drang er in ein verfallenes Haus ein, in dem eine Indiofrau mit ihrer Nichte lebte. Die Alte sagt, der Mann habe Schaum vor dem Mund gehabt und kein vernünftiges Wort herausgebracht, er habe »ein bisschen von der Maissuppe gegessen, die auf dem Feuer stand« und das Mädchen an einem Tischbein festgebunden, um »ihre Ehre zu beschmutzen«. Als sie ihn aufhalten wollte, verpasste er ihr einen Schlag mit dem Gewehrkolben. In der nächsten Hütte verprügelte er einen Jungen, verschwand mit einer Flasche Schnaps und schoss auf einen Indio, der versuchte, ihn daran zu hindern. Später begegnete er dann dem Unteroffizier Guillermo Tórrez Martínez und dem Soldaten Miguel Espada vom 2. Infanterieregiment aus Monteagudo. Die beiden hatten frei, aber wahrscheinlich dachte Loro, sie seien hinter ihm her, jedenfalls legte er sich hinter einer Kurve auf die Lauer und durchlöcherte sie mit seinen Kugeln. Sie starben noch auf dem Weg ins Krankenhaus.

Inzwischen hatte er eine regelrechte Spur der Verwüstung hinterlassen. Er stahl ein Huhn, aß es roh, und da sein Magen die Proteine nicht gewohnt war, reagierte er empfindlich. »Er roch kilometerweit nach Scheiße«, berichtete ein Bauer den Soldaten. Es war ein Leichtes, ihn zu ergreifen. Er lag halb ohnmächtig in einer Felsspalte, als drei Indios aus dem Wald auftauchten (in dem sie sich besser zurechtfanden als die Guerilla) und sich auf ihn stürzten.

Er wäre in der Zelle gestorben, hätten die Agenten ihn nicht gefunden und dafür gesorgt, dass er am nächsten Tag ins Militärkrankenhaus nach Taperillas überführt wurde. Als er aufwacht, informiert man ihn, er werde in einem Zivilkrankenhaus behandelt, nachdem »Menschenrechtsgruppen gegen seine willkürliche Verhaftung demonstriert haben«. Der Kalender wurde auf Ende Juni vorgestellt, und da Loro unter dem Einfluss von Medikamenten steht, wird er nicht misstrauisch. Félix gibt sich als Arzt aus und behauptet, die Guerilla stünde vor den Toren von La Paz und Barrientos kurz vor dem Sturz. Am zweiten Abend erwähnt Félix einen Journalisten aus Panama, der ihm helfen wolle. Am dritten gibt er Details preis: »Deine Geschichte wird gehört werden, mein Freund. Deine Genossen kommen, um dich zu befreien.«

Loro schläft einen ganzen Tag durch, die Medikamente, die

er bekommt, sind ziemlich stark. Er willigt ein, den Journalisten zu treffen und ihm von seinem Leben in der Guerilla zu erzählen. Der Mann betritt den Raum im weißen Kittel, sagt, er habe sich als Arzt verkleidet, wirft einen letzten Blick in den Flur, zieht einen Schreibblock aus der Tasche und setzt sich neben ihn. Mit einem letzten Rest Misstrauen fragt Loro nach seinem Namen.

»Manuel Ribas. Aber hier nenne ich mich Dr. González.« Er lacht, beide lachen. Loro drückt seine Hand. Er redet fast fünf Stunden lang, versucht, sich an jede Kleinigkeit zu erinnern, an die Namen der Guerilleros. Er hört erst auf, als er nicht mehr kann.

»Wissen Sie, wann ich hier rauskomme? Ich halte es in diesem Bett nicht länger aus«, schafft er gerade noch zu sagen.

»Bald«, erwidert Dr. González.

Nachts wird er ohne Handschellen auf den Hof geführt, nach Aussage der Soldaten bewegt er sich wie ein Schlafwandler. Er ist immer noch gedopt, man hat ihm Drogen in wahnwitzigen Dosen verabreicht, er klettert in einen Hubschrauber, der Propeller macht einen ohrenbetäubenden Lärm, dann heben sie ab. Sie lassen die Stadt hinter sich, der Boden ist jetzt so schwarz wie die dunkle Nacht. Sie überfliegen den Urwald. Wir wissen nicht, ob ihm klar ist, wo sie ihn hinbringen, ob er träumt, dass ihm der Wind ins Gesicht bläst oder dass er fliegt. Aber der Adrenalinausstoß wird ihn am Ende wahrscheinlich doch noch wiederbelebt haben, als er mitten in der Nacht aus dem Helikopter gestoßen wird, keinen Boden mehr unter den Füßen spürt und im freien Fall in die Dunkelheit rauscht. Vielleicht hat er dann die Augen geöffnet und geschrien vor Angst, als die Bäume ihn mit ihren offenen Armen empfingen.

– ★ –

Anfang Mai geht General Barrientos mit der Nachricht an die Öffentlichkeit, zwei Ausländer aus der Gruppe der »kommunistischen Putschisten«, ein Franzose und ein Argentinier, seien von »tapferen Soldaten der bolivianischen Armee« getötet worden, als sie versucht hätten, sich ihrer Verhaftung zu widersetzen. »Durch die Schüsse bedroht, erfüllten unsere Männer ihre Pflicht«, liest er vom Blatt ab, steigt von der Tribüne und winkt den Journalisten zu, ohne allerdings ihre Fragen zu beantworten. Danton wird am selben Abend von den bolivianischen Vernehmern getreten, seine Hand in eine Schraubzwinge gesteckt, sein Kopf unter Wasser getaucht. Als man ihn in seiner Zelle allein lässt, zitternd und mit gebrochenen Fingern, ist er zum Tode verurteilt. Am nächsten Morgen ist er gerettet. Die Zeitung *La Presencia* hat in ihrer Morgenausgabe auf der ersten Seite ein Bild des Amateurfotografen Hugo Delgadillo von Dantons, Bustos' und Roths Gefangennahme in Muyupampa gedruckt. Das Foto zeigt die Männer mit dreckigen Klamotten, gefesselten Händen und gesenkten Köpfen, es ist vollkommen klar, dass sie sich unter diesen Umständen gar nicht gegen ihre Festnahme hätten wehren können. Wenn die Regierung ihren Tod bekanntgibt, betont die Zeitung, heißt das, dass sie kaltblütig hingerichtet wurden. Barrientos' Erklärung, die zu diesem Zeitpunkt von den internationalen Presseagenturen weltweit verbreitet worden ist, wird von der Regierung widerrufen. In Frankreich fordern linke Intellektuelle die sofortige Freilassung Dantons und der anderen Gefangenen sowie eine rechtmäßige Verurteilung durch einen internationalen Gerichtshof.

Es vergehen weitere zwei Wochen, und der Gefangene verliert allmählich das Zeitgefühl. Er erinnert sich an Nachmittage, die »sich endlos hinzogen, während ich auf meiner Pritsche lag und die Wolken vor dem schmalen Fenster vorbeiziehen sah«. Er hat weder etwas von Bustos noch von Roth gehört, die beide nebenan in ihren Zellen sitzen. Als die Tür sich öffnet und man ihn auffordert mitzukommen, erwartet er, wieder gefoltert zu werden. Er folgt den beiden Soldaten über ein offenes Feld, auf dem Kadetten gedrillt werden, überquert einen betonierten Sportplatz und betritt ein einstöckiges Gebäude – Danton kennt den Weg nur zu gut – bis zu einem Unterrichtsraum, an dessen hinterer Wand sich Aktentaschen stapeln.

Doch dann wundert er sich, als er gegenüber drei ihm bereits bekannten Offizieren Platz nimmt und feststellt, dass dort noch zwei weitere Personen im khakifarbenen Overall ohne Abzeichen sitzen.

»Ah, da ist ja unser Päderast.« Die drei lachen.

Der Offizier, der den Witz gemacht hat, greift, statt sich die Lederhandschuhe anzuziehen, auf den Gefangenen zuzugehen und ihm ins Gesicht zu schlagen, nach einem Stapel Papiere und rückt die Lesebrille zurecht. Danton wartet immer noch auf Prügel, er ist bereit, zu wiederholen, dass er in Bolivien sei, um den Anführer der Guerilla zu interviewen, und dass er noch nie mit einer bewaffneten Bewegung zu tun gehabt habe. Doch der Soldat liest mit monotoner Stimme einen Bericht vor, während die Männer in Khaki seine Reaktion beobachten.

»Sie waren im Auftrag der Regierung Fidel Castros in Bolivien und haben nach einer geeigneten Gegend gesucht. Sie haben sich der Guerilla im März 1967 angeschlossen, in Begleitung von Tania, einer Agentin, die in La Paz eingeschleust wurde, Ciro Bustos und einem Brasilianer mit dem Codenamen João Batista. Sie sind zusammen mit Mario Monje in den Urwald gegangen und haben mit Che Guevara (ja, wir wissen, dass er die Operation leitet) darüber gesprochen, die Guerilla auf den gesamten Kontinent zu erstrecken. Soll ich weitermachen?«

Einer der Männer in Khaki hat die Arme verschränkt und sieht aus, als würde er lächeln. »Sie fingen an, mir den Ablauf jedes einzelnen Tages während meines Aufenthaltes in der Guerilla in allen Details vorzutragen«, schreibt Danton Jahrzehnte später. »Sie kannten jeden von uns, sein Pseudonym, seinen Rang. [...] Ich fiel aus allen Wolken.« Für Danton war Bustos der Verräter. Einige Biografen sehen es als erwiesen an, dass der Argentinier, der eine gewisse künstlerische Ader hatte, die Gesichter sämtlicher Guerilleros skizziert und eine grobe Zeichnung vom Lager anfertigt hatte. Das war es dann aber wahrscheinlich auch. Bis heute weigert er sich, darüber zu sprechen. Er hat sich nie wieder einer politischen oder revolutionären Bewegung angeschlossen und lebt inzwischen im Exil in der Schweiz.

Che findet die Gruppe um Joaquín nicht mehr und ist von der Marschiererei vollkommen entkräftet. Nachdem sie zwei Tage lang nichts gegessen haben, bringt die Vorhut ein kleines Schwein, das sie einem Indio weggenommen haben. Guevara erzählen sie, das Tier hätte sich im Wald verlaufen, und es lässt sich schwer sagen, ob er ihnen glaubt. Sie kampieren im Garten eines Mannes namens Chico Otero, dem sie Gewürze und Kartoffeln für das Fleisch abkaufen, und veranstalten ein Bankett, das bis in den Abend geht. Am nächsten Morgen leidet der *Comandante* von allen am meisten. »Den ganzen Tag rülpsen, furzen, kotzen und Durchfall, ein richtiges Konzert der Organe«, schreibt er. »Keiner von uns konnte sich mehr rühren.« Im Liegen beobachten sie die Flugzeuge, die zwei bis drei Kilometer entfernt »unerbittlich unsere vermeintlichen Stellungen angreifen«.

Drei Tage später hat er offenbar als Einziger immer noch Magenbeschwerden. Er lässt die Reste vom gesalzenen Fleisch liegen, und als sie einen steilen Abhang erklimmen, hat er Schmerzen und ihm wird übel. Während eines besonders steinigen Abschnitts »blieb er plötzlich stehen und fiel vom Gewicht des Rucksacks gezogen nach hinten um«, schreibt Pacho. »Es ging ihm bereits sehr schlecht, am Abend davor hatte er uns seine Portion überlassen.« Sie transportieren ihn schlafend in einer Hängematte. »Als ich aufwachte, ging es mir besser, aber ich war von oben bis unten vollgeschissen wie ein Säugling.« Er versucht aufzustehen, bewegt die Beine, seufzt, die warmen Ausdünstungen steigen aus der Hängematte auf. »*Carajo*, was für ein Gestank ... das riecht man bestimmt eine Meile gegen den Wind.« Die Männer ringsum überlegen zu lachen, lassen es aber vorsichtshalber. Sie wollen seine Humorbereitschaft nicht überstrapazieren. Weil es kein Wasser gibt, mit dem er sich säubern könnte, kratzt er sich mit dem Messer die gröbsten Brocken Scheiße von den Schenkeln. Ñato bietet ihm seine Ersatzkleidung an, Guevara nimmt sie, ohne sich zu bedanken, und zieht sie über die festgetrockneten Exkremente.

Auf der Suche nach Joaquíns Gruppe versuchen sie zum Ñancahuazú zurückzukehren. Statt wie geplant drei oder vier Tage sind sie jetzt seit fast einem Monat getrennt. Che beschwert sich, er finde sie nur deswegen nicht, weil sie seine Befehle missachtet und ihren Platz verlassen hätten. Allein brütet er stundenlang über den Karten und scheint die eigene Route in Frage zu stellen. João Batista erinnert sich, dass der *Comandante* nicht ein einziges Mal Sorge um Tania erkennen lässt, die sicherlich am schlechtesten von ihnen mit der Situation klarkommt. »Sie war körperlich nicht fit genug für den Dschungel und auf unsere Hilfe angewiesen«, sagt der Brasilianer. Zu diesem Zeitpunkt ging es ihr definitiv nicht gut. Joaquíns Gruppe hatte den Treffpunkt nach einer Woche verlassen, nachdem ständig Soldaten in der Gegend unterwegs waren. Marcos will als ehemaliges Mitglied des kubanischen Zentralkomitees das Kommando übernehmen, der Gewerkschaftler Moisés hört sowieso auf niemanden, Tania reagiert weiterhin hysterisch, und die Männer behandeln sie verächtlich. Als sie hinfällt und weint, wird sie von zwei Männern gestützt: dem hinkenden Serapio und dem Bolivianer Pedro. Marcos kündigt an, sie beim nächsten Mal zurückzulassen. »Sie hatte die Angewohnheit, all die bösen Dinge, die über sie gesagt wurden, in ein kleines Notizbuch zu schreiben, und drohte, alles Che zu erzählen, sobald sie ihn träfe«, berichtet der Bolivianer Paco bei seinem Verhör den CIA-Agenten. »Tania fing dauernd Streit an und behauptete, sie habe sich sehr viel mehr als alle anderen für die Revolution geopfert, was zwangsläufig damit endete, dass sie in Tränen ausbrach und etwas in ihr Notizbüchlein schrieb.«

Alejandro, der in Kuba stellvertretender Wirtschaftsminister war, hat sich mit Malaria angesteckt. Er beschuldigt Tania, ihm sein Essen gestohlen zu haben und dass er »deswegen nicht gesund werden könne«. »Die Männer machten sie für sämtliche Unpässlichkeiten verantwortlich«, schreibt der Biograf Daniel James. Serapio und Pedro versuchen, ihr zu helfen, aber, »da sie innerhalb der Gruppe nichts zu sagen hatten, verachtete die Deutsche sie natürlich«. Als sie ums Feuer herumliegen, verkünden Marcos und sein treuer Gefolgsmann Braulio, sobald sie schliefe, würden sie »sie mal richtig rannehmen«. Sie steht weinend auf und beschimpft sie als schmutzige, ignorante Barbaren.

»Im Gegensatz zu mir habt ihr nichts von der Welt gesehen, ihr könnt ja kaum lesen und schreiben, ihr ...«, sagt sie unter Tränen, und die Kubaner lachen. »Sie brüstete sich damit, die Welt zu kennen, was sie schon alles Tolles gegessen und in welchen Hotels sie gewohnt hatte – ein Leben, von dem die Männer keine Ahnung hätten«, schreibt James. Mit zitternden Händen greift sie nach ihrem Notizbuch und fängt an zu schreiben, worauf Marcos ihr auf die Hand schlägt und das Heft in hohem Bogen wegfliegt. Die Kubaner lachen.

»Das erzähle ich alles Che, alles.« Den Hintern in die Luft gestreckt, sucht sie nach ihrem Stift.

»Gar nichts wirst du, du blöde Kuh«, brüllt Marcos zurück.

Abends waren Braulio und er manchmal »vollkommen nackt und machten obszöne Bewegungen, um sie zu provozieren. Meistens lief sie vor Schreck weg und schluchzte dabei hysterisch«. Aus Pacos Aussage geht nicht deutlich hervor, ob abgesehen von Witzen und Provokationen noch mehr lief. Als bolivianischer Handlanger wurde er von den Kubanern kaum beachtet und hatte praktisch keine Ahnung, was sich zwischen ihnen abspielte. Geglaubt hat er es zumindest. »Joaquín und sie verschwanden ein paar Mal im Wald«, erinnert er sich.

Die Gruppe löst sich nach und nach auf, ohne dass ein einziger Schuss gefallen wäre. Sie marschieren nur nachts, ungeordnet und geräuschvoll, tagsüber verstecken sie sich. Aus Angst, verraten zu werden, halten sie sich von den Bauern fern und stehlen ihnen heimlich Nahrungsmittel. Pepe, auch einer vom bolivianischen Fußvolk, wird als Erster fahnenflüchtig und wandert in dem kleinen Dorf Ití ausgehungert von Tür zu Tür, um nach Essen zu fragen. Am 24. Mai wird er von einer Patrouille aufgegriffen, doch die Agenten der CIA erfahren nie von seiner Verhaftung. Er wird von einem Mann namens Roberto Quintanilla verhört, einem Mitarbeiter des Innenministeriums, der zufällig in der Gegend ist. Quintanilla ist kein besonders taktischer Mensch, er tritt den Gefangenen, stellt ihm vage Fragen, tritt ihn wieder. Vielleicht erzählt ihm Pepe alles, was er weiß, aber in den Händen dieses Bürokraten haben die Informationen wenig bis gar keinen Wert. Quintanilla verliert die Geduld und bricht ihm beide Arme, indem er sie mit Hilfe der verängstigten Gefängniswärter zwischen Stühlen und Wand einklemmt. Um vier Uhr nachmittags wird er mit einem Schuss in die Schläfe hingerichtet, weil er zu viel gebrüllt hat. In den Akten steht, das Verhör sei »rasch und ohne große Geständnisse seitens des Gefangenen vonstattengegangen, der bei der ersten Gelegenheit auf schäbigste Weise versuchte zu fliehen und dabei die Ordnungshüter angriff, die sich in Notwehr verteidigten«.

Währenddessen gehen Joaquíns Männer immer öfter auf eigene Faust los, um etwas Essbares aufzutreiben, das sie so gut wie nie mit den anderen teilen. Anfang Juni entfernen sich

Marcos und der Bolivianer Víctor weiter als erlaubt von der Gruppe und landen fast in Ticucha. Sie stehlen zwei Hühner von einem kleinen Bauernhof, den sie für unbewohnt halten, und werden, nachdem sie stundenlang nach dem Weg gesucht haben, von Indios überfallen, die plötzlich mit Messern und verrosteten Flinten aus dem Wald springen. Es ist nicht bekannt, ob die Bauern, die sie seit dem Diebstahl verfolgt haben, von Anfang an vorhatten, sie zu töten, aber wie sie später zu Protokoll geben, lässt Marcos sofort das blutige Huhn fallen und greift nach seinem Gewehr, woraufhin sich eine Kugel über dem rechten Auge in seinen Schädel bohrt. Víctor wird in die Brust getroffen und stirbt auf dem Weg zum nächsten Arzt in Ticucha. Jetzt sind es in Joaquíns Gruppe nur noch vierzehn.

9 Che und seine Leute überqueren den Rio Grande bei Regen. Die Junikälte bricht über sie herein, und als sie in ihren nassen Sachen stehen bleiben, zittern sie. Das Übersetzen dauert lange. Sie bauen ein Floß, das nur drei Passagiere trägt und auf den lehmigen, vom Regen aufgewühlten Fluten schaukelt. Vielleicht vermisst Che jetzt Marcos, der zwar eigensinnig, aber ein guter Konstrukteur war und zu diesem Zeitpunkt in einem Leichenschauhaus in Ticucha liegt. Pombo, der nicht von Guevaras Seite weicht, fällt auf, dass der *Comandante* unregelmäßig atmet, »als bekäme er keine Luft«, und in immer kürzeren Abständen zu seinem Asthmaspray greift. Er ist ausgemergelt und hat einen Bart »wie der heilige Lazarus«. Als er immer ungeduldiger wird, ruft er Benigno und ein paar andere aus der Vorhut zu sich, außerdem Pombo, und schickt sie flussaufwärts, um irgendwo ein Kanu aufzutreiben. »Leiht es euch, stehlt es, tut, was ihr tun müsst, aber ich halte es hier nicht länger aus.« Eine halbe Stunde später steht er mit den Füßen im Wasser und ist kurz davor, auf das Floß zu klettern. Den Rucksack hat er schon Willy und Arturo gegeben, zwei jungen Männern, die es sich zwischen den Baumstämmen bequem gemacht haben. Da hört er die Schüsse. »Allem Anschein nach waren unsere Leute nicht vorsichtig genug und sind entdeckt worden, die Soldaten haben das Feuer eröffnet, und Pombo und Coco haben zurückgeschossen und sie so auf uns aufmerksam gemacht«, schreibt er in sein Tagebuch. Gebückt rennt er zurück in den Wald, während das Floß sich vom Ufer entfernt. Willy und Arturo sind aufgestanden und versuchen, ein Gewehr aus dem Gepäck zu ziehen, als das Floß von einer Welle herumgerissen wird und sich einmal um sich selbst

dreht. Kurz darauf tauchen zwei Köpfe aus dem Wasser auf, die beiden fuchteln wie wild mit den Armen. Che ist damit beschäftigt herauszufinden, von wo die Schüsse kamen, und wird erst mit Verspätung auf die Tragödie aufmerksam: das abtreibende Floß, die Männer, denen das Wasser bis zum Hals steht, wie sie gegen die Strömung ankämpfen und nach den Rucksäcken tauchen. Von denen einer ihm gehört.

»*Carajo*, *Hombres*, die Rucksäcke!«, brüllt er, zögert aber noch, aus dem Schutz der Bäume zu treten. »Die Rucksäcke!«

Schließlich läuft er ans Ufer, *putamadre*, *putamadre putamadre*, Willy kommt aus dem Wasser und zerrt einen schwarzen Sack voller Schlamm hinter sich her. Che beugt sich über den Rucksack, durchwühlt die Taschen, zieht den Reißverschluss auf, holt die Sachen heraus, sucht nach etwas, sie fragen wonach, *das Spray, verdammt, das Spray*. Willy steht lächelnd neben ihm und erwartet, dass er sich bei ihm bedankt. Der *Comandante* kommt schwer atmend hoch.

»Du verschissener Bolivianer.« Er holt Luft. »Du verdammter Idiot.« Ohne das Spray sieht es schlecht aus für ihn, das weiß er. Er verbringt den Rest des Tages zurückgezogen und redet kein Wort mit den anderen. Sie verstehen nicht, warum dieses Spray, »aus dem doch nur Luft rauskommt«, so wichtig ist, und am Abend, als der *Comandante* etwas zugänglicher ist, nimmt Urbano all seinen Mut zusammen und fragt nach.

»Ist Asthma denn nicht ein psychisches Problem?«

Che lächelt säuerlich.

»Ja, genau. Deswegen brauche ich auch das Spray: Wenn ich es wegwerfe oder verliere, dann wird das Asthma, weil es ja psychisch ist, schlimmer.«

»Ah ...«

Irgendwann in der Nacht verschlucken ihn die Wellen und ziehen ihn runter in die dunklen Tiefen des Ozeans. Hechelnd wacht er auf. »Ich habe von dem Tag geträumt, an dem ich als Kind zum ersten Mal einen Asthmaanfall hatte«, schreibt er, um gleich darauf die Situation in Bolivien zu analysieren. »Interessant sind die politischen Umwälzungen im Land, die erstaunlich vielen Bündnisse und Gegenbündnisse. Selten waren die Voraussetzungen für den Erfolg der Guerilla so günstig.«

Nachdem sie wieder zusammengefunden haben, marschieren die dreißig Männer weiter am Rio Grande entlang. Da sie weder Kontakt zu Bauern haben, noch in der Lage sind zu jagen, ernähren sie sich von der übrig gebliebenen Maiskleie. Ab jetzt müssen sie essen, was ihnen in die Finger kommt. João Batista berichtet von der unangenehmen Erfahrung, Gras zu essen: »Ich kam mir vor wie ein Pferd, meine Spucke war grün.« Benigno sammelt Wurzeln und kocht eine »Suppe, dass sich einem der Mund zusammenzog, wir konnten kaum noch sprechen«, schreibt Pacho. »Heute hat der Bourgeois sich die Seele aus dem Leib geschissen, kann seinem Charakter nicht schaden«, sagt Che mit dem ihm eigenen groben Humor. Am 20. Juni spielt Guevara in einem kleinen Dorf den Zahnarzt und zieht den verängstigten Bewohnern die Backenzähne. Die Aktion ist auf mehreren ausgeblichenen, vermoderten Negativen dokumentiert. Der vermeintliche João Batista hält einen Patienten mit einem schwarzen Hut auf dem Kopf fest, während Che, mit Bart und Baskenmütze, ein Gerät umklammert, das zu groß ist, um es mit nur einer Hand zu bedienen. Im Hintergrund haben sich Neugierige versammelt. Auf demselben Negativ befindet sich ein Foto, das als einzige Frontalaufnahme des Brasilianers gilt. Er sitzt auf einem Baumstumpf, unter freiem Himmel, das M1 in der rechten Hand, Kolben auf den Schenkel gestützt, auf dem Schoß ein Kind. Die lockigen Haare gucken unter der Baskenmütze hervor, sie sind schwarz vor Dreck. Das Bild ist unscharf und kontrastlos.

Drei Tage später klagt Che offen über sein Asthma und muss den Marsch unterbrechen. Er hat kaum noch Medikamente, bekommt keine Luft und kann nicht schlafen. Im Radio hört er vom Generalstreik in der Zinnmine Siglo XX. Bei einer heimlichen Gewerkschaftsversammlung wird beschlossen, den »tapferen Guerilleros« die Gehälter eines Tages zu spenden, sie wissen jedoch nicht, wohin sie das Geld schicken sollen. Die Regierung droht, die Mine einzunehmen. Am Johannistag greifen Truppen das improvisierte Lager der Minenarbeiter an und schießen wahllos in die Menge. Es gibt 87 Tote, darunter Frauen und Kinder. Che ist außer sich und schreibt sich seine Wut von der Seele. »Che ist nicht in der Lage, irgendetwas zu unternehmen, er ist außer Stande, sich vor Ort zu begeben und mit der Organisation in Kontakt zu treten, und darüber hinaus zu geschwächt, um die Bedeutung der Ereignisse einzuschätzen [...], und so sieht er sich gezwungen, die Geschehnisse als außenstehender Beobachter über einen argentinischen Radiosender zu verfolgen«, schreibt ein Biograf.

Am späten Nachmittag des 26. Juni werden sie vom Militär umstellt. Als sie ein Feld überqueren, werden sie unter Beschuss genommen. Sie gehen in Deckung und erwidern das Feuer, doch die Soldaten sind gut postiert und weichen keinen Meter zurück. Tuma versucht zwischen den Kugeln durchzulaufen und wird in den Bauch getroffen. Pombo springt hinter einen Termitenhügel, wird ebenfalls erwischt und geht mit blutendem Bein zu Boden. Che hat keine Ahnung, was los ist, er versteht nicht, woher die Kugeln kommen, ein Guerillero schreit wie am Spieß – Tuma, wie sie später erfahren –, andere brüllen aufgeregt durcheinander. Als die Dunkelheit einbricht und er den Rückzug anordnet, rennen die Männer los, ohne sich umzusehen.

Pombo wird von Aniceto gestützt, er hat Glück gehabt, die Kugel hat seinen Oberschenkelmuskel nur gestreift. Für Tuma sieht es nicht gut aus. Man hat ihm einen Knebel in den Mund gesteckt, damit er nicht so laut schreien kann, er verdreht die Augen und strampelt mit den Beinen in der Luft. »Im Dunkeln sah es aus, als hätte er einen Schwanz. Es waren seine Eingeweide, die aus seinem Bauch baumelten«, erinnert sich João

Batista. Obwohl er Medizin studiert hat, behauptet Che, er habe sich nur »mit Allergien befasst«, und ist ansonsten gerade mal in der Lage, Zähne zu ziehen (»Ich operiere keine Freunde«, erklärt er). Die Chirurgie überlässt er Moro, der sich jedoch noch nicht von seinem starkem Durchfall erholt hat, sich zögernd über Tumas Bauch beugt und sagt, er brauche mehr Licht, um die Organe wieder richtig platzieren zu können. »Seine Leber quoll heraus«, berichtet Pombo. Inzwischen ist es stockdunkle Nacht. Guevara hält die Laterne, das Licht schwingt über der glänzenden roten Masse. Schließlich sagt er, sie sollen aufhören und ihm den Knebel abnehmen. Tumas Mund ist wie gelähmt, als er zu einem letzten Schrei ansetzt. »Mit ihm ist ein enger Weggefährte gegangen, dessen Treue keine Grenzen kannte, ich vermisse ihn jetzt schon wie meinen eigenen Sohn«, schreibt der *Comandante*. Er streift die Rolex übers Handgelenk, gleich neben seine, und erklärt, er werde sie persönlich Tumas Sohn bringen, sobald er wieder in Kuba sei. Im Tagebuch heißt es, um die Guerilla zu retten, müsse er den Kontakt zum Netzwerk in der Stadt wiederherstellen (er weiß noch nicht, dass es sich aufgelöst hat) und brauche, obwohl es unmöglich ist, unter der Landbevölkerung Kämpfer zu rekrutieren, weitere fünfzig bis hundert Mann.

Guevara schläft weniger als zwei Stunden pro Nacht und kann weder den Rucksack tragen noch weite Entfernungen zurücklegen. Seine Willenskraft ist ungebrochen, doch die Beine versagen ihm. Im nächsten Dorf beschlagnahmen sie ein Maultier und setzen ihn drauf. Er schaukelt von einer Seite zur anderen und krallt sich an der Mähne fest, während Pombo vorweg humpelt und die Zügel hält. Die Männer fragen sich allmählich, ob nicht auch seine Entschlossenheit ins Wanken gerät. Sie legen sich an einer Straßenbiegung in den Hinterhalt, den Finger am Abzug, sehen einen Lieferwagen näherkommen »mit zwei Soldaten auf der Ladefläche, in eine Decke eingewickelt, ganz junge Kerle«, wie er schreibt, und lassen ihn, obwohl er Waffen oder Lebensmittel geladen haben könnte, vorbeifahren.

Da sowohl das Spray als auch die anderen Medikamente weg sind, probiert Guevara alles Mögliche aus, um die Anfälle abzuschwächen. Er spritzt sich Procain und raucht Kräuter und zerriebene Knollen, die teilweise zu Übelkeit und Kopfschmerzen führen. Er ist schnell reizbar, schreit die Männer grundlos an und macht drei Nächte hintereinander kein Auge zu. Er lässt sich von einem Baum herunterhängen und fordert Pombo auf, ihm die Beine zusammenzubinden. »Jetzt schlag mich!«, befiehlt er. Pombo versteht nicht. Dem *Comandante* läuft das Blut in den Kopf, trotzdem erklärt er ihm geduldig, er solle das Gewehr nehmen und ihm mit dem Kolben gegen die Brust schlagen, aber ordentlich. Pombo greift nach dem Lauf und verpasst ihm einen leichten Hieb. Che brüllt, mehr aus Verzweiflung als vor Schmerz, er hat keine Lust, wie ein Idiot den ganzen Tag dort mit dem Kopf nach unten zu hängen. Die Adern an den Schläfen sind inzwischen dick wie Eidechsen. Er schreit ihn noch mal an, was für eine dämliche Schwuchtel er sei, er solle sich nicht so mädchenhaft anstellen und endlich richtig zuschlagen. Na gut, sagt Pombo, tritt einen Schritt zurück, schwingt das Gewehr wie einen Knüppel, holt aus und trifft Guevara direkt in den Magen, der sich grunzend zusammenzieht und dann bewusstlos die Arme hängen lässt. Che, Che, rufen sie, Moro klettert auf den Baum, um ihn zu befreien, aber Che ist gar nicht ohnmächtig, er ist immer noch sauer und hat nur die Augen zugemacht und die Luft angehalten, um zu sehen, ob irgendetwas passiert, tut es aber nicht. Es ist zum Heulen. Er braucht Ephedrin, und das ist auch der Grund, warum sie am Nachmittag des 6. Juli 1967 einen Überfall auf das Dorf Samaipata planen, das an der Straße von Santa Cruz nach Cochabamba liegt.

»Wir brachen früh in Richtung Peña Colorada auf. Als wir durch eine bewohnte Gegend kamen, begegneten uns die

Menschen dort mit Angst und Schrecken. Am späten Mittag erreichten wir Alto de Palermo«, schreibt Che. João Batista erinnert sich, dass die Indios sich hinter ihren Fenstern versteckten oder vor ihnen wegrannten, »als wären wir der Leibhaftige oder so etwas«. In der Dämmerung teilt Guevara die Gruppe auf und erteilt ihnen folgende Aufträge: »Ein Fahrzeug organisieren, nach Samaipata fahren, die Lage checken [...], Medikamente in der Apotheke besorgen, das Krankenhaus plündern, Konserven kaufen und zurückkommen«. Papi, seinem Vertrauensmann, erteilt er das Kommando über Coco, Pacho, João Batista, Aniceto, Julio und Chino. Er entlässt die Männer mit der ausdrücklichen Bitte, sich diesmal bei der Beschaffung eines Fahrzeugs zu beeilen.

»*Cabrones*, macht nicht wieder dieselbe Scheiße wie die letzten Male.«

Sie entscheiden sich für eine unbefestigte schmale Nebenstraße und stellen sich auf beiden Seiten auf, aber nichts passiert. Als es Abend wird und eigentlich schon zu spät ist, um noch nach Samaipata zu fahren, laufen sie zur Hauptstraße, blockieren sie mit einem Baumstamm und warten ganze fünf Minuten, bis ein alter Pick-up aus Santa Cruz kommt. Diesmal geht alles schnell, sie brüllen herum, der Fahrer steigt mit erhobenen Händen aus, aber die Indiofrau, die mit einem Kind auf dem Schoß auf dem Beifahrersitz sitzt, weigert sich, sie verschließt die Tür und kurbelt die Fenster hoch. Hinter ihnen taucht ein zweiter Lieferwagen auf. Papi schickt Coco und Chino los, damit sie ihn anhalten. Als Nächstes hören sie eine Hupe, Scheinwerfer leuchten auf, und als sie sich umdrehen, kommt aus der anderen Richtung ein mit Tagelöhnern beladener Lastwagen auf sie zu. Ab hier weichen die Aussagen voneinander ab. Eine Version besagt, João Batista habe extrem nervös den Lauf seines Gewehrs gegen die Scheibe gedrückt, die Indiofrau angesehen und geschrien, sie solle aussteigen. Andere behaupten, er habe nur ein bisschen herumgebrüllt und versucht, den Pick-up zu schütteln. Während des Verhörs erwähnt er den Zwischenfall nicht, auf jeden Fall löst sein Verhalten weitere Gewalttaten aus: Julio und Aniceto missachten Papis Befehle, holen den Fahrer, der am Straßenrand sitzt, und schleppen ihn ins Licht der Scheinwerfer. Vor den Augen eines schweigenden Publikums, wie auf einer Bühne, werfen sie ihn nieder, trampeln und treten auf ihn ein und brechen ihm die Knochen. Bestimmt hätten sie ihn getötet, hätte die Indiofrau sich nicht schließlich doch noch dafür entschieden auszusteigen.

Sie klettern in den Pick-up, und Coco übernimmt leichenblass und mit zitternden Händen das Steuer. Er sieht weder die Schlaglöcher noch die Steine auf der Straße, sodass die Männer, die hinten sitzen, sich gut festhalten müssen, um nicht runterzufallen. Papi, auf dem Beifahrersitz, sagt, er solle sich beruhigen, Coco nickt, macht aber den Eindruck, als hätte er ihn gar nicht gehört. Als sie auf der Hauptstraße nach Samaipata reinkommen, rast er durch die Straßen, kriegt eine Kurve nicht und knallt gegen einen Baum. Er legt den Gang ein, setzt zurück und fährt mit quietschenden Reifen weiter. Kurz darauf bremst er abrupt ab. João Batista, der neben Papi sitzt, fragt einen Passanten nach dem Weg zum Marktplatz. Es ist schon spät, als sie an den menschenleeren Platz kommen, Coco parkt auf dem Kantstein, alle springen gleichzeitig mit dem Gewehr im Anschlag vom Wagen. Aufgrund der Lichter hatte er geglaubt, vor einer Apotheke zu halten, stattdessen ist es die Polizeiwache. Papi nennt ihn einen Esel und teilt die Gruppe auf. Pacho, Julio und Chino werden losgeschickt, eine Apotheke zu suchen, die um diese Uhrzeit mit Sicherheit geschlossen hat. Er selbst, Coco, João Batista und Aniceto dringen brüllend in die Wache ein, und als sie die Tür zu einem Vorraum auftreten, sitzt dort ein Mann vor seinem Kofferradio und fällt seufzend in Ohnmacht. Im Hauptraum spielen vier junge Männer Karten, sie bleiben wie versteinert sitzen und starren die übel riechenden, bärtigen Männer an. Ein fünfter wacht auf seiner Pritsche auf, und als er sich verwirrt aufrichtet, schlägt ihm Coco seinen Gewehrlauf gegen die Schläfe. Sie durchsuchen den Raum, das Nebenzimmer und die leere Zelle. Aniceto geht durch die Hintertür nach draußen und verschwindet in der Dunkelheit. Als er wiederkommt, behauptet er, nichts gefunden zu haben, weder in dem kleinen Gemüsegarten noch im Schuppen hinten an der Mauer. Sie fordern die Polizisten auf, sich auszuziehen. Aniceto und Coco streiten sich um die glänzenden Stiefel von einem der Männer. Im Munitionsschrank findet João Batista fünf Mauser und eine Maschinenpistole.

Auf der anderen Seite des Platzes mühen sich Pacho, Julio und Chino ab, in die Apotheke einzubrechen – es ist das erste Mal, dass sie so etwas machen. Erst zerschmettern sie einen Gewehrkolben am Türknauf, dann renkt sich Julio die Schulter aus, als er versucht, die Tür unter Einsatz seines Körpergewichts aufzustoßen. Sie zerschlagen ein Seitenfenster, die ersten beiden klettern hinein. Der Peruaner Chino beschwert sich, er könne im Dunkeln nichts erkennen, und schneidet sich an den Scherben, als er ihnen folgt. Nirgends ist ein Lichtschalter zu sehen, aber da sie es wahnsinnig eilig haben, machen sie einfach weiter. Die Hände des Peruaners bluten und sind dementsprechend glitschig, er mustert ein paar Päckchen und wirft dabei ein Regal mit Medikamenten um, stolpert darüber und verliert seine Brille, und jetzt sieht er wirklich gar nichts mehr. Schnaufend tastet er sich durch die Finsternis, während Pacho Ches Einkaufsliste aus der Tasche zieht und versucht, im schwachen Licht, das durch das Fenster dringt, dessen winzige Schrift zu entziffern. An erster Stelle steht *der gesamte Vorrat an Ephedrin*, aber bei dieser unlesbaren Klaue liest Pacho *Ephedun*. »Was zum Teufel ist Ephedun?«, fragt er Chino und Julio, die ihm nicht zuhören, weil sie gerade alles, was sie finden, in ihren Rucksack stopfen. Es ist nicht viel, nimmt aber viel Platz weg. Pacho wendet sich wieder seiner Liste zu und liest diesmal *Cortirou* statt *Cortison.* »*Cortirou*?«, fragt er. Chino und Julio durchwühlen die Kasse, stecken ein bisschen Kleingeld ein und laufen dann zusammen mit Pacho zurück zum Fenster. Hunde bellen. Chino will sich nicht mit den blutigen Händen abstützen und reißt sich diesmal die Unterarme auf. Sie schultern die Rucksäcke und rennen über den Platz.

Auf der Wache stehen die vier Männer in Unterhosen und mit gefesselten Händen nebeneinander, der fünfte liegt noch ausgestreckt am Boden. Der diensthabende Offizier, ein gewisser Leutnant Vacaflor, weint leise, er habe Frau und Kinder, man möge ihn doch bitte am Leben lassen. Ein anderer murmelt, der Mann, der ohnmächtig im Vorraum liegt, habe Herzprobleme, woraufhin ihn Papi auffordert, den Mund zu halten. Aniceto stößt neugierig mit der Spitze seines Gewehrs gegen den reglosen Körper. Coco probiert die Stiefel an und läuft, den Blick auf seine Füße gerichtet, durch den Raum. João Batista hockt draußen im Gemüsegarten und rupft in der Dunkelheit irgendwelche Stängel aus der Erde, auf der Suche nach etwas Essbarem. »Ich erinnere mich an den Hunger, an diesen furchtbaren Hunger«, sagt er später. Plötzlich hört er hinter sich Lärm. Wie es scheint, hat Aniceto das Häuschen im Hof doch nicht durchsucht und deswegen auch nicht den Polizisten entdeckt, der sich auf der Toilette versteckt hat. Papi erzählt noch in derselben Nacht, sie hätten gar nicht mitbekommen, dass João Batista nach draußen gegangen sei. »Wir haben eine Tür schlagen gehört oder so, dann Schreie und dann die Schüsse.« Der Brasilianer erscheint leichenblass in der Tür. Papi und Coco laufen in den Garten und sehen dort einen keuchenden jungen Mann, der sich die Hände vor den Bauch hält, während ihm das Blut zwischen den Fingern durchrinnt. »Dem armen Kerl hätte ich keine Stunde mehr gegeben«, berichtet Papi. João Batista schweigt sich auch über diesen Vorfall aus.

Sie beschließen, sofort abzuhauen und die vier halbnackten Polizisten mitzunehmen. Der Einbruch in die Apotheke, die Schüsse, die Hunde, die ganze Stadt ist wach, überall in den Häusern gehen die Lichter an, als die Guerilleros in ihrem Pick-up davonfahren. Nach einem Kilometer lassen sie die Polizisten mit blaugefrorenen Lippen an der Straße stehen.

Noch in derselben Nacht erstattet Papi Guevara Bericht. Der zeigt sich wenig begeistert. »Das ganze Dorf war Zeuge, dazu noch etliche Durchreisende, die Nachricht wird sich also verbreiten wie ein Lauffeuer.« Innerhalb der Guerilla spricht sich herum, dass João Batista einen Polizisten erschossen hat, einige beglückwünschen ihn, obwohl er sich weigert, die Information zu bestätigen. Che beachtet ihn nicht, umringt von seinen Männern öffnet er die Rucksäcke mit der Beute. Er kauert sich hin und packt im Schein des Lagerfeuers die Medikamente aus. Salben gegen Insektenstiche, gegen Krampfadern, gegen Verbrennungen. Feuchtigkeitscremes, für trockene und Mischhaut. Augentropfen, Hustensaft, Mittel gegen Haarausfall. Sein Atem geht wieder unregelmäßig, je mehr Produkte er aus dem Rucksack zieht, desto schwerer fällt es ihm, Luft zu holen. Pillen gegen Übelkeit, Migräne, Verdauungsprobleme. Mercurochrom, Abführmittel in Pulverform.

»*Carajo* ... worum habe ich euch gebeten? Wo sind die Medikamente, um die euch gebeten habe?« Er breitet alles auf dem Boden aus. Chino versucht sich zu rechtfertigen, es sei so viel Polizei da gewesen, und dann die Schüsse, aber der *Comandante* steht schwankend auf und wiederholt: »Nein, die Medikamente, um die ich euch gebeten habe?« Sie denken, dass er erstickt und nach hinten fällt, stattdessen holt er aus und tritt mit voller Wucht gegen die Schachteln. »Erschießen«, murmelt er, »erschießen sollte ich euch«, und verschwindet in seine Ecke. Im Tagebuch heißt es dazu nur: »Was die Versorgung betrifft, war die Aktion ein Reinfall, Chino hat sich auf Pacho und Julio verlassen und absolut nichts Brauchbares mitgebracht.«

Wie befürchtet, spricht sich die Geschichte von dem Überfall schnell herum: Die Zeitung *La Notícia* schreibt auf der ersten Seite, die Männer hätten unter dem Kommando eines Vietcong-Generals gestanden, eines Spezialisten für den »Guerillakampf im Dschungel, der bereits gegen die Amerikaner gekämpft hat«. Auf dem Phantombild ist, zwar in groben Zügen, aber dennoch deutlich, Chino zu erkennen. Auf Druck der Öffentlichkeit verspricht das Militär, die Jagd auf die Kommunisten zu verschärfen. Nachdem sie bisher von der 4. Division in Camiri verfolgt wurden, bekommt diese jetzt Verstärkung von der 8. Division aus Santa Cruz.

Die Guerilleros durchqueren eine karge Gegend, sie sind auf der Suche nach Wasser oder einer Pflanzung, die sie plündern können, um wenigstens noch einen Tag über die Runden zu kommen. Das Asthma wird schlimmer, Guevara muss immer wieder von Pacho und Pombo gestützt werden. »Heute habe ich Hustensaft genommen, das Asthma ist nicht besser geworden, dafür hatte ich den ganzen Morgen einen schlechten Geschmack im Mund«, schreibt er. »Mehrmals habe ich mir eine Adrenalinlösung gespritzt, die eigentlich als Augentropfen gedacht ist«, berichtet er am nächsten Tag. Im Radio hört er vereinzelt Nachrichten vom Beginn des Prozesses gegen Danton und Bustos. »Sie haben ihnen von unseren Plänen erzählt, die Guerilla auch auf andere Länder auszudehnen, das hätten sie nicht tun dürfen.« Er erfährt außerdem vom Ausgang des Streiks bei Siglo XX und der »totalen Niederlage der Minenarbeiter«, die nach dem Massaker die Bedingungen der Regierung akzeptieren mussten. Am 12. Juli, nachdem sie sich seit einem Tag nicht vom Fleck gerührt haben, Pacho zufolge aufgrund der »mangelnden Kondition des *Comandante*«, hören sie von einer Schlacht in Iquira, »bei der einer unser Männer gefallen ist, seine Leiche wurde nach Lagunillas gebracht. Die

Euphorie über den Toten weist darauf hin, dass an der Geschichte etwas Wahres ist«.

Es ist die einzige Nachricht von der Gruppe um Joaquín, die seit dreißig Stunden von zwei Einheiten der Armee verfolgt wird und jetzt am Fuß eines Hangs eingeschlossen ist. Der humpelnde Serapio ist zurückgeblieben und wurde von Kugeln durchlöchert. Er ist der Tote aus Lagunillas.

Joaquín und der Rest sind weiter auf der Flucht. Sie suchen Unterschlupf im Haus eines runzligen alten Indios namens Zoilo Uzeda, der ihnen etwas Wasser und Maismehl bringt, um das sie erbittert kämpfen – die Schwächeren, wie zum Beispiel Tania, bekommen nur Wasser. Der Gewerkschaftler Moisés ist der Einzige, der noch zu ihr hält, aber er hat seit drei Tagen Durchfall und liegt wie tot in der Ecke. Tania träumt mit offenen Augen, manchmal springt sie schreiend auf wie eine Besessene und flüchtet auf allen vieren vor imaginären Verfolgern.

In den frühen Morgenstunden verlässt Zoilo heimlich die Hütte. Kurze Zeit später sind sie umzingelt, können aber ein weiteres Mal entwischen. Chingolo und Eusebio, zwei Bolivianer, werden fahnenflüchtig und zwei Tage später nördlich von Monteagudo gefasst. Bei ihrer Vernehmung geben sie wertvolle Informationen über die Aufspaltung der Guerilla preis.

10 Ende Juli macht Che kehrt und schlägt sein Lager am Rio Rositas auf. Es ist ein langer Weg zurück zum Ñancahuazú. Seine letzte Hoffnung ist es, in ihrem alten Lager in Höhlen, die das Militär noch nicht entdeckt hat, Medikamente gegen das Asthma zu finden. Am frühen Morgen des 27. brechen sie auf. João Batistas Zahnfleisch blutet und seine Knie gehorchen ihm nicht mehr. Pacho leidet an Durchfall. Kurz vor elf kommt es zum ersten Zusammenstoß mit der 8. Division. Sie werden von der Kompanie Trinidad unter der Leitung von Hauptmann Rico Toro entdeckt, als sie in der Quebrada Corralones, in der Nähe des Rio Morocos, einen Abhang hochsteigen. »In dem Moment blieb mir das Herz stehen, ich dachte an meine Kinder, daran, dass das Schicksal des Vaterlands in meinen Händen lag«, erklärt der Hauptmann Jahrzehnte später im Interview für ein armeeinternes Gedenkbüchlein. Sie bringen die verrosteten Mörser aus dem Zweiten Weltkrieg in Stellung und feuern, da sie keine Übung darin haben und nicht besonders gut zielen können, blind drauflos. Eine von Unterleutnant Eduardo Galindo Grandchandt angeführte Einheit kommt von Westen und schneidet den Guerilleros den Fluchtweg ab. Als sie sich gegenüberstehen, werden bei einem Schusswechsel der Führer Armando Cortez Espíndola getötet und einem Soldaten zwei Finger abgetrennt. Die Guerilleros flüchten bergab in Richtung Rio Morocos. Bis die Kompanie Trinidad die Verfolgung aufnimmt, haben sie sie aus den Augen verloren. Währenddessen kommt von Süden die 4. Division den Rio Morocos entlang. Drei Tage später stecken die Guerilleros genau in der Mitte zwischen den beiden Truppen, sie haben auf einer kleinen Farm etwas zu essen bekom-

men und ein Maultier und ein Pferd gestohlen – einen stolzen Schimmel, den Guevara voller Begeisterung für sich beansprucht. Sie wähnen sich außer Gefahr, und Pombo schreibt: »Endlich kehrt ein bisschen Ruhe ein, wir waren vollkommen erschöpft«. Sie begegnen einer Indiofrau, die kurze Zeit später auf die Kompanie Trinidad trifft und den Soldaten von einer Gruppe berichtet, die am Rio Morocos lagere, aber irgendwie kommt sie durcheinander und sagt, es seien sechzig Mann in Militäruniformen gewesen. Der Hauptmann, der die Verfolgung der Guerilleros aufgegeben hatte, nimmt an, dass es sich um die 4. Division handelt. Noch spätabends schickt er eine Einheit unter Unterleutnant José Rivera Sundt los, um einen ersten Kontakt herzustellen.

Um vier Uhr morgens entdecken die Soldaten am anderen Ufer ein Lagerfeuer. Nach kurzer Diskussion entscheidet Rivera Sundt, dass keine Gefahr besteht. »Irrtümlicherweise [...] nimmt er an, das Feuer müsse von der Truppe stammen, mit der er Kontakt aufnehmen soll. Statt also bis Tagesanbruch zu warten oder ihre Identität zu überprüfen, stellt er sich an die Spitze seiner Männer und überquert mit Hilfe einer Taschenlampe den Fluss«, schreibt General Prado Salmón in seinen Memoiren. Die Guerilleros schlafen. Moro, der in eine Decke eingerollt Wache schiebt, erschrickt, als er plötzlich einen gelblichen Lichtstrahl im Fluss erblickt, ein paar Meter unterhalb der Anhöhe, auf der sie lagern. Vielleicht war er eingeschlummert, jedenfalls sieht er sie erst, als sie schon aus dem Fluss steigen, sich die Hosenaufschläge auswringen und leise flüstern. Im Nachhinein behauptet Moro, er habe nicht geschlafen, sondern ganz vorsichtig sein Gewehr entsichert und dann gerufen:

»Hallo, wer ist da?«

»Kommando Trinidad«, antwortet Rivera, in einem Sopran, der sich über die Geräusche des Waldes erhebt.

Moro drückt ab, ein, zwei, drei Mal. Der schlaflose Che

springt aus seiner Hängematte, die anderen wachen verwirrt auf. Das Mündungsfeuer blendet sie, die Soldaten sind nirgends zu sehen, sie haben sich gegen den Abhang geworfen und schießen aus der Verteidigungsposition zurück. Die Guerilleros León und Miguel binden die Tiere los und bereiten den Rückzug vor.

Aber es gelingt ihnen nicht, rechtzeitig zu fliehen. Am Morgen erscheint der Rest der Kompanie Trinidad und postiert sich am anderen Ufer. Rico Toro lässt zwei Trupps unter Monzón und Galindo von den Flanken angreifen. Er selbst kommandiert einen riskanten Frontalangriff und watet bis zur Hüfte im Wasser, das Gewehr wie einen Säbel schwenkend, durch den Fluss. Che stellt sieben Männer unter Führung von Benigno und Papi zur Verteidigung ab, organisiert selbst den Rückzug und beschimpft dabei die Bolivianer, sie sollen sich endlich beeilen. Die Sonne geht auf, er steigt auf den Schimmel, kreist in Heldenmanier zwischen den Bäumen und zieht die Zügel straff, bis das Pferd sich aufbäumt. Von Schüssen aufgeschreckt stellt sich das Tier erneut auf die Hinterbeine, verliert das Gleichgewicht und stürzt zusammen mit dem *Comandante* zu Boden. Pombo, Miguel und Coco kommen ihm zu Hilfe und stellen sich zwischen ihn und die feindlichen Linien, die bereits den Hang hochkommen und die Guerilleros in den Wald drängen. Sie weichen zurück, stoßen wieder auf den Morocos, der eine Kurve um das erhöhte Gelände zieht, und machen sich an die Durchquerung. »Es war inzwischen sechs Uhr morgens, und wir verloren immer noch Zeit«, schreibt Che. »Am Ende standen wir bei den letzten Begegnungen unter Beschuss der Soldaten, aus denen auf einmal mutige Krieger geworden waren.«

Che schickt Urbano, Ñato, León, Miguel und Julio in den Kampf, keiner von ihnen hat bisher auch nur einen Schuss abgefeuert, aber er hat keine Zeit, sie einzuweisen. Kurz darauf sieht er sich gezwungen, weitere Männer an die Front zu beordern, und ruft Coco, Eustaquio und João Batista zu sich. Die Sonne steht hoch am Himmel, der *Comandante* ist mit Ach und Krach durch den Fluss gekommen, hat dabei fast alles stehen und liegen gelassen, und jetzt ist die Verteidigungslinie dran, unter den Augen des Feindes. An dieser Stelle ist der Fluss nicht tiefer als einen Meter, aber die Strömung ist stark. Papi zieht die Knie aus dem Wasser und ist schon fast drüben, als ihn eine Kugel trifft. Pacho brüllt João Batista und Arturo zu, Papi wird von der Strömung weggerissen, sie halten ihn an den Armen fest, da fegen wieder Kugeln über den Fluss, und im nächsten Moment liegt Pacho im Wasser. Raul stürzt zu ihnen und wird ins Genick getroffen, der Schuss zerfetzt ihm den Schädel.

Die Guerilleros flüchten weiter durch den Wald. Als sie um drei Uhr nachmittags keine Schüsse mehr hören, gibt Che den Befehl zum Anhalten. Sie lassen sich zu Boden fallen, Che breitet zerrissene Karten aus, er hat keine Ahnung, wo sie sind. Pacho sitzt verletzt auf dem Maultier, sie haben ihm eine Trage angehängt und Papi darauf festgebunden. Arturo, Papis jüngerer Bruder, sagt, alles werde gut, statt einer Antwort zittert er am ganzen Körper wie ein alter Motor. »Pacho hat eine oberflächliche Wunde vom Hintern bis zum Hodensack«, schreibt Guevara, »Papis Zustand dagegen war sehr ernst, und die letzte Blutkonserve ist mit Willys Rucksack verloren gegangen. Er starb um zehn Uhr abends, wir begruben ihn am Fluss, dort, wo ihn die Soldaten nicht finden konnten.« Sie haben elf Rucksäcke verloren, Guevara hat ein Buch von Trotzki zurückgelassen und noch eins von Régis Debray, in dem am Rand notiert steht: »Gutes Propagandamaterial für Barrientos.« Er beklagt den Tod eines »außergewöhnlichen Kämpfers und alten Weggefährten«. Jetzt »sind wir nur noch 23, darunter zwei Verletzte, Pacho und Pombo, und ich, den das Asthma umbringt«.

Trotz der Rückschläge wächst ihre Bekanntheit. In Argentinien schließt General Onganía die Grenze zu Bolivien, Peru verstärkt die Wachposten. In La Paz versammeln sich die linken Parteien, die sowieso schon am Rande der Legalität stehen, um über eine mögliche Unterstützung der Guerilla zu sprechen. Während einer von Meinungsverschiedenheiten und Beleidigungen geprägten achtstündigen Versammlung fallen Mario Monjes später berühmt gewordene Worte: »Che wird das Land nicht lebend verlassen. Die gesamte Gruppe wird ausgelöscht werden. Sie haben einen schweren Fehler begangen.« Am Ende gibt es nicht mal ein Manifest, das sie unterzeichnen können. »Wir hätten kein schlechteres Bild abgeben können«, sagt Loyola Guzmán.

Che weiß immer noch nicht, wo sie sind. Als sie am Abend eine Pause machen, hält er eine lange Rede zum bolivianischen Unabhängigkeitstag. Am nächsten Abend dann eine anlässlich des Geburtstags der Guerilla. So optimistisch er sich auch gegenüber den Männern gibt, im Tagebuch klingt er bitter. »Heute vor genau neun Monaten wurde die Guerilla gegründet, mit dem Tag unserer Ankunft. Von den sechs Männern der ersten Gruppe sind zwei tot, einer verschwunden und zwei verletzt. Dann noch ich, der ich nicht weiß, wie ich mein Asthma in den Griff kriegen soll.«

Er tut die ganze Nacht kein Auge zu und hat morgens keine Kraft, um weiterzulaufen. Wie hypnotisiert reitet er auf dem klapprigen Maultier, das vor Hunger und Erschöpfung fast zusammenbricht. Es ist, als würde er träumen. Er schaukelt von einer Seite zur anderen und starrt ins Leere. Um neun Uhr morgens macht das Tier schließlich schlapp. Der *Comandante* kommt langsam wieder zur Besinnung, er blinzelt ein paar Mal, scheint die Männer um sich herum zu erkennen und zieht ein, zwei Mal an den Zügeln. Ihm wird bewusst, dass das Tier sich nicht von der Stelle rührt. Er gestikuliert, schlägt ihm auf den Hals, aber das Maultier bockt. Er knallt ihm die Fersen in den Bauch, beschimpft das arme Ding als *Comemierda*, schlägt es mit der Peitsche. Inzwischen ist er hellwach, sein Gesicht knallrot, er atmet unregelmäßig. Er zieht das Messer aus dem Rucksack und stößt dem Tier mit einem heiseren Schrei die rostige Klinge ins Fleisch, woraufhin es sich aufbäumt und ihn nach hinten abwirft. Er knallt mit dem Rücken auf den Boden, bleibt aber mit dem linken Fuß im improvisierten Steigbügel hängen, und als das Maultier lossaust, über Steine und Dornensträucher springt, schleift es ihn mit. Die Guerilleros schreien auf, einige halten entsetzt die Hand vor den Mund. Sie rennen hinterher, und als sie endlich bei ihm sind, liegt er ausgestreckt auf der Erde, das Maultier liegt in einer riesigen Blutlache und versucht, auf den Vorderbeinen hochzukommen. Pombo will ihm den Gnadenschuss verpassen, trifft daneben, schießt noch mal, noch mal und noch mal, bis es wiehernd zusammenbricht.

Che wird auf einer Bahre getragen. In lichten Momenten redet er mit dem Bolivianer Inti, der jetzt der zweite Mann nach ihm ist. Sie nähern sich immer mehr dem Punkt, an dem alles angefangen hat. Abends hören sie im Radio, dass östlich von Taperillas noch einer von Joaquíns Leuten niedergeschossen wurde.

Nachts deliriert Guevara. João Batista erinnert sich, dass er »schwitzend den Kopf hin und her warf und unverständliche Namen nannte«. Moro spritzt ihm etwas von dem wenigen Morphium, das noch übrig ist. Am folgenden Tag, dem 13. August, kommt er wieder zu Bewusstsein und erklärt sich auf Bitten der Männer einverstanden, eine Patrouille ins Lager am Ñancahuazú zu entsenden, um dort nach den Asthmamedikamenten zu suchen. Jahrzehnte später kritisiert ein Biograf diese Entscheidung. »Klüger wäre es gewesen, sich so weit wie möglich von ihrem ehemaligen Stützpunkt zu entfernen, doch Ches angegriffene Gesundheit zwang ihn, sich direkt in die Höhle des Löwen zu begeben und damit eine der Grundregeln des Guerillakampfes zu verletzen.«

Benigno, Ñato und Julio brechen in den Morgenstunden auf, der Weg hin und zurück dauert mindestens drei Tage, doch in derselben Nacht hört Guevara in den Lokalnachrichten eine Mitteilung, die ihn zur Verzweiflung bringt. »Ein schwarzer Tag«, schreibt er. »Wir erfuhren von der Besetzung der Höhle, zu der die Männer unterwegs waren, die Indizien waren so deutlich, dass es keinen Zweifel geben konnte. Ich bin jetzt dazu verurteilt, auf unbestimmte Zeit mit dem Asthma leben zu müssen. Abgesehen davon haben sie, neben diversen Fotos, alle möglichen Dokumente entdeckt. Das ist bisher der härteste Schlag. Jemand muss uns verraten haben, aber wer? Wir wissen es nicht.«

Die drei kommen nicht annähernd an das Lager heran, zumal sie Angst haben, dass die Spürhunde ihre Witterung aufnehmen. Sie legen sich ein paar Tage auf die Lauer, und da sie nicht jagen können, ernähren sie sich von Wurzeln. Auf dem Rückweg irren sie vierzehn Tage lang durch den Wald, und als sie die anderen endlich finden, bietet sich ihnen ein trauriges Bild. Fast alle sind krank, einige der Bolivianer haben Blutergüsse und Schnittwunden, »womöglich Anzeichen dafür, dass es Kämpfe innerhalb der Gruppe gab«, schreibt Benigno. Camba hat ein Stück von seinem Ohr verloren und will die Guerilla verlassen. Chapaco sagt, er sei ein Feigling, »obwohl er selbst hofft, in einem halben bis einem Jahr wieder nach Hause zu können.« Von den Kranken hat es Moro am schlimmsten erwischt. Als Benigno ihn findet, liegt er mit einer Plane bedeckt in der Ecke. »Ich habe den Stoff weggezogen, um ihn zu begrüßen, und versucht, ihn hochzuziehen. Er konnte nicht mal aufstehen.«

Auf der Suche nach Essen marschieren sie weiter. »Chapaco, Eustaquio und Chino halten es ohne Wasser nicht mehr aus«, notiert Guevara. »Miguel und Darío haben ihren eigenen Urin getrunken und Chino schließlich auch, mit dem Ergebnis, dass sie Durchfall und Krämpfe bekamen.« Gegen Ende des zweiten Tages entdecken sie eine kleine Zuckerrohrplantage, »wie sie in Kuba häufig an den Flussufern stehen«, schreibt Benigno.

»Siehst du das Zuckerrohr?«, fragt er Che. »Am Ende des Stiels ist immer ein bisschen Wasser.«

»Während wir die Enden abschnitten, presste er zusammen mit anderen Kameraden in einer Maismühle die Rohre aus. Es kam etwa ein halber Liter dabei raus, was so gut wie nichts ist bei dreiundzwanzig Männern, die seit vier Tagen keinen Tropfen getrunken haben.« Che hält die Feldflasche hoch und weiß nicht recht, was er machen soll. Inti schlägt vor, dass nur der *Comandante* und die fünf wichtigsten Männer etwas bekommen, woraufhin Antonio ihn eine Schwuchtel nennt und sie noch weitere Beleidigungen austauschen. Chino und Miguel flehen Che an, ihnen mehr zu geben als den anderen, sie seien vergiftet und müssten dringend etwas dagegen unternehmen. Einige drohen sich gegenseitig Prügel an oder fangen an, sich zu schubsen. Guevara steigt auf einen Erdhügel, in solchen Momenten scheint er wieder die Kontrolle über die Situation zu gewinnen.

»Ihr verdammten *Comemierdas*, wer hat gesagt, dass ihr eure Pisse trinken sollt? Ihr dämlichen Schwuchteln.«

Als die Männer sich beruhigen, fährt er fort. »Wenn ihr ein einziges Brot für fünfzig Guerilleros hättet, wem würdet ihr es geben?« Einige melden sich zu Wort, aber er hört nicht zu. Er hebt den Arm und holt Luft. »Denen, die am wichtigsten sind? Den Schwächsten? Ich sage euch: Ich würde das Brot in fünfzig kleine Stücke teilen. So würden alle sehen, dass sie gleich viel wert sind, und es gäbe ihnen die Kraft, den Feind zu besiegen.«

Er bittet um einen Löffel. Dann lässt er Inti die Männer in einer Reihe aufstellen. Jeder kommt dreimal dran. Den Rest aus der Flasche schüttet er vor aller Augen aus. Er will, dass alle gleich behandelt werden. Von den eigenen Worten beflügelt, führt er an diesem Tag den Marsch an.

Am 2. September stoßen sie auf eine Lichtung, eine kleine Plantage, an deren Rand eine dunkle Hütte steht. Hier wohnt Honorato Rojas, ein Bauer, den sie vor sechs Monaten schon einmal getroffen haben. Damals half dieser vom Leben gezeichnete Mann ihnen, den Weg zum Masicurí zu finden. Vielleicht kann er ihnen jetzt helfen, die andere Gruppe wiederzufinden. Aber weit und breit ist weder Rojas noch seine Familie zu sehen. »Das Haus war leer und verriegelt, als wären sie auf Reisen gegangen«, schreibt Che. Die Vorhut läuft an der Hütte vorbei und dann vorsichtig einen gemähten Abhang hinunter. »Hundert Meter weiter unten entdeckten wir Zelte der Armee«, erinnert sich Benigno. »Wir waren ganz still und sperrten Augen und Ohren auf, aber es rührte sich nichts. Anhand einer Feuerstelle konnten wir feststellen, dass die Soldaten noch vor kurzem hier gewesen waren.« Sie brechen die Hüttentür auf, sacken das Getreide ein und verschwinden, ohne auf den Bauern zu warten.

Nichts deutet darauf hin, dass, wie durch eine merkwürdige Fügung, Joaquín und seine Männer zwei Tage zuvor dort vorbeigekommen sind. Zu dem Zeitpunkt war die Hütte noch bewohnt: Rauch drang durch die Ritzen, es roch nach gekochtem Mais, und die Guerilleros, die der Hunger zwang, ihre Angst zu überwinden und Kontakt zu den Bauern aufzunehmen, hielten sich im Wald versteckt, während Joaquín, Braulio und Alejandro aus dem Schatten traten, in die Hände klatschten und warteten, dass Honorato herauskam. In der Tür erschien eine schwarze Frau mit einem Kind auf dem Arm. Sie fragten sie, wo er sei, und drohten ihr, die Hütte zu zerstören, wenn sie es ihnen nicht sagte, also schickte sie den Älteren, einen kranken, in Lumpen gekleideten Jungen, an den die Guerilleros sich noch vage erinnerten, nach dem Vater suchen.

Der Junge rannte den Weg entlang bis zum Rio Masicurí, aber statt auf Honorato traf er auf eine Patrouille. Unter Tränen berichtete er, zu Hause seien Fremde, die mit seinem Vater sprechen wollten. Er wurde in die Kaserne nach Lajas gebracht, wo der diensthabende Offizier, Hauptmann Mario Vargas Salinas, ihn vernahm. »Er fantasierte, wollte zu seinem Vater, aber die bärtigen Männer tauchten in seinen Schilderungen immer wieder auf.« Der Hauptmann hatte zwar keine vollständige Einheit zur Verfügung, doch da ihm klar wurde, dass hier ein schnelles Eingreifen gefragt war, stellte er eine Gruppe von 41 Männern zusammen, darunter Kadetten der Militärakademie, die gerade zu Besuch in der Gegend waren, Bauern und das eigene Küchenpersonal. Am Morgen des 31. August näherten sie sich Honoratos Haus. Die Späher legten sich die nächsten zwei Stunden auf die Lauer. Später »begegneten sie auf dem Weg einer Mulattin, die behauptete, mit Honorato zusammenzuleben, sie berichtete ihnen, die Guerilleros seien tatsächlich da gewesen und hätten ihren Mann gezwungen, ihnen zu helfen«, schreibt General Prado Salmón. Gegen Ende des Tages gelang es ihnen, mit dem verängstigten Bauern zu sprechen, der ihnen alles erzählte, was er wusste: Die Guerillas lagerten zirka 500 Meter von seinem Haus entfernt. Sie hatten Essen von ihm verlangt und ihm sein ganzes Mehl weggenommen. Außerdem wollten sie, dass er ihnen half, den Rio Grande zu überqueren. Honorato hatte ihnen erklärt, das sei nachts zu gefährlich, aber er kenne eine gute Stelle, also hatten sie sich für den nächsten Tag verabredet. Zum ersten Mal kam das Militär zum richtigen Zeitpunkt.

Die Stelle, an der die Guerilleros den Fluss überqueren wollten, hieß Vado del Yeso, die Gipsfurt, benannt nach den kalkhaltigen Erhebungen an beiden Ufern, in die das Wasser tiefe Furchen gegraben hatte. Dort beschloss der Hauptmann, seine Soldaten in Stellung zu bringen: zu beiden Seiten der Furt, zwischen umgestürzten Baumstämmen und im Wald, oben am Hang, mit Blick auf den Abschnitt des Flusses, und auf der gegenüberliegenden Seite. Am 1. September, um halb sieben Uhr morgens, hatte er endlich alle postiert. Hauptmann

Salinas wies seine Leute an, Geduld zu haben und sich nicht zu rühren. Es war später Nachmittag, als Honorato endlich mit Joaquín und seinen Männern auftauchte. Um es in den Worten General Prado Salmóns zu sagen, »ertrug die Truppe den ganzen Tag lang stoisch Hitze und Ungeziefer«. Ein gewisser Leutnant Barba, der sich mit fünf Männern auf der anderen Seite verschanzt hatte, lag auf einem Ameisenhaufen und klagte nachher über »stechende Schmerzen im Bauch und in den Hoden«. Er sollte später einen Orden für seine Tapferkeit im Kampf verliehen bekommen.

Um 17:20 Uhr wies ein Wachposten den Hauptmann darauf hin, dass sich am anderen Ufer etwas tat. Eine Viertelstunde später erschien Honorato Rojas und stieg ohne sich umzusehen in den Fluss. Dann verging wieder etwas Zeit, für die Soldaten wahrscheinlich eine Ewigkeit. Schließlich kam ein Schwarzer aus dem Wald gehuscht, wie ein Tier, das sich nach Raubtieren umsieht, bevor es an die Tränke geht. Es war Braulio, der Späher, der mit der Maschinenpistole im Anschlag nachsah, ob die Luft rein war. Ohne sich von der Stelle zu rühren, nahm er die rechte Hand vom Abzug und winkte nach hinten. Während er sich langsam mit den Füßen ins Wasser wagte, schienen sich hinter ihm plötzlich die Bäume zu bewegen und der Wald zum Leben zu erwachen, aber nein, das waren Männer in grün, gelb und grau, lebende Tote, die sich unrhythmisch und mit glasigen Augen ins Tageslicht schleppten. Nicht mehr als zehn Gestalten, die sich alle ziemlich ähnelten. Allerdings war es auch nicht schwer, eine Frau unter ihnen auszumachen, zumal sie keine Haare im Gesicht hatte und kleiner war als die anderen. Hauptmann Vargas Salinas wartete kurz ab, ob sich noch jemand blicken ließ, er wollte sie alle im Visier haben und drückte erst dann ab, als die letzten beiden, sich gegenseitig stützend, im Wasser waren. Dann ging alles ganz schnell. Ein paar von ihnen standen gerade mal mit den Schienbeinen im Fluss, die anderen fast bis zum Hals, und niemand war in der Lage wegzulaufen oder irgendwo Schutz zu suchen, einer nach dem anderen kippten sie rückwärts um und wurden von der Strömung mitgerissen. Einige versuchten zu schwimmen, wurden aber weiter unter Beschuss genommen. Bis die letzte Kugel verschossen war und keiner mehr an die Oberfläche kam.

11 Guevara hört im Radio von dem Massaker, weigert sich aber, es zu glauben. Am nächsten Tag dann eine weitere Nachricht: José Carrillo (Paco) ist der einzige Überlebende einer Gruppe von neun Männern und einer Frau, die von Soldaten überrascht wurden. Lügner, bemerkt João Batista. Am 7. September »verkündet der Sender La Cruz del Sur die Entdeckung von Tanias Leiche am Ufer des Rio Grande«, schreibt Che. »Diese Nachricht erscheint mir wenig glaubwürdig.« Sie marschieren weiter, mehr oder weniger in den letzten Fußstapfen von Joaquín und seiner Gruppe. Aber sie wissen nicht, wo sie den Rio Grande überqueren sollen, und als sie es drei Tage später trotzdem versuchen, verlieren sie zwei Maultiere und der *Comandante* seine Stiefel. Von nun an muss er in selbstgebastelten Sandalen aus Lianen, Stofffetzen und einem Stück Autoreifen weiterlaufen. Ihre Route führt sie in die Berge, Guevara hält in seinem Tagebuch regelmäßig die Höhenunterschiede fest. Antonio, der seit sechs Nächten nicht geschlafen hat und an Halluzinationen leidet, glaubt, die Bäume seien zum Leben erwacht, und »schrie wie ein Wahnsinniger, als man ihm Arme und Beine fesselte.« Benigno, der ohne Erlaubnis Kontakt zu den Bauern aufgenommen und Guevara zufolge dem Militär ihre Position verraten hat, gilt »bei Entscheidungen als Unsicherheitsfaktor und nicht geeignet für das Kommando über die Vorhut.« Während eines Wutanfalls nennt er ihn »einen Haufen Scheiße«, »Verräter der Revolution« und »dämliche Schwuchtel«. »Ich fühlte mich vollkommen hilflos«, schreibt Benigno, »wie noch nie zuvor in meinem Leben, und da ich mich Che nicht gewachsen sah, fing ich an zu weinen.«

Am 15. September erfährt Guevara, dass Loyola Guzmán, die Schatzmeisterin des ehemaligen Netzwerks, von der Kriminalpolizei verhaftet wurde und in einem kleinen Zimmer im dritten Stock des Regierungspalasts in La Paz, wo sie in Handschellen darauf wartete, in ein Militärgefängnis verlegt zu werden, die Unaufmerksamkeit des diensthabenden Soldaten ausnutzte, um aus dem Fenster zu springen. Ihr Selbstmordversuch scheiterte: Sie landete auf den Füßen und brach sich sämtliche Knochen unterhalb des Beckens. »Zumindest dürfte sie so der Folter entgangen sein«, stellt Che fest.

Als es Abend wird, »fiel uns ein Flugzeug auf, das hoch über unseren Köpfen kreiste«. Er schaltet das Radio aus und sieht sich um. Die Männer kauen ihre magere Ration aus Mehl, Wasser und einem Rest verdorbenem, von Würmern zerfressenem Maultierfleisch. Moro hat sein Essen nicht angerührt, obwohl er das beste Stück Fleisch bekommen hat, sein Zustand wird immer schlechter, er liegt in einer dunklen Ecke unter der Plane. »Wir müssen ihn anstoßen, um zu sehen, ob er noch lebt«, schreibt Pacho. Che widmet sich wieder seinem Tagebuch, aber als er die ersten Worte hinschreibt, gibt der Stift den Geist auf. »Die Zeichen der Zeit: die Tinte ist alle.«

Im Morgengrauen des 22. September kommen sie nach Alto Seco, einem Fünfzig-Häuser-Dorf, 1900 Meter über Normalnull. Das Gelände und die Vegetation haben sich mit zunehmender Höhe verändert, hier oben sieht es aus wie auf dem Mond, der steinige Boden ist mit feinem kalkhaltigem Sand bedeckt, der sich wie Kreidestaub auf ihre Kleidung legt. Die Sträucher sind niedrig, knorrig und grau. Der Himmel blau und weiß, das Sonnenlicht wirkt kühler. Wasser ist hier ein seltenes Gut. Auf dem Weg bellen die Hunde. Am Horizont flimmern die kleinen Häuschen, dunkle Silhouetten huschen eilig durch die Gassen. Als sie die ersten Bauten erreichen, ist niemand mehr zu sehen. Wenn sie irgendwo an die Tür klopfen, öffnen Frauen, Alte und Kinder, die sie ansehen, als kämen sie von einem anderen Planeten. Inti fragt, wo die Männer sind, niemand antwortet, als sprächen sie seine Sprache nicht. Das sind Hochland-Indianer, sagt er, hinterhältige *Cholos*, die sie bei der ersten Gelegenheit verraten. Er bittet den *Comandante* um Erlaubnis, »wirksamere Verhörmethoden anwenden« zu dürfen. Che ist nur noch ein Skelett, er wird von Pombo und João Batista gestützt und gibt ein asthmatisches Keuchen von sich, das Inti als Zustimmung interpretiert. Als er droht, eine Indiofrau zu schlagen, redet einer der Alten: Die Männer seien früh zur Arbeit aufs Feld gegangen, sie müssten gegen Abend zurück sein. Die einflussreichste Person im Dorf ist ein Kaufmann namens Vidal Osinagas, allem Anschein nach ist er kurz vor ihrer Ankunft geflohen. Sie brechen in sein Haus ein, in dem er auch sein Geschäft betreibt, und nehmen mit, was sie tragen können: Kleidung, Mehl, Öl, Mais, Reis, Milch, Kartoffeln und gepökeltes Fleisch. Che, der gebückt geht wie ein Greis, schließt sich den Männern an und wühlt sich durch die Schuhe, die in der Ecke liegen, findet aber kein passendes Paar. Sie schnappen sich einen Esel und beladen ihn mit den Lebensmitteln, die Frau des Kaufmanns weint, sie habe ein kleines Kind, das sie großziehen müsse, jetzt seien sie ruiniert. »Aber Inti, der nach und nach die Macht in der Guerilla übernahm, hatte kein Mitleid mit ihr und drohte sogar, sie zu schlagen, wenn sie nicht damit aufhöre«, erinnert sich João Batista.

Sie versammeln die Bewohner in einer kleinen Schule, wo Inti ihnen einen Vortrag über die Revolution hält. Er wirkt wie ein Roboter, seine Sätze klingen wie auswendig gelernt, er blickt starr auf die weiß getünchte Wand. Der Kampf finde an vielen Orten gleichzeitig statt, erklärt er, bis die Regierung gestürzt sei. »Sie stellen uns als Banditen dar, aber wir kämpfen für euch, für die Arbeiterklasse.« Die Indiofrauen beobachten ihn mit hängenden Mundwinkeln und tauschen Blicke aus. Ein untersetzter alter Mann fragt schließlich, ob sie Kommunisten seien und ob es stimme, dass sie im Falle des Sieges die Leute zwingen würden, ihre Häuser mit den Armen zu teilen. Inti antwortet, es gebe dann gar keine Armen mehr in Bolivien und auch keinen Privatbesitz. Als der Alte alles in Quechua übersetzt, reden die Frauen wütend durcheinander, aber es ist relativ eindeutig, dass Intis Rede in der Übersetzung komplett verdreht wurde. Inti weiß nicht, was er noch sagen soll, die Indios murren und erheben anklagend die Finger. Che, der die ganze Zeit hinten an einem Tisch saß, steht auf, geht langsam nach vorn und richtet zum ersten Mal das Wort an die Bolivianer. »Er blieb anonym und hinterließ offensichtlich keinen großen Eindruck«, schreibt ein Biograf. »Am Ende lud er seine Zuhörer ein, sich der Revolution anzuschließen, aber niemand nahm das Angebot an.«

Als sie die Schule verlassen, läuft ein Junge in Lumpen auf Pablo zu und sagt, er wolle sich ihnen anschließen. Pablo ist ein 22-jähriger Bolivianer aus dem Altiplano, der etwas Quechua spricht. Ohne anzuhalten, den Blick weiter nach vorn gewandt, flüstert er dem Jungen zu:

»Sei kein Idiot. Wir sitzen in der Klemme und haben keine Ahnung, wie wir hier rauskommen sollen.«

Miguel, der inzwischen das Kommando über die Vorhut übernommen hat, gibt den Befehl, am Eingang des Dorfes Gräben auszuheben, sich dort auf die Lauer zu legen und auf die Arbeiter zu warten. Als es dunkel wird, ist immer noch niemand aufgetaucht. Wahrscheinlich hat sich die Nachricht von ihrem Besuch bereits in der gesamten Gegend herumgesprochen. Inti schlägt ein Massenverhör vor, er schäumt vor Wut über die »Illoyalität dieser Indios«, aber Che fordert ihn schließlich auf, sich zu beherrschen. Als Guevara nicht in der Nähe ist, äußert sich Inti kurze Zeit später unzufrieden über dessen Entscheidungen.

Am nächsten Tag ziehen sie weiter, nachmittags machen sie in einem blühenden Orangenhain Halt, und Benigno bereitet aus ihrer Beute ein Festessen: Suppe, gebratenes Schwein,

Kartoffeln und Milchreis. Sie schlagen sich den Bauch voll und ruhen sich bis zum Abend im Schatten der Bäume aus. Che »musste sich die ganze Zeit übergeben, pfiff aus der Lunge und klagte über Leberbeschwerden.« Er kann nicht weiterlaufen, zusätzlich zu den Bauchschmerzen und der Müdigkeit schneiden ihm die Sandalen ins Fleisch. Er wird auf den Esel gesetzt und krallt sich an der Mähne fest. Gegen Morgen kommen sie an einem unbewohnten Gut namens Loma Larga vorbei. Am nächsten Tag sind sie in Pujito. Nirgends ist eine Menschenseele zu sehen, nirgends gibt es etwas zu essen. Die Bauern sind geflohen und haben alles mitgenommen, die »Taktik der verbrannten Erde«, schreibt Pacho. »Die Nachricht von unserem Aufenthalt verbreitet sich schneller, als wir vorankommen.« Sie wollen nach La Higuera in der Nähe von Pucará, und von dort weiter in Richtung Santa Cruz. Am 25. September, einen Tag von ihrem Ziel entfernt, entdecken sie das Dorf Abra de Picacho. Der Wind trägt von weitem Musik heran, die Gassen scheinen belebt, also beschließen sie, den Bewohnern einen Besuch abzustatten. Che reitet auf seinem Esel voran, flankiert von Pombo und João Batista. Die anderen folgen im Gänsemarsch. Die Hütten sind mit gelben und roten Blumen geschmückt, die Bewohner treffen die letzten Vorbereitungen für die Hochzeit eines gewissen Benito Pontes. Auf der Hauptstraße bilden Palmwedel eine Art lebenden Teppich auf dem sandigen Boden. Guevara zieht zunächst allein auf seinem Esel vorbei und wird neugierig von den Bauern betrachtet, die in ihren besten Kleidern zur Seite drängen, um ihn durchzulassen. Dann folgen die Guerilleros, denen dieser unerwartete, farbenfrohe Empfang nicht ganz geheuer ist. Einige von ihnen bekommen Blumen gereicht. Sie laufen bis zur Plaza de Armas, wo die Eltern des Brautpaars sie erwarten. Che steigt von seinem Esel ab und bittet sie, mit den Feierlichkeiten fortzufahren, sie seien nicht hier, um ihnen die Hochzeit zu verderben. Er wird dem Brautpaar vorgestellt und »schlug ein Kreuz, als wollte er sie segnen; er schien sich zu amüsieren«, erinnert sich João Batista. Auf Anweisung des *Comandante* legen sie die Waffen nieder und feiern mit. »Sie konnten einem leidtun mit ihren durchlöcherten Kleidern, sie wirkten so arm«, berichtet ein Dorfbewohner. »Einer von ihnen hielt eine Rede, er sprach von Kampf, von einem Land, in dem es weder Chefs noch Grundbesitzer gebe, aber wir hatten keine Ahnung, was er meinte.« Die Frauen stehen Schlange, um Che Guevara zu sehen, einige wollen ihn berühren. Dem wenig glaubhaften Bericht eines Trauzeugen zufolge soll Guevara drei Stunden auf der Feier verbracht haben, er trank Maisbier, »wollte aber nicht tanzen, weil er zu müde sei. Als er aufbrach, rieten wir ihm, nicht den Weg über La Higuera zu nehmen, sondern den über die Berge. Aber offenbar misstraute er uns und wollte lieber unten lang, durch die Quebrada del Churo.«

Auf einem dornigen Maultierpfad erreichen sie am nächsten Morgen ihr Ziel. Es sind etwa dreißig Lehmhütten mit Strohdach, zu beiden Seiten einer unbefestigten Straße. Das einzige Haus mit Ziegeldach gehört Humberto Hidalgo, einem Telegrafisten und Kleinbauern. »Als wir nach La Higuera kamen, war das ganze Dorf geflohen, bis auf ein oder zwei Frauen«, schreibt Che. In Hidalgos Haus findet Coco eine wenige Tage alte Nachricht vom Bürgermeister von Vallegrande, mit der Warnung, die Guerilleros seien in der Gegend, »sie zerstören Hab und Gut und beschmutzen die Ehre unserer Töchter«. Sollten sie etwas über ihren Verbleib erfahren, möge man ihn benachrichtigen. Die Frau des Telegrafisten, Ninfa Arteaga, ist im Dorf geblieben, um die Männer daran zu hindern, alles zu zerstören. Sie scheint keine Angst vor ihnen zu haben und bittet sie, die Telegrafendrähte nicht zu zerschneiden, wenn sie jemanden hätte warnen wollen, hätte sie es längst getan, aber Inti hört nicht auf sie. Trotz allem macht sie ihnen von ihren restlichen Vorräten etwas zu essen. Den bolivianischen Journalisten erklärt sie später, die bärtigen Männer seien schwach und hungrig gewesen. »Ein Junge hieß Willy, er stammte aus Alto Beni, genau wie ich, und er erzählte sehr schöne Dinge, wie alles werden würde, wenn die Guerilla erst den Kampf gewonnen hatte.« In der Küche helfen ihr zwei Frauen, die schüchtern mit einem Huhn und etwas Reis in der Tür erscheinen. Auch sie wollen unbedingt Che Guevara sehen und anfassen.

Um ein Uhr mittags brechen sie in Richtung Jaguey auf, in der Hoffnung, dort ein Fahrzeug aufzutreiben und diese unfruchtbare Gegend möglichst schnell hinter sich zu lassen. Allen voran marschieren Miguel und Benigno, gefolgt von Coco, Julio und João Batista in einem Abstand von zwanzig Schritten, dahinter Darío, León, Aniceto und Camba. Sie sprechen wenig, Benigno schreibt später, Miguel habe unruhig gewirkt und sich dauernd umgesehen. Er versucht, ihn zu beruhigen, alles sei in Ordnung, falls irgendwo Soldaten auftauchten, bekämen sie sie schon rechtzeitig zu Gesicht. So marschieren sie noch ein paar Schritte weiter über das offene Gelände. Und das Kalksteingeröll bröckelt unter ihren Stiefeln weg.

Che und die restlichen dreizehn Männer bleiben vor den Häusern von La Higuera sitzen, bis die Silhouetten der Vorhut am Horizont immer kleiner werden. Derweil bückt sich Benigno, der ein Stück vor Miguel geht, um einen Stein aus dem Schuh zu holen. Später erzählt er, er habe ein Rascheln in den Büschen bemerkt, und im nächsten Moment pfiffen ihm die Kugeln um die Ohren. »Als wir um zirka 13:30 Uhr Schüsse hörten, wussten wir, dass unsere Männer in einen Hinterhalt geraten waren«, schreibt Che am Ende dieses Tages.

Miguel stößt ein heiseres Knurren aus, und Benigno, der immer noch kniet, dreht sich um und sieht ihn nach hinten kippen. Julio ist der Nächste, er kriecht mit einer Hand auf dem Bauch über die Steine und zieht eine rote Spur hinter sich her. Dann bricht João Batista zusammen, das Blut spritzt in alle Richtungen. Seine Beine zucken, er windet sich und wird noch einmal getroffen. Gleich darauf geht Coco auf die Knie. Er ist der Einzige, für den noch Rettung möglich scheint, und außerdem der Nächste. Benigno schleicht zu ihm hin, packt ihn von hinten und versucht, ihn zu sich heranzuziehen, doch im selben Moment werden sie erneut von Schüssen getroffen. »Coco hat seinen Kopf auf meine Schulter gelegt und spuckt Blut auf meine Brust«, berichtet er später. Er sieht León und Camba wegrennen, ihre Rucksäcke und Waffen haben sie liegen gelassen, und dann entdeckt er Guevara und seine Leute, die aus Richtung La Higuera angelaufen kommen. Er will ihnen zurufen, dass sie dableiben sollen, dass sie direkt in einen Hinterhalt liefen, »aber es ist, als bliebe mir der Schrei in der Kehle stecken.« Urbano wird von einer Kugel herumgerissen. In der Staubwolke und bei all dem Durcheinander sieht niemand, was passiert ist: die Patronengurte, die Urbano quer über der Brust trägt, haben die Kugeln abgelenkt und ihm wie durch ein Wunder das Leben gerettet.

Mittendrin taucht jetzt Che auf, leicht gebeugt mit dem Gewehr in der Hand versucht er mit zugekniffenen Augen, den Feind zu lokalisieren. Er schießt nur, wenn er sieht worauf, also marschiert er weiter drauflos, als hätte ihn die Unerschrockenheit früherer Jahre gepackt. Vor jedem Schuss entsichert er sorgfältig sein Gewehr und sieht sich nach seinem Ziel um. Ñato, Pombo, Pacho und Inti folgen ihm und laufen schießend auf die feindlichen Linien zu. Die Rangers, die zwischen den niedrigen Sträuchern liegen, weichen allmählich zurück.

Pacho und Ñato ziehen Benigno weg, offenbar der Einzige der Vorhut, der noch am Leben ist. Inti stellt fest, dass keiner der anderen sich mehr bewegt, und befiehlt den Rückzug. Hals über Kopf stürzen sie einen Abhang hinunter und bleiben erst stehen, als die Vegetation etwas dichter wird. Sie steigen weiter ab und verstecken sich in einem ausgetrockneten Flussbett. Um Mitternacht liegen sie immer noch dort, völlig erschöpft halten sie die Gewehre auf den Weg gerichtet, auf dem sie gekommen sind. Offensichtlich sind die Rangers ihnen nicht gefolgt. Erst jetzt wird ihnen das Ausmaß ihrer Verluste bewusst, vor allem Inti ist erschüttert über den Tod seines Bruders Coco. Als er sich bei Benigno nach den näheren Umständen erkundigt, erwidert der Kubaner, er sei »einen tapferen Tod gestorben und hat bis zum letzten Atemzug gekämpft.«

Sie setzen ihren Marsch in der Morgendämmerung fort und suchen »nach einer geeigneten Stelle für den Aufstieg, die wir schließlich um sieben Uhr morgens fanden, allerdings auf der falschen Seite«, wie Che schreibt. Nachdem sie im Laufschritt ungeschütztes Gelände überquert und sich in ein »Waldstück« geschlagen haben, stellen sie fest, dass sie umzingelt sind. Zwei Soldaten und ein Bauer laufen nur wenige Meter an ihnen vorbei. Aniceto kundschaftet den Weg aus und stößt auf eine Hütte, die »vollgestopft mit Soldaten« ist. »Das wäre der leichteste Weg gewesen, aber der ist jetzt abgeschnitten«, schreibt der *Comandante*. Von weitem beobachten sie, wie die Soldaten Camba verfolgen, der bei dem Hinterhalt von der Gruppe getrennt wurde. Guevaras Tagebucheintrag an jenem Abend klingt ernüchternd. »Diesmal haben wir starke Verluste erlitten: Am härtesten trifft uns der Tod von Coco, aber auch Miguel, Julio und João Batista waren große Kämpfer und sind als Menschen unersetzlich.«

Inti hatte keine Zeit oder zumindest keine Anstalten gemacht nachzusehen, ob der Brasilianer noch atmete. Als die Soldaten aus dem Gebüsch kamen und die Toten umringten, stellten sie fest, dass er noch lebte, und nahmen ihn mit nach La Higuera. Oberstleutnant Miguel Ayoroa, der den Hinterhalt angeführt hatte, setzte sich über Funk mit seinem Vorgesetzten, Leutnant Eduardo Galindo Grandchandt, in Verbindung und erhielt den Befehl, den Gefangenen ins Militärkrankenhaus nach Vallegrande zu überführen. Wir wissen nicht, wie schwer seine Verletzungen sind. Als er wieder bei Bewusstsein ist, wird er im Rollstuhl, noch unter Schmerzmitteln, in einen leeren Raum gebracht, wo ihn Félix Rodriguez, Dr. Gonzalez und wahrscheinlich auch Oberst Andrés Selich erwarten. Vielleicht hat der Bolivianer nicht von Anfang an am Verhör teilgenommen, mit Sicherheit jedoch war er in entscheidenden Momenten anwesend und darüber hinaus auch verantwortlich für die gewalttätigen Übergriffe. Zu Beginn gibt sich der 22-jährige trotzig und weigert sich, auch nur ein Wort zu sagen. Als er nach einem Vertreter seines Landes verlangt, kassiert er die ersten Schläge. Nachdem er sich davon erholt hat, wirkt er schon kooperativer. Irgendwann klagt er über Schmerzen im linken Bein. Laut Protokoll wird er bereits am ersten Tag medizinisch versorgt. Dann setzt es wieder Prügel. Am zweiten Tag folgt ein langer Monolog von Félix, in dem es darum geht, dass auch er Ausländer ist und dass er aus Kuba fliehen musste, er erzählt vom Familienbesitz, der beschlagnahmt wurde, und all das, was wir bereits wissen. Der Brasilianer schweigt. Félix sagt, wenn er ihnen helfe, könnten sie über seine Auslieferung nach Brasilien verhandeln, vielleicht sogar in die USA, unter anderem Namen. »Im Laufe der Jahre habe ich unter anderem gelernt, dass die Kunst des Verhörs durchaus keine leichte ist«, schreibt Félix in seiner Autobiografie. »Sie ähnelt eher der Psychotherapie als einer Gerichtsverhandlung.« Manche Sätze sind nur geflüstert und auf der Aufnahme nicht zu hören. Als João Batista wieder das Wort ergreift, entwickelt sich sein Verhör zu einer flüssigen Erzählung von unschätzbarem Wert.

In den frühen Morgenstunden unterbrechen sie die Sitzung und nehmen sie erst am Nachmittag wieder auf. Als der Brasilianer die letzten Worte spricht, ist es kurz vor Sonnenaufgang. Es ist der 1. Oktober 1967, ein Sonntag. Wir wissen nicht, ob die von den Agenten der CIA vorgeschlagene Vereinbarung eingehalten wird. Sie reisen noch am selben Tag aus Vallegrande ab, um bei Guevaras Ergreifung dabei zu sein. Der Brasilianer wird vorerst weiter im Militärkrankenhaus festgehalten, Selich bleibt bei ihm. Der Zutritt ist uns nicht länger gewährt. An dieser Stelle schließt sich der Vorhang.

LETZTE WORTE

Die Fakten lassen sich nicht mehr verdrehen, und es fällt einem wirklich schwer, sich die letzten Momente der Tragödie vor Augen zu halten. Am 8. Oktober 1967 weicht die sternlose Nacht einer aschgrauen Dämmerung, die in dichten Nebel übergeht. Sie sind gefangen, zu einem Teil der Landschaft geworden, reglos wie Eidechsen liegen sie da, mit eingeschlafenen Gliedmaßen. Sie fürchten, im ersten Licht des Tages entdeckt zu werden, und haben deswegen auf Anweisung des *Comandante* Uhren, Gürtelschnallen und Gewehrläufe mit einer Paste aus Erde und Spucke bestrichen, andere haben den Kalkstaub mit ihrem Urin vermischt. Benigno hat seine Armbanduhr in die Hosentasche gesteckt, weil er »das Ticken der Zeiger nicht mehr ertragen konnte«. Eine eitrige Wunde an der Schulter raubt ihm den Schlaf. Am Abend davor haben sie ein letztes Fläschchen Penicillin gefunden, und als Benigno jammert, er habe Angst vor Spritzen, sagt Che: »Was für Spritzen denn, Mann?«. Stattdessen reiben sie ihm das Zeug auf den Eiter. Als sie das letzte Mal das Radio angemacht haben, hieß es, ihre Festnahme stehe unmittelbar bevor. Sie haben das Gefühl, dass ganz Bolivien weiß, wo sie sind, nur sie selbst nicht. Vielleicht weil er sich auf das Schlimmste gefasst macht, bewahrt Guevara in der Hosentasche ein Magazin mit nur zwei Kugeln für seine Walter PPK auf; zu Benigno hat er gesagt, sie würden ihn nicht lebend kriegen. »Ich bin ein vorausschauender Mensch«, sagt er. »Für den Fall, dass die erste danebengeht.« Seiner Familie hat er ein kleines Gedicht geschrieben, in dem er von einem Opfer spricht, das er der Revolution bringe, mit der »schönsten Kugel dieser Pistole, meiner ständigen Begleiterin.«

Seit zwölf Tagen haben sie nicht mehr gekämpft, sind Patrouillen und Bauern aus dem Weg gegangen und haben einen Bogen um jede Hütte gemacht, aus Angst, die Hunde könnten anschlagen. Der letzte Mensch, dem sie begegnet sind, war eine klapprige Alte, die zwei Zicklein hinter sich herzog. Obwohl sie blind zu sein schien, fixierte sie Che lächelnd mit ihren trüben Augen. Für die Bolivianer war das ein schlechtes Omen. Sie ließen sie weiterziehen und bereuen es jetzt, sie glauben, dass sie sie verraten hat.

Auf den Boden gepresst hören sie die Soldaten in wenigen Metern Entfernung vorbeilaufen. Gegen elf Uhr morgens beschließt Guevara, dass sie nicht länger untätig bleiben können, bis die Schlinge sich immer enger zuzieht. Obwohl klare Sicht herrscht, schickt er Ñato und Aniceto den felsigen Hügel hinauf, damit sie sich einen Überblick über die Lage verschaffen und nach einem Ausweg suchen. Ñato, der bisher zu den entschlossensten Bolivianern zählte, scheint erst zu zögern, gibt sich dann aber einen Ruck. Aniceto und er krabbeln auf allen vieren los, stehen nach ein paar Metern auf und laufen gebückt weiter. Sie hören die Soldaten jetzt immer lauter, sie müssen direkt hinter der Anhöhe sein. Aniceto, der vorausgeht, hebt neugierig den Kopf, er will sie sehen, vielleicht sogar verstehen, was sie sagen.

Die anderen sehen alles von unten mit an, einige geben dem Bolivianer Zeichen, er solle den Kopf einziehen. Benigno erinnert sich später genau an den Moment, als die Soldaten Aniceto erblickten. Es sind allerdings keine gewöhnlichen Soldaten, sondern die von Pappy Shelton ausgebildeten Rangers, die längst bemerkt haben, dass sie beobachtet werden. Während einige laut lachen, entsichert einer von ihnen möglichst geräuschlos sein Gewehr. Als er sich umdreht, um abzudrücken, hat er sein Ziel genau vor Augen. Anicetos Kopf explodiert, und Ñato, der hinter ihm hockt, wird von oben bis unten mit Hirn bespritzt.

Die Rangers steigen die Schlucht hinauf, wieder fallen Schüsse, Mörsergeschütze schlagen in der Nähe ein, Steine fliegen durch die Luft, Trommelfelle platzen. Nachdem Pombo, Inti und Darío schießend den Hügel hochlaufen und auf der Anhöhe verschwinden, stoßen die Soldaten erneut vor und schneiden die Verbindung zwischen ihnen und dem Rest der Truppe ab. Chapaco, Moro, Pablo und Eustaquio Tal ziehen sich ins Tal zurück. Che schlägt sich rechter Hand einen Pfad entlang, ohne darauf zu achten, wer ihm folgt. Es ist fast wie ein Déjà-vu, die Schüsse, das Geschrei, der Staub, in dem sich alles vermischt, das ist genau die Art von Krieg, wie er ihn kennt. Keuchend hält er das Gewehr in der Hand und sieht zu spät, dass sich zwischen den Steinen etwas bewegt – er hört das trockene Knallen und schlägt zu Boden, als hätte ihm jemand etwas zwischen die Beine geworfen, in Wirklichkeit hat ihn ein Kugelhagel niedergerissen. Er brüllt vor Schmerzen und hält die Hand an die rechte Wade. Mit dem M1 in den Händen sucht er die Felsen ab, will abdrücken, aber der Abzug klemmt, eine Kugel hat den Hahn zerschossen, das Gewehr ist zu nichts mehr zu gebrauchen. Jemand will ihm hochhelfen, es ist Willy, zu dem er nie großes Vertrauen hatte. Der Junge bittet ihn durchzuhalten, Arm in Arm laufen sie auf der Suche nach einem Unterschlupf einen Pfad hinunter, stolpern und ändern mehrfach die Richtung wie zwei Betrunkene. Ches Asthma wird immer schlimmer. Wieder fallen Schüsse, Willy versucht zu laufen, sie hüpfen über die Steine, bis sie schließlich zusammenbrechen.

Sie rappeln sich wieder auf und rennen weiter, weg von den Schüssen, der *Comandante* hinkt. Irgendwann auf der Flucht trennt sich Che unauffällig von seinem Magazin und den Kugeln, die er für den Notfall aufbewahrt hat. Vielleicht kommt ihm der Tod in diesem Moment absurd vor und ein Selbstmord wie ein schlechter Scherz. Womöglich hat er auch nicht damit gerechnet, hinter der nächsten Felsspalte auf drei Soldaten zu treffen, die dort hocken, während ihr Essen auf dem erloschenen Feuer kalt wird. Die drei springen gleichzeitig auf, entsichern mit zitternden Händen die Gewehre und schreien, sie sollen stehenblieben oder sie schießen. Willy stützt sich mit einem Arm auf das Gewehr, im anderen hält er Che. Er wägt kurz ab, lässt die Waffe fallen und brüllt zurück.

»Nicht schießen, *Carajo*! Das ist Che! Nicht schießen!«

Der *Comandante* klappt schnaufend zusammen und bestätigt einem der Soldaten, ja, er sei tatsächlich Che, und dass er lebend sehr viel mehr wert sei als tot. Einer der Männer gibt über Funk Bescheid, sie hätten zwei Gefangene gemacht.

Der damalige Hauptmann Gary Prado Salmón, der den Einsatz von einem Vorposten zwischen Jaguey und der Quebrada del Churo aus leitet, trifft als Erster ein. Es ist zirka drei Uhr nachmittags. Er hat Angst vor einem Überraschungsangriff und erscheint in Begleitung von acht Rangers. Als er den *Comandante* erblickt, stellt er fest, dass dieser Mann, dieses Häufchen Elend, definitiv »kein Geringerer als Che Guevara« ist.

»Wer bist du?«, fragt er zuerst den anderen, einen Jungen, dem gerade mal der erste Flaum wächst.

»Ich heiße Willy.«

»Und du?«

»Ich bin Che Guevara.«

»Nein. Ein Schwanzlutscher bist du.«

In seinem Jahre später veröffentlichten Buch beschreibt er den Argentinier als einen Mann »mit intensivem Blick, hellen Augen und rötlicher Mähne«. Er trägt die Überreste einer khakifarbenen Uniform und eine offene marineblaue Nylonjacke über der ausgemergelten, grünlichen Brust. Der Hauptmann tritt ein paar Schritte zurück. Über ein Funkgerät aus dem Zweiten Weltkrieg gibt er die Festnahme Guevaras bekannt. Sein Funkspruch wird von Leutnant Totty Aguilera empfangen, auf einem Stützpunkt in La Higuera.

Die Nachricht verbreitet sich in Windeseile. Leutnant Aguilera, dessen Codename »Luchs« lautet, kontaktiert »Saturn«, oder auch Zenteno Anaya, den Kommandanten der 8. Division in Vallegrande.

»Saturn, wir haben *Papa*.«

Rauschen. Die Verbindung ist unterbrochen. Neuer Versuch, jemand antwortet.

»Saturn an Luchs, bitte die Information bestätigen.«

Kurze Pause. Erneute Kontaktaufnahme zu Hauptmann Prado Salmón, direkt vom Schlachtfeld. Flüche, Bestätigung der Daten, dann die Weitergabe.

»Wir haben *Papa*.«

Der Kampf geht weiter. Antonio und Arturo, die sich in einer Höhle verkrochen haben, werden von einer Granate zerfetzt. Pacho kämpft bis zum bitteren Ende und wird, nachdem er seine letzte Kugel verschossen hat, von den Soldaten, die ihn umzingeln, getötet. Chino ergibt sich und kommt mit erhobenen Armen zwischen den Felsen heraus, er hat seine Brille verloren und wirkt verwirrt. Er wird noch vor Ort hingerichtet. Pombo, Inti, Darío und Ñato durchbrechen die feindlichen Reihen und treffen am späten Nachmittag auf Benigno und Urbano. Jeder von ihnen glaubt, Che sei mit dem anderen zusammen gewesen, und der Gedanke, er könne womöglich gefangen genommen worden sein, erfüllt sie mit Sorge. Sie beschließen, dass es Wahnsinn wäre, ihn befreien zu wollen. Genauso, wie es Wahnsinn wäre, die anderen zu suchen. Unter den sechs ist niemand krank oder ernsthaft verwundet. Benigno kommt trotz seiner Schulter gut voran, und sie glauben, dass es das Beste ist, in dieser Konstellation zu bleiben. In seinem Tagebuch folgert der Kubaner etwas voreilig, die anderen seien »vermutlich gefangen genommen oder getötet worden, es gab nichts, was wir hätten tun können.« Am nächsten Morgen sind sie wieder im Wald unterwegs, diesmal nach Westen in Richtung Chile. Fast alle erreichen sie das Nachbarland lebend, nach einer von Hunger und Irrsinn bestimmten Reise, über die man ein eigenes Buch schreiben könnte. Alle anderen werden erwischt und getötet.

Der 9. Oktober beginnt wolkig, die Sonne kommt erst am Vormittag durch. Die Rangers kehren nach La Higuera zurück. Unterwegs haben sie Gerüchte gehört, der Kampf sei vorbei. Als sie durch die Hauptstraße laufen, lehnen die Indiofrauen aus den Fenstern und werfen ihnen finstere Blicke zu. Gegen Ende führt der Weg eine Anhöhe hinauf. Dort steht ein Haus mit zwei Räumen, schiefen Dachziegeln und verzogenen Türen, es ist eine Schule. Sie ist in zwei Ringen von bewaffneten Soldaten umstellt. Hinter dem äußeren Ring wartet eine Gruppe von Frauen, die Che sehen wollen. Einige haben Kerzen dabei und beten leise. Eine 23-jährige Lehrerin namens Julia Cortez hat in der Nacht die Erlaubnis bekommen, dem Gefangenen Suppe zu bringen. Sie erzählt, er habe in einer Ecke gehockt, und trotz der fast völligen Dunkelheit habe sie sein Gesicht sehen können, als wäre es in zartes Licht getaucht. Die Geschichte wird sie noch tausendmal wiederholen, und die Erinnerung, die gut darin ist, die Kanten zu glätten, wird ihren Bericht nach und nach immer schöner klingen lassen. Sie habe seinem durchdringenden Blick nicht standhalten können, er habe sie gefragt, wie sie unter solchen Bedingungen unterrichten könne, und sie habe von ihm wissen wollen, ob er verheiratet sei. »Er war ganz ruhig, aber es schien mir, als ob er wusste, was ihm bevorstand.«

Vor der Schule steht ein Hubschrauber, der Pilot lehnt am Cockpit und raucht. Ein paar Meter weiter liegen fünf Leichen aufgereiht, blau angelaufen und ohne Stiefel, manche von Schüssen und Granatsplittern entstellt. Als die Rangers eintreffen, sehen sie, dass die beiden Tische nach draußen gebracht und vor dem Haupteingang aufgebaut wurden. An einem sitzt ein Funker mit Kopfhörer, der an einen Funksender angeschlossen ist. Er dreht am Einstellungsrad und macht sich mit krummem Rücken Notizen. Am anderen sitzt ein Mann in einer khakifarbenen Uniform ohne Abzeichen und fotografiert einen Stapel Hefte ab. Dahinter, unter dem Vordach der Schule vor der Sonne geschützt, raucht Oberst Zenteno Anaya eine Zigarette, bei ihm sind Andrés Selich und Oberstleutnant Miguel Ayoroa, der die Truppen in La Higuera angeführt hat.

Die Rangers stellen sich unter einen Feigenbaum und unterhalten sich mit den anderen Soldaten. Sie erfahren, dass Che sich in einem der Zimmer aufhält, im anderen sitzt ein Bolivianer, der seinen Namen nicht sagen will und den sie Willy nennen. Sie seien völlig zerlumpt und »stinken wie Bettler«.

Die Gefangenen sind am Abend davor um 19:30 Uhr in das Schulhaus gesperrt worden. In Ches Rucksack fanden sich zwölf Filme, zwanzig zusammengeflickte Karten, die mit Buntstiften bekritzelt waren, zwei Bücher über den Sozialismus, ein Kofferradio mit Batterien, eine Pistole, ein Geldbeutel mit Dollars und bolivianischen Pesos, zwei Notizbücher mit Codes, ein grünes Heft mit Gedichten, zwei Tagebücher, zwei Hefte, in denen die Nachrichten vermerkt waren, die er erhalten hatte, und eine Pfeife. Da der Argentinier über Schmerzen klagt, haben sie ihm eine Aspirin gegeben.

Oberst Selich, Unterleutnant Totty Aguilera und Oberstleutnant Ayoroa haben als Erste versucht, ihn zu verhören. Als er nicht auf ihre Fragen antwortete, zog Selich ihn am Bart und verpasste ihm ein oder zwei Ohrfeigen. Che saß mit gefesselten Händen da und zeigte keine Reaktion. Um neun erschien der Telegrafist Humberto Hidalgo mit einer Nachricht aus Vallegrande, in der stand, Che dürfe bis zum nächsten Morgen nicht vernommen – beziehungsweise geschlagen - werden. Selich, der wahrscheinlich nicht sehr erfreut über diese Nachricht war, riss Guevara beide Uhren vom Handgelenk, schnappte sich dessen Pfeife und ging dann zum Telegrafisten zum Abendessen. Aguilera versuchte weiter, mit Guevara zu reden, bekam nach eigener Aussage aber nur ein paar kurze, sinnlose Sätze aus ihm heraus.

Um elf Uhr abends packte Unteroffizier Carlos Pérez Rodríguez, der gerade Wache schob, Che an den Haaren und spuckte ihm ins Gesicht. Das sei für die Bolivianer, die im Kampf gefallen waren. Guevara habe zurückgespuckt, weswegen er ihn mit Tritten und Schlägen zu Boden befördert habe. Der Mann wurde schließlich von zwei Untergebenen zurückgehalten, die Angst hatten, entdeckt und bestraft zu werden. In derselben Nacht säuberte eine Krankenschwester ihm das verwundete Bein, und Ninfa Arteaga, die Frau des Telegrafisten, kam, um ihn ein letztes Mal zu sehen.

Jetzt ist es Mittag, und Félix Rodríguez hat alle Hefte abfotografiert. Die Soldaten erzählen ihm, dass die Frauen dauernd fragen, ob Guevara schon getötet wurde, seit zirka einer Stunde bringen die Radiosender die Meldung, er sei im Kampf gefallen.

Minuten später erhält der Funker am Tisch nebenan eine verschlüsselte Nachricht. Er steht auf, eilt zur Eingangstür und überreicht sie Oberst Zenteno Anaya. Der Zettel wird von einem Offizier zum anderen gereicht und gegen Selichs Willen auch an Félix. Der kubanische Agent liest mitten auf dem zerknüllten Blatt die Zahlen 500 und 600. Er fragt Anaya, was sie bedeuten. Fünfhundert bedeutet Guevara, erwidert er, und sechshundert, dass er getötet werden soll. In seiner Autobiografie behauptet Félix, er habe den Oberst gefragt, ob es nicht die Möglichkeit gäbe, den Gefangenen nach Panama zu bringen und ihn der Obhut der USA zu unterstellen, er sei lebend mehr wert als tot. »Ich habe meine Anweisungen«, antwortet Anaya.

Der Pilot wirft die Motoren an, und der Propeller fängt an, sich in einer Lautstärke zu drehen, die alles andere übertönt. Die Blätter des Funkers fliegen durcheinander. Die Offiziere rufen Oberstleutnant Ayoroa zu sich und teilen ihm wild gestikulierend ihre Anweisungen mit, aber man versteht nicht, was sie sagen. Er nickt, sie tauschen einen kurzen militärischen Gruß, dann laufen die Männer gebückt zum Hubschrauber. Sie kehren mit der Nachricht nach Vallegrande zurück, dass Che hingerichtet wurde. Miguel Ayoroa ist ein untersetzter Indio, der nicht viel redet. Er stemmt die Hände in die Hüften, und als der Hubschrauber sich entfernt, grummelt er unzufrieden vor sich hin. Félix kommt lächelnd auf ihn zu. Er hat verstanden, was los ist, und merkt an, dass es keine leichte Aufgabe sein wird. Ayoroa pflichtet ihm bei, deutet ebenfalls ein Lächeln an, dann gehen sie zusammen auf das Schulhaus zu.

Siebzehn Soldaten, nennen wir sie Freiwillige, werden willkürlich vom Oberstleutnant ausgewählt und in einer Reihe aufgestellt. Die Männer sind vollkommen unmotiviert und stehen nur dort, weil sie sich nicht rechtzeitig verdrückt haben, als der Offizier seinen Blick auf sie heftete. Jetzt müssen noch die zwei ausgesucht werden, die den Job erledigen. Félix mustert sie, gibt Kommentare ab, bleibt vor einem der Männer stehen und nickt, zeigt auf einen anderen. Ayoroa stimmt ihm zu. Bernardino Huanca und Mario Terán treten einen Schritt vor. Sie sind bleich wie eine getünchte Wand, und Terán, der dickere von beiden, schwitzt wie ein Tier. Huanca ist groß und dünn, und wie sie da so nebeneinanderstehen, sehen sie aus wie Figuren aus einer Komödie. Der Rest zieht mit weichen Knien ab, einigen gelingt ein Lächeln. Terán und Huanca bewahren weiter

Haltung, während Félix mit Ayoroa spricht, gestikuliert, und der Bolivianer nickt. Sie gehen an den Wachposten vorbei und betreten in Begleitung eines bewaffneten Soldaten das Haus.

Drinnen müssen sich die Augen erst an die Dunkelheit gewöhnen. Eine Fliege summt, es riecht nach Scheiße und Schweiß. Sie hören ein Pfeifen aus der Ecke kommen, jemand, der den Atem anhält, um sein Asthma zu verbergen. Allmählich erkennen sie die Umrisse eines Hockers an der Wand und dann das Weiße in den aufgerissenen Augen des Gefangenen, der gekrümmt auf dem Lehmboden sitzt und sie beobachtet. Die schmächtigen Fäuste, die er instinktiv schützend vor die Brust hält, leuchten hell. Jetzt erkennen sie auch, dass seine verschränkten Arme in Wirklichkeit gefesselt sind, so wie auch die nackten Füße. »Der Überlebende eines Schiffbruchs«, beschreibt es Félix später. Er hockt sich etwa einen Meter entfernt vor ihn hin und fragt, wie es ihm gehe, der Gefangene schweigt, keucht, und im Dunkeln sieht es aus, als zwinge er sich ein Lächeln ab. Der Kubaner erhebt sich und bittet den Soldaten, ihm die Füße loszubinden. Ayoroa willigt ein. »Es sprach nichts dagegen, ihm die Fesseln abzunehmen«, sagt er nachher. »Er war sehr schwach, und ohne unsere Hilfe hätte er nicht mal aufstehen können.«

Der Oberstleutnant verlässt kurz den Raum, ruft draußen nach jemandem und kommt mit einem weiteren Soldaten zurück. Félix wendet sich wieder dem Gefangenen zu und fragt, was er davon halte, ein wenig an die frische Luft zu gehen. »Es ist ein wunderschöner Tag, *Comandante*.« Die Soldaten ziehen ihn an den Schultern hoch, er knurrt, die schmierigen Haare fallen ihm in sein schlaffes Gesicht. Sie öffnen die Tür, Che versucht, die gefesselten Hände vor die Augen zu halten, kann sie aber nicht anheben, kneift die Augen zusammen und wird wie ein Blinder nach draußen geführt. Die vordersten Wachen weichen zurück. Von weiter hinten rufen die Frauen nach ihm und drängeln nach vorn, um ihn besser sehen zu können. Ayoroa geht zu einem der Tische und kommt mit einem Fotoapparat wieder. Er reicht ihn Félix, der ein paar Schritte zurückgeht, scharf stellt, und wartet, bis der Oberstleutnant neben Che schnell noch seine Uniform glatt gestrichen und das Barett zurechtgerückt hat. Unschlüssig verschränkt er die Arme, steckt dann die Hände in die Taschen und lässt sie am Ende einfach hängen. Der Kubaner hält die Kamera vors Auge, legt den Bildausschnitt fest und ruft: »Gleich kommt das Vögelchen«, woraufhin einer der Soldaten lacht. Che starrt zu Boden, deutet ein gereiztes Lächeln an und blickt auch nicht auf, als Félix ein, zwei, drei Mal auf den Auslöser drückt. Nachdem der Film entwickelt ist, sind auf den Fotos nur graue Flecken zu sehen, der CIA-Agent hat die Kamera absichtlich falsch eingestellt, er will, dass auf den letzten Bildern, die Guevara lebend zeigen, nur er mit drauf ist.

Er gibt Ayoroa die Kamera zurück, der sich schüchtern bedankt und sie vorsichtig wie einen Schatz wegsteckt. Danach holt der Kubaner seine Pentax heraus, stellt Belichtung und Schärfe ein und reicht sie Ayoroa. Er bittet ihn, alles so zu lassen, und stellt sich rechts neben den Gefangenen. Feierlich streckt er die Brust raus und sagt, er sei bereit. Trotz gegenteiliger Anweisung dreht Ayoroa am Objektiv, sodass die Bilder am Ende leicht unscharf werden. Sie zeigen einen rundlichen Rodriguez an der Seite eines kleinen Mannes mit trüben Augen.

Die beiden Soldaten bringen den Gefangenen wieder hinein. Ayoroa und Félix unterhalten sich noch ein wenig, bis der Bolivianer ihm auf die Schulter klopft und ihn bittet, sich zu beeilen. Der CIA-Mann geht zurück ins Haus, diesmal allein. Er öffnet die Tür und tritt in die Dunkelheit. Che liegt mit ausgestreckten Beinen auf dem Boden und lässt sich von den Soldaten fesseln.

»*Comandante* ...«

Die Formen nehmen langsam Gestalt an. Félix erkennt, wie

der Argentinier den Kopf hebt und ihn ansieht. Er zieht den Hocker zu sich heran, setzt sich vor dem Gefangenen hin und zeigt auf seine Hände. »Seit wie viel Stunden hocken Sie hier schon so?«, fragt er ihn. Er bittet die Soldaten, ihn loszubinden. Zögernd erwidern sie, ohne den Befehl eines bolivianischen Offiziers seien sie nicht dazu befugt. Rodriguez zuckt mit den Schultern und lächelt. So sei das Leben, sagt er, mit all seinen Höhen und Tiefen.

»*Comandante* ... endlich lernen wir uns persönlich kennen ...«

Kann sein, dass er die Worte, die er jetzt sagen will, eingeübt hat: eine Diskussion über Vaterland und Idealismus, gefolgt von einer freundschaftlichen Umarmung und vielleicht einem würdevollen Abschied. Er erwähnt so etwas in seiner Autobiografie, wir halten uns jedoch lieber an den Bericht der Soldaten, die ihn bei alledem beobachten.

Durch die Türritzen dringt Licht in das Halbdunkel. Félix verschränkt die Finger und mustert den Gefangenen aufmerksam, bevor er anfängt. Er sagt, er sei in Kuba geboren, fragt, ob Guevara schon mal in Sancti Spiritus gewesen sei. »Eine schöne Gegend. Meine Eltern hatten eine Zuckerrohrplantage, mit vielen Angestellten. Ich bin mit ihnen aufgewachsen, ich hatte eine glückliche Kindheit, ohne dass ich irgendjemand etwas zu Leide getan hätte.« Er erzählt, wie die Familie beschimpft und vertrieben wurde, vom Tod des Vaters und seiner bitteren Jugend, von seiner Heirat in den USA. Er schaut auf die Uhr. Noch könne er ihn retten, sagt er, ihn von hier fortbringen, er müsse nur einige Fragen beantworten. Er macht eine kurze Pause, der Raum ist erfüllt von asthmatischem Keuchen. Dann berichtet er von seinem Kampf im Untergrund, dem Ideal der Freiheit. Wieder sieht er auf die Uhr, die Zeit ist um.

»*Comandante*, Sie müssen mit mir reden.«

Guevara knurrt etwas, was genau, ist nicht bekannt, aber Félix scheint ihn verstanden zu haben. Erstaunt richtet er sich auf, offenbar hat er mit dieser Antwort nicht gerechnet. Er will etwas erwidern, doch dann hören sie, wie im Raum nebenan die Tür aufgerissen wird. Sie starren die Wand an, lauschen den gedämpften Schritten, jemand befielt Willy aufzustehen, laute Flüche, ein Aufprall und schließlich zweimal hintereinander ein ohrenbetäubender Knall. Im Halbdunkel sieht man, dass Che alles Blut aus dem Gesicht gewichen ist, er starrt immer noch an die Wand, als könne er sehen, wie Willys Gehirn sich auf dem Lehm verteilt. Sein Atem geht schneller, er verdreht die Fäuste, um die Fesseln zu lockern. Félix beobachtet ihn, als wären sie ganz allein. »Dämlicher Sturkopf«, murmelt er zwischen den Zähnen. Einer der Soldaten berichtet, Guevara habe sich wie ein Wahnsinniger in alle Richtungen umgeschaut, als wolle man ihn jeden Moment töten, der andere ist sicher, der Gefangene habe Félix in die Augen gesehen und vielleicht sogar gelächelt. Sie hören ein zweites Knurren, diesmal verständlicher: Che hat ihn einen *Comemierda* genannt. Der Kubaner wirft den Hocker um und geht mit geballten Fäusten auf ihn zu.

»Ich mache Kleinholz aus dir«, sagt er, und vielleicht hätte er das auch getan, wäre nicht einer der Soldaten mit dem Gewehr in der Hand dazwischengegangen. Der andere brüllt, er solle aufhören oder er schieße, jemand klopft von außen an die Tür, wahrscheinlich Ayoroa. Félix tritt zwei Schritte zurück, Che liegt immer noch leichenblass auf dem Boden, er betrachtet die Soldaten, ihre Gewehrläufe, die Wand, die Tür, seine gefesselten Handgelenke, versucht noch mal, die Fesseln zu lockern, zieht die Luft ein und verschluckt sich, schnaubt vor Anstrengung, zittert und kippt zur Seite. Wieder klopft jemand an die Tür, Félix scheint aus einer Art Trancezustand zu erwachen und mustert die nervösen Soldaten, die ihm den Weg versperren, er schüttelt den Kopf, dreht sich um und reißt die Tür auf. Geblendet vom Tageslicht stößt er beim Hinausgehen mit dem Oberstleutnant zusammen, hält sich schützend die Hand vor die Augen, läuft weiter, vorbei an den Wachen, an den Frauen – von denen einige weinen und andere später sagen, sie hätten in dieser Nacht eine Erscheinung gesehen, einen bärtigen Mann, der mit nacktem Oberkörper auf einem Pferd saß. Schnellen Schrittes schreitet er den Weg entlang und überholt Bernardino Huanca, der gerade Willy hingerichtet hat. Félix kommt auf eine Gruppe von Rangers zu, darunter auch Mario Terán, der auserwählt wurde, Guevara zu erschießen: Er steht mit hängenden Mundwinkeln in der Mitte, ihm ist soeben bewusst geworden, dass jetzt er an der Reihe ist. Er trinkt einen letzten Schluck Bier, das ihm die Frau des Telegrafisten gebracht hat, hebt die Flasche in Kopfhöhe und schleudert sie zu Boden. Die Flasche prallt auf und rollt unversehrt den Weg entlang bis zu einer Baumwurzel. Mario Terán flucht, wischt sich den Mund am Ärmel ab und sucht mit den Blicken nach seiner Flinte. Ein Summen erfüllt die Stille. Félix Rodriguez läuft weiter den Weg entlang und schaut auf die Uhr. Es ist zehn nach eins.

Elsa Osorio

Mein Name ist Luz

Roman
Aus dem Spanischen von
Christiane Barckhausen-Canale
432 Seiten. Gebunden
st 3918. 432 Seiten

Zunächst ist es nur ein unbestimmtes Gefühl, dann verdichten sich erste Indizien und weitere Nachforschungen zu einer erschütternden Gewißheit: Luz ist nicht die Tochter ihrer vermeintlichen Eltern. Sie ist die Tochter einer politisch Verfolgten, einer »Verschwundenen«. Luz weiß nicht, wer sie ist, bis sie eines Tages in Madrid ihrem wirklichen Vater gegenübersitzt.
Ihm, der die schlimme Vergangenheit begraben wollte, erzählt sie, was sie aus eigenem Antrieb herausgefunden hat, durch ihn erfährt sie die ganze Geschichte. Hinter ihrer scheinbar normalen Kindheit in der Familie eines hohen Militärs verbirgt sich ein Drama, das all die Menschen, die sie kennt und die sie liebt, auf immer verknüpft.

»Ein Roman der Gefühle, spannend wie ein Kriminalroman, ein Geflecht aus Stimmen, Zeitebenen und Szenen.«
Corriere della Sera

»*Mein Name ist Luz* liest sich – durch den ständigen Wechsel von Erzählperspektiven und Zeitebenen – streckenweise fast wie das Drehbuch eines Films.«
Der kleine Bund, Bern

NF 263/1/8.07

Mario Vargas Llosa

Das böse Mädchen

Roman
Aus dem Spanischen von Elke Wehr
Gebunden und st 3932. 395 Seiten

Wie gelingt es ihr nur immer wieder, ihn um den Finger zu wickeln? Und warum tut sie das, wenn sie seine ehrlichen Gefühle doch zugleich schroff zurückweist? Schon als aufmüpfige Halbwüchsige verdreht »das böse Mädchen« dem jungen Ricardo im konservativen Lima der 50er Jahre den Kopf. Von da an wird sie regelmäßig seine Wege kreuzen, wird in Paris, London, Madrid oder Tokio mal als Guerrillera, mal als Heiratsschwindlerin mit falschem Paß in sein Leben treten – und es immer wieder durcheinanderwirbeln.

»*Das böse Mädchen* läßt einen die Haltestelle verpassen, die Nacht durchlesen und vor Spannung die Fingernägel abknabbern. Eine Liebesgeschichte, die von Besessenheit und Selbstaufgabe handelt und dabei zu Herzen geht.«
Cosmopolitan

NF 6371/8.07

NF 997/1/11.10

Peter Bichsel

- Cherubin Hammer und Cherubin Hammer. st 3165. 110 Seiten
- Kindergeschichten. st 2642. 86 Seiten

Ketil Bjørnstad

- Villa Europa. Roman. Übersetzt von Ina Kronenberger. st 3730. 535 Seiten
- Vindings Spiel. Roman. Übersetzt von Lothar Schneider. st 3891. 346 Seiten

Lily Brett

- Einfach so. Roman. Übersetzt von Anne Lösch. st 3033. 446 Seiten.
- Chuzpe. Übersetzt von Melanie Walz. st 3922. 334 Seiten

Truman Capote. Die Grasharfe. Roman. Übersetzt von Annemarie Seidel und Friedrich Podszus. st 1796. 208 Seiten.

Paul Celan. Die Gedichte. Kommentierte Gesamtausgabe in einem Band. Herausgegeben und kommentiert von Barbara Wiedemann. st 3665. 1000 Seiten

Lizzie Doron. Warum bist du nicht vor dem Krieg gekommen? Übersetzt von Mirjam Pressler. st 3769. 130 Seiten

Marguerite Duras. Der Liebhaber. Übersetzt von Ilma Rakusa. st 1629. 194 Seiten

Hans Magnus Enzensberger

- Der Fliegende Robert. Gedichte, Szenen, Essays. st 1962. 346 Seiten
- Gedichte 1950 – 2010. st 4201. 253 Seiten
- Josefine und ich. Eine Erzählung. st 3924. 147 Seiten

NF 266b/2/08.11

NF 266b/3/08.11

Hermann Hesse
- Das Glasperlenspiel. Versuch einer Lebensbeschreibung des Magister Ludi Josef Knecht samt Knechts hinterlassenen Schriften. st 2572. 608 Seiten
- Der Steppenwolf. Roman. st 175. 288 Seiten
- Siddhartha. Eine indische Dichtung. st 182. 128 Seiten
- Unterm Rad. Entstehungsgeschichte in Selbstzeugnissen des Autors. st 3883. 325 Seiten

Yasushi Inoue. Das Jagdgewehr. Übersetzt von Oskar Benl. st 2909. 112 Seiten

Uwe Johnson
- Mutmassungen über Jakob. Roman. st 3355. 298 Seiten
- Eine Reise nach Klagenfurt. st 235. 109 Seiten

James Joyce. Ulysses. Roman. Übersetzt von Hans Wollschläger. st 2551. 1008 Seiten

Franz Kafka
- Amerika. Roman. Mit einem Anhang (Fragmente und Nachworte des Herausgebers Max Brod). st 3893. 310 Seiten
- Das Schloß. Roman. st 3825. 423 Seiten. st 2565. 432 Seiten
- Der Prozeß. Roman. st 2837. 288 Seiten

Daniel Kehlmann. Ich und Kaminski. Roman. st 3653. 174 Seiten.

Andreas Maier. Wäldchestag. Roman. st 3381. 315 Seiten

Magnus Mills
- Die Herren der Zäune. Roman. Übersetzt von Katharina Böhmer. st 3383. 216 Seiten
- Indien kann warten. Roman. Übersetzt von Katharina Böhmer. st 3565. 229 Seiten

NF 266b/4/08.11

- Zum König! Roman. Übersetzt von Katharina Böhmer. st 3865. 187 Seiten

Cees Nooteboom
- Allerseelen. Roman. Übersetzt von Helga van Beuningen. st 3163. 440 Seiten
- Rituale. Roman. Übersetzt von Hans Herrfurth. st 2446. 231 Seiten.

Elsa Osorio. Mein Name ist Luz. Roman. Übersetzt von Christiane Barckhausen-Canale. st 3918. 424 Seiten

Amos Oz. Eine Geschichte von Liebe und Finsternis. Roman Übersetzt von Ruth Achlama. st 3788 und st 3968. 828 Seiten

Marcel Proust. In Swanns Welt. Auf der Suche nach der verlorenen Zeit. Übersetzt von Eva Rechel-Mertens. st 2671. 576 Seiten

Ralf Rothmann
- Junges Licht. Roman. st 3754. 236 Seiten
- Stier. Roman. st 2255. 384 Seiten

Hans-Ulrich Treichel
- Menschenflug. Roman. st 3837. 233 Seiten
- Der Verlorene. Erzählung. st 3061. 176 Seiten

Mario Vargas Llosa. Das böse Mädchen. Roman. Übersetzt von Elke Wehr. st 3932. 395 Seiten

Martin Walser. Ein fliehendes Pferd. Novelle. st 600. 160 Seiten

Carlos Ruiz Zafón. Der Schatten des Windes. Übersetzt von Peter Schwaar. st 3800. 562 Seiten

NF 266b/5/08.11